신문물
검역소

신문물
검역소

강지영 장편소설

네오
픽션

차례

함복배

난산이었다. 파평 윤씨는 까마득해지는 정신을 놓지 않으려 여종이 타 온 꿀물 몇 모금을 들이켰다. 산기가 느껴진 것은 이틀 전이고, 오늘 아침 양수가 터졌다. 드문드문 찾아오던 산통이 양수가 터진 뒤부터 부쩍 발아졌다.

이종달이 북두갈고리처럼 거친 손으로 윤씨의 배를 쓰다듬었다.

"배가 다 내려온 걸 보니 곧 어린애가 나올 것 같습니다. 항문에 힘이 들어가고 밑이 빠질 듯 아프면 측간에서 힘주는 것처럼 용을 쓰세요."

이종달은 윤씨가 시집올 때 친정에서부터 함께 따라온 유모였다. 하지만 정갈한 성격의 윤씨는 이종달 앞에서 항문에 힘을 쓰다 똥이라도 지리는 것은 아닌지 염려스러워 아까부터 몸을 트는 아기를 시원하게 밀어내지 못하고 있었다.

"어린애 머리가 배죽거리는데 힘 안 주고 뭐하십니까?"

이종달이 윤씨의 다리 사이에 얼굴을 들이밀고 당혹스럽게 외쳤다.

"지금 나오는 것이 똥이 아니라 정녕 아기가 맞는가?"

보다 못한 이종달이 윤씨의 배에 올라타 마디 굽은 손으로 힘껏 누르기 시작했다. 산도에 걸린 아기 또한 똥인지 자식인지도 구분 못 하는 어린 어미가 한심스러워 더 이상은 기다리지 못하고 살길을 찾아 허우적댔다.

"유모! 정말 아기가 맞는가?"

그 순간까지 체면치레에 정신없는 윤씨의 배 속에서 열 달 묵은 숙변처럼 두 다리 사이로 붉은 살덩이 하나가 세상 밖으로 던져졌다. 이종달은 잘 벼른 칼로 탯줄을 자르고 그 끝을 명주실로 동여맨 후 아기를 강보에 싸 여종에게 내주었다. 그러고는 기진맥진해 누워 있는 윤씨의 배를 문질러 태반을 받아냈다.

"어찌 울음소리가 들리지 않느냐?"

정신없이 후산을 돕던 이종달이 그때서야 아기가 울음을 터뜨리지 않은 것을 깨닫고는 함지박에 뜨거운 물을 담아 아기를 목욕시키던 여종에게 무릎걸음으로 다가갔다. 아직 눈도 뜨지 못한 발그스름한 어린 생명이 제 몸을 더듬는 손길에 펄쩍 몸을 움츠렸다. 이종달은 여종에게서 아기를 건네받아 발목을 잡고 거꾸로 들어 엉덩이를 철썩, 소리 나게 내리쳤다. 아기는 입만 조금 벙긋하더니 이내 얼굴을 찌푸리며 배냇짓을 할 뿐 울지 않았다.

"아이고 마님, 아기가 울지를 못합니다. 이 무슨 변고인지……."

이종달은 아기가 울지 못하는 것이 자신의 잘못이라도 되는 양 울음을 그치지 못했다. 윤씨 또한 첫배로 낳은 자식이 벙어리라는 사실에 까무룩 정신을 놓고 말았다.

그 시간, 봉당에 서서 날아가는 기러기를 바라보며 이종달의 목소리를 엿듣고 있던 함익현도 자식이 벙어리라는 것을 알고는 도포 자락을 그러잡고 소리 낮춰 비통한 눈물을 쏟아냈다. 함복배가 세상에 태어난 날이었다.

윤씨는 아들 함복배가 태어나던 날의 충격으로 실어증에 걸렸다. 젖이 돌지 않아 어렵게 유모를 구해야 했다. 울지 않는 아기 함복배는 백일 전에 목을 가누더니 이내 배밀이를 하고 곧 기었다. 그러고는 여느 아이보다 빨리 걸음을 떼고 하루가 다르게 몸집이 커졌다. 벙어리는 대부분 귀도 먹기 마련이건만, 함복배는 귀가 밝아 바스락 소리에도 소스라치게 놀랐다. 그때마다 경기를 하는 통에 몇 번이나 윤씨의 가슴을 철렁 내려앉게 했다. 집안에 갑자기 말 못하는 사람이 둘이나 생겼으니 함익현도 어지간한 일이 아니면 입을 떼지 않았다. 덩달아 종들도 말을 아끼고 발꿈치를 들어야 했다. 그런 침묵의 세월이 십 년이나 흘렀다. 그사이 윤씨는 두 차례 더 잉태를 했지만 번번이 석 달도 채우지 못하고 불그죽죽한 핏덩이를 쏟아내며 아기를 흘려보냈다. 이를 애처로운 눈길로 지켜보던 함익현이 수수깡처럼 비썩 마른 아내에게 후사에 대한 욕심을 버릴 때가 되었노라, 부드레 타일렀다.

함복배는 영특했다. 입으로 글을 읽지는 않았지만 네 살에 천

자문을 필사하고 열 살이 되던 무렵에는 사서삼경을 독파했다. 함익현은 그런 복배를 귀애하며 궐에 들지 않는 날에는 늘 꽁지 중처럼 아들을 곁에 두었다. 함익현 대감의 죽마고우들은 그의 아들 복배가 여느 아이보다 영특하다는 것을 알면서도, 없는 자리에서는 벙어리라 폄하하며 제 자식들과 섞이기를 원치 않았다. 그러나 이상도만은 꾸준히 함익현의 집에 드나들며 복배에게 칭찬과 격려를 아끼지 않았다.

이상도가 처음으로 자신의 딸 연지를 데리고 함익현의 집으로 찾아온 날이었다. 연지는 함복배보다 여섯 달 늦게 태어난 동갑내기로 아이의 손에는 제 어미가 보낸 약과 보따리가 들려 있었다.

"여식이 있다는 소리를 수없이 들었지만 저리도 아리따운 용모인 줄은 몰랐네. 아이 이름이 연지라고?"

함익현은 내심 이상도의 딸 연지와 자신의 아들 복배를 훗날 짝 지어줄 욕심을 품었다. 이상도는 아들 여섯을 낳고 마지막으로 어렵게 얻은 딸인 만큼 연지에게 쏟는 애정이 남달랐다.

"이 아이는 내 아들 복배니라. 연지야, 어떠냐? 인물이 훤하지 않느냐? 이렇게 의젓한 아들이건만 딱 하나 흠이 있다면 아직 말을……."

함익현은 이참에 아들 복배의 흉금까지 털어놓고 이상도에게 정혼의 뜻을 비치려 했다. 그 순간 함복배가 제 아버지의 입에 약과를 밀어 넣었다.

"이 녀석, 어디서 배운 짓이냐?"

함익현은 약과를 뱉어내며 역정을 냈다. 그때 함복배가 제 아버지 앞에 넙죽 엎드려 고개를 조아리며 말했다.

"아버님이 소자의 흉허물을 연지 낭자에게 발설할 게 두려워 대죄를 저질렀습니다. 부디 용서해주십시오."

그건 분명 함복배의 입에서 나온 말이었다. 열 살이 되도록 울음 한 번 시원하게 터뜨린 적 없는 벙어리 아들이, 어느 날 퍼뜩 박수무당 공수 터지듯 말을 하고 있다는 사실에 함익현은 금방이라도 혼절할 듯 머리가 아득해졌다.

"지금 자네 아들이 말을 하지 않았는가? 옹알이도 못한 배냇벙어리라더니 이 어찌 된 영문인가?"

이상도 역시 놀라움을 금치 못했다. 급히 기별을 받고 한걸음에 달려온 윤씨가 체면도 차리지 못하고 자리에 털썩 주저앉아 입술만 바들바들 떨었다.

"이리도 난처해하실 줄 알았더라면 소자 진즉에 입을 뗐어야 하는데, 송구스럽습니다."

방에 모인 세 명의 어른은 헛깨비라도 본 양 댕기 머리의 어린 복배를 향해 벌어진 입을 다물지 못했다.

"내 일찍부터 복배 네가 총명하다는 소리는 아버님을 통해 들었다만 참으로 무례하구나. 아버님, 소녀 그만 물러가도 되겠습니까?"

정적을 깬 것은 앵둣빛 입술을 샐쭉거리던 연지였다. 총명하기로는 복배 못지않은 연지가 자리에서 벌떡 일어나 복배를 향해 앙칼지게 일갈하고는 함익현과 윤씨에게 절을 올렸다.

"소자 대죄를 지었습니다. 말을 할 줄 모르는 것이 아니오라, 그냥 할 말이 없어서 그간 입을 닫고 지낸 것인데 이리도 심려가 되었을 줄은 미처 몰랐습니다. 이상도 어르신, 부디 연지 낭자의 오해를 풀어주십시오."

함복배는 배냇벙어리가 아니었다. 태어나자마자 그저 울고 싶지 않았기에 울지 않았고, 말을 배우고도 말하고 싶지 않아 하지 않았을 뿐이다. 간혹 혼자 뜰을 거닐 때 여종들이 부르던 노랫가락을 따라 해보기도 했지만 어쩐지 부끄러운 마음이 들어 사람들 앞에서는 모르는 체했던 것이다. 그러던 중 연지를 보자마자 처음으로 말이라는 것을 건네볼까 하는 마음이 생겼고, 둘만 남을 기회가 있으면 점잖게 한마디 붙여볼까 했다. 그런데 아버지 함익현이 자신이 벙어리라는 사실을 토설하려 하자 억울한 마음에 자신도 모르게 말이 터져 나온 것이다.

"아이고, 내 아들!"

윤씨 또한 아들의 입에서 쏟아지는 말을 듣다 말고 십 년 만에 말을 되찾았다. 두 사람은 서로 끌어안고 웃다 울기를 반복했다. 이상도와 연지가 집으로 돌아간 뒤 세 사람은 지난 십 년간 나누지 못한 대화를 봇물처럼 터뜨렸다. 윤씨는 체면도 잊은 채 아들 앞에서 천민 사이에 유행하는 가락을 구성지게 불렀고, 복배는 어머니의 가락에 맞춰 덩실덩실 춤을 추었다. 함익현은 하인을 시켜 자신의 동무들을 집으로 불러 모았다. 그러고는 그들 앞에 함복배를 세워놓고 미리 아들과 연습한 시조를 합창하기까지 했다.

함복배는 말을 하는 것이 뭐 그리 대수냐 싶은 마음이 없지 않았지만, 신기한 물건을 바라보듯 자신에게 달라붙는 사람들의 시선이 싫지만은 않았다. 다만 자신을 향해 싸늘한 시선을 보내던 새침한 아이 연지가 두고두고 마음에 걸릴 뿐이었다. 훗날 자신이 과거에 급제하고 인재로 등용되면 그 아이의 눈빛도 조금은 누그러지지 않을까, 하는 생각을 품으며 함복배는 소리 내어 서책을 읽기 시작했다.

과거시험

삼 년에 한 번, 한양의 밤이 낮보다 밝아지는 날이 있다. 식년시(式年試)를 하루 앞둔 밤이다. 어린 시절, 식년시 전날 밤이면 인왕산 자락에 올라 수험생들이 밝힌 수만 개의 조족등을 내려다보곤 했다. 등불의 행렬은 마치 은하수처럼, 적의 요새 앞에 몰려든 장수의 횃불처럼 보였다. 동이 틀 때까지 사위지 않는 등불을 바라보며 나도 언젠가는 그 대열에 합류해 한 점 별이 되어 천리만리 승천하리라 마음을 다지곤 했다.

아버지가 그러했고, 아버지의 아버지가, 또 그 아버지의 아버지가 그러했듯이 나 역시 스무 살이 되어 한양의 밤을 밝히는 처지가 되었다. 과거에 응시하기만 하면 의심할 여지없이 단번에 장원급제해 임금과 백성을 섬기는 어진 관리가 되리라던 확신이 서서히 무너져가던 즈음이었다. 과거시험 하나만을 바라보며 평생 서책을 파고 습작에 매진하다, 결국 관리로 등용된 뒤에는 아무 쓸모없어질 학문에 아등바등 매달리는 이유를 알 수 없었다. 그럴 바에는 애당초 시인(詩人)이 되거나, 서책을 필사해 돈을 그러모으는 편이 더 나을 것 같았다. 그러나 아들의 입신양명을 위해 하루도 빠짐없이 산사에 올라 백팔 배를 올리고 돌아오는 초로의 어머니 앞에서 어린애처럼 계정을 부릴 수만은 없었다.

곱던 어머니의 얼굴이 백날기침에 눈앓이까지 겹쳐 부쩍 수척해진 것이 모두 내 탓만 같았다. 어차피 양반가의 사내로 태어났으니 과거시험은 피할 수 없는 숙명이었다. 이 불합리한 과거제도를 개혁하기 위해서라도 감투를 써야 했다. 이왕 과거시험에 응시할 바에는 당당히 장원으로 급제해 가난한 백성의 벗이 되고 실용적인 학문을 연구 개발해 후학을 이끌어야겠다는 새로운 포부가 가슴에 꿈틀거렸다.

전국 각지에서 청운의 꿈을 품고 올라온 수험생들이 조금이라도 좋은 자리를 차지하기 위해 초저녁부터 조족등을 밝히고 창경궁 앞에 줄을 섰다. 좋은 자리라 함은 시험문제를 가까이에서 확인할 수 있는 위치를 뜻하는데, 시험이 끝난 후 재빨리 답안을 제출하기 위해서라도 앞줄을 차지하는 게 유리했다. 아무리 끈기 있는 채점자라도 모든 응시자의 답안을 일일이 확인할수는 없는 터, 먼저 낸 자가 득을 보는 건 당연한 이치였다. 그런 이유로 좋은 자리를 차지하기 위한 줄은 눈 헤아림으로도 만 명은 좋이 넘칠 숫자였다.

나도 그들 틈에 줄을 서 싯누런 콧물을 훌쩍이고 있었다. 초가을에 들어와 봄인 지금까지도 나가지 않은 감기가 고질병으로 눌러앉은 것이다. 새벽 내내 코를 풀고 싶은 마음이 간절했지만 한 손에는 말뚝을, 다른 한 손에는 기름 먹인 양산과 돗자리를 든 탓에 찝찔한 콧물이 수시로 입술에 닿았다가 콧속으로 훌쩍 빨려들어갔다. 봄비에 질척해진 진흙 위로 양산과 돗자리가 미끄러지고, 콧물은 줄줄 흐르고, 말뚝과 조족등을 든 손은 저려오는데 홍화문은 열릴 기미가 없었다.

수험생 대부분은 동문수학한 학우 서너 명이 한데 뭉쳐 접(接)을 이루고 있어, 농지거리를 주고받거나 소변을 보러 다닐 수 있었지만 수험생 중 가장 어린 축인 데다 접을 이루지 못한 나는 오줌보가 터질 지경이었다. 곧 묘시를 알리는 종소리가 들릴 테고, 그에 맞춰 홍화문이 열리면 수험생들이 봇물처럼 시험장 안으로 흘러들 터였다. 꾸물대다가는 시험장인 영화당의 가장 후미진 자리에 앉아 한 식경이나 흘러서야 시험문제를 확인하고 얼레벌레 답안을 작성해야 할지 모른다. 하지만 그런 사정을 봐줄 오줌보가 아니었다.

"이보시오, 소피가 급해 그러니 자리 좀 맡아주시면 안 되겠소?"

내 뒤에 모여 주전부리를 나누어 먹던 한 무리에게 말을 붙여보았다.

"보아하니 처음 온 모양인데, 남의 인정사정 다 봐주다간 생원 자리 하나 꿰차기도 힘들다오. 소피가 급하면 게서 보시든가."

식어빠진 저냐 한 조각을 입에 털어 넣은 수험생이 이죽거렸다. 터질 듯한 오줌보를 간수하느라 벋다리가 되고 오금이 저려왔다.

"자리를 맡아주기가 뭣하면 짐이라도 받아주어야 예서 소피를 볼 것 아니오."

앞에 선 무리에게 사정해보았지만 그들 역시 내 오줌보 따위는 안중에도 없다는 듯 곰방대를 피워 물고 저희들끼리 소리 죽여 종달거렸다.

"참 매정들 하시구려. 곧 홍화문이 열릴 테니 어서 소피를 보시오. 그 양산과 조족등은 내가 맡아둘 터이니 염려 마시고."

겁 없이 홀로 과거시험을 보러 온 건 나 혼자만이 아니었다. 새로 지은 듯한 연두색 비단 두루마기에 새 갓을 쓴 사내 하나가 내게 손을 내밀었다. 그의 등 뒤로 부옇게 동이 트고 있었다. 나는 체면 불구하고 사내에게 말뚝과 조족등, 양산을 맡겼다. 측간이 따로 마련된 것은 아니지만 수험생들이 밤새 두렁풀을 요강 삼아 소피를 보았기에 헐레벌떡 길가 덤불을 헤치고 들어가 자리를 잡았다. 막 시원한 오줌 줄기가 발밑으로 떨어지던 그때, 묘시를 알리는 종소리가 뎅뎅 울렸다.

"입장이오!"

홍화문이 열렸음을 알리는 목소리가 들렸다. 그러나 한번 뻗친 오줌 줄기는 그칠 줄을 몰랐다. 아랫배에 힘을 빼고 게걸음으로 몸을 움찔거리는 사이 바지와 신발만 오줌에 흠뻑 젖을 뿐, 뜨뜻한 오줌 줄기는 여전히 잔밉게 흘러나왔다. 오줌보가 다 비었을 때는 이미 모든 수험생이 시험장 안으로 입장한 후였다. 사람들의 발길에 차여 너덜너덜해진 양산과 꺼진 조족등이 진흙에 나뒹굴고 있었다. 생각해보니 짐을 맡아준다는 명분으로 내

자리를 꿰찬 사내가 괘씸하기 그지없었다. 미련퉁이처럼 그의 검은 속내를 일찍 눈치채지 못한 내 아둔함에 화가 치밀었다. 하지만 더 지체했다가는 홍화문이 닫힐 터였다. 나는 전속력을 다해 집춘문(集春門)과 월근문(月覲門), 통화문(通化門)을 지나 시험장 안으로 내달렸다.

시험장 안은 이미 만석이었다. 겨우 햇귀가 쏟아지는 뜰 한 귀퉁이에 옹색하게 자리를 잡았지만 무릎을 가슴에 모아야 겨우 서너 뼘 정도 지필묵 놓을 자리가 생겼다. 그나마도 돗자리가 없어 봇짐을 받침 삼아 답안을 작성해야 하는 난관이 기다리고 있었다. 자리에서 일어나 수험생들을 훑어보니 맨 앞줄에 연두색 두루마기가 눈에 띄었다. 내 자리를 새치기하고 짐까지 챙긴 야비한 사내의 등짝이 보일 때마다 속이 들끓었다. 맨 앞에서 누군가 고함을 지르자 수험생들이 자리에 엎드려 고개를 조아렸다. 뒷자리로 밀린 수험생들도 얼결에 앞줄을 따라 몸을 낮췄다. 참관을 위해 임금이 드셨다는 신호일 게다. 한참 후에 고개를 들자, 팥알처럼 작아 보이는 어좌(御座)에 좁쌀만 한 붉은 옷의 임금이 앉아 있었다. 이가 바드득 갈렸다. 사내의 자리가 임금의 발치였던 것이다.

시험을 알리는 종소리가 들리고 문제가 적힌 현제판이 걸렸다. 현제판을 향해 아무리 고개를 빼고 눈초리를 곤두세워도 검은 실 꾸러미처럼 형체만 가늠되는 글씨를 도무지 읽을 재간이 없었다. 현제판을 든 자들이 곳곳을 걸어다니며 문제를 알렸지만 내가 그걸 읽기까지는 한 식경이 훌쩍 지난 후였다.

사내의 먹살을 잡기 위해서라도 한시바삐 답안을 작성해야 했다. 하지만 자리가 옹색한 데다 봇짐이 울퉁불퉁해서 글씨가 자꾸 번지고, 쪼그린 다리에는 쥐가 났다. 옆에 앉은 수험생은 이미 시험을 포기하기로 결심했는지 창덕궁을 휘둘러보며 얼뜨기처럼 '어허허'거리다 먼저 일어나버렸다. 고쳐 쓰기를 수차례, 고개를 들었을 때는 이미 연두색 두루마기뿐 아니라 시험장 절반이 휑하니 비어 있었다. 오줌 젖은 바지가 탄로 날까 두려워 조촘거리며 답안지를 새끼줄 아래로 던지고 돌아서자 통화문 아래 낯익은 짐이 보였다. 내 돗자리였다. 그러나 그걸 거기 세워놓았을 연두색 두루마기의 사내는 어디에도 눈에 띄지 않았다.

재수가 없었다. 과거에 급제하기는 했지만 도성에 입성하는 데는 실패했다. 첫 부임지로 결정된 곳은 땅끝에서도 훌쩍 외떨어진 제주였다. 태어나서 한 번도 한양을 떠나본 적이 없는 내가 제주로 떠난다고 하자, 어머니는 곡기를 끊고 앓아누웠다. 짐을 꾸려 인편에 보낸 후에야 어머니는 자리에서 일어나 손수 밥을 짓고 찬을 만들며 움직거렸다. 이종달이 몸 둘 바를 몰라 하며 말리고 나섰지만 어머니는 직접 상을 들고 내 방에 들어와 그릇을 모조리 비울 때까지 말없이 곁을 지켰다. 의관을 정대하고 큰절을 하는 동안에도 어머니는 먼 산 바라보듯 앉아 웃지도 울지도 않고 긴 한숨만 내쉬었다. 일가친척에게 작별인사를 마치고 말에 올랐다. 그제야 어머니는 아들의 갓신을 소맷자락으로 정성껏 닦으며 젖은 눈가를 훔쳤다.

"사내로 태어나 이제 첫번째 언덕을 넘었을 뿐이니라. 두번째 산은 입신양명이며 세번째 산은 혼인이다. 부디 먼 섬 제주에서 어진 관리가 되어 보무도 당당히 도성에 입성하거라. 내 나이도 어느덧 서른아홉이니 이제 손주를 볼 나이가 아니더냐. 그곳에서 현모양처를 맞아들여 다시 가문을 일으키는 게 네 일생의 목표가 되도록 해라. 코도 좀 자주 닦고."

어머니와 정든 집을 뒤로하고 말을 달렸다. 눈물을 삼키자 콧물이 쏟아졌고 콧물을 닦자 다시 눈물이 쏟아졌다. 그렇게 나는 끝도 없는 산과 들, 강과 바다를 건너 낯선 섬 제주로 향했다.

불아자

제주는 듣던 대로 풍광이 아름답고 너른 섬이었다. 거센 바람을 견디기 위해 돌을 쌓아 담을 만들고 초가의 이엉은 한양보다 촘촘하고 단단하게 엮었다. 집집마다 새끼줄로 생선을 꿰어 말리는 모습도 신기했고, 사내들은 소나 먹이며 한가로운 반면 여자들이 바닷속에 잠수했다 불쑥불쑥 튀어나와 조개나 해삼 따위를 건져 올리는 모습도 낯설었다. 바닷바람에 얼굴이 검게 탄 사람들은 가마가 지나가자 순박한 미소를 띠고 고개를 조아렸다. 초봄이지만 한양과 달리 기후가 푸근해 아랫도리를 벗고 설치는 아이들의 모습도 종종 눈에 띄었다.

서귀포항으로 마중을 나온 사람은 떠꺼머리총각이었다. 관노인 듯했고 성씨 없이 영보라고 자신을 소개했다. 그를 따라 반나절을 달려 도착한 곳은 기관과 사택을 겸할 수 있는 낡은 기와집이었다. 여종 하나가 뛰어나와 미리 짐을 풀어놓은 방으로 나를 안내했다. 반닫이 하나뿐인 허름한 방이었다.

여독으로 몸이 눅지근하고 눈은 씀벅거렸다. 이른 저녁을 먹고 몸을 뉘자, 잊고 있던 과거시험장 사내에 대한 분노가 새록새록 싹텄다. 만약 그에게 자리를 내주지 않았더라면 장원급제를 할 수 있지 않았을까? 그랬다면 임금의 용안을 몇 발짝 아래서 알현하고 그간 어머니를 폭삭 늙게 한 시름을 덜어드릴 수도 있었을 터다. 어쩌면 전국 팔도를 누비는 암행어사가 되어 있을지도 모른다.

말이야 신설기관의 수장이라지만 지금 내 처지는 귀양살이나 다름없었다. 신문물검역소라 이름 지은 보잘것없는 하급기관의 관리 따위가 되려고 그토록 수많은 밤을 불면으로 지새웠단 말인가. 죄라면 예조참판이었던 아버지의 뜻에 따라 왜국과 청국의 말을 배운 것뿐이다. 하지만 아주 절망적인 것만도 아니었다. 신문물검역소는 올봄, 왜국의 사신이 임금께 진상한 신문물의 용처를 파악하여 보고문을 작성하는 임시기관의 성격을 띠고 있다. 당연히 보고문은 누구의 손도 거치지 않고 직접 임금에게 전달된다. 열과 성을 다해 임무를 완수해낸다면 다시 도성에 입성할 기회가 주어질지 모른다는 희망이 남아 있었다.

왜국의 사신들이 가져온 신문물은 관 두 개를 이어 붙인 크기로 결코 작지 않았다. 그들 역시 이 신문물의 용처에 대해서는 아는 바가 없다고 했다. 입수 경로 또한 명확하지 않았는데 아마도 청국에서 밀매한 것이 아닐까 싶었다. 청국은 조선이나 왜국에 비해 외국인의 출입이 잦았다. 하지만 말과 글이 통하지 않는 외국인이 가져온 물건 때문에 벌어지는 불상사도 컸다고 전해진다. 간혹 쓰임을 알 수 없는 물건이 폭발하거나 사람을 다치게 하는 일이 벌어졌지만 대부분 새로운 문화를 만들어 냈고, 기술 향상에 큰 디딤돌이 되었다. 간악한 왜국이 위험 요소가 큰 신문물의 실험 무대를 조선으로 정했는지도 모른다. 임금은 귀한 신문물이 암암리에 외부로 전파되는 불상사를 막기 위해 기관의 명칭을 '신문물검역소'로 명명하였다. 이는 기관을 염탐하려는 자들에게 신문물이 역병을 초래할 수 있음을 경고하는 의미였다. 때문에 대외적으로 신문물검역소는 외국의 전염병을 검역하는 기관이다. 어쨌거나 나는 어명에 따를 뿐이다. 그 앞에서 나는 계절에 따라 피고 지는 여린 풀포기에 불과하다. 아직은 초봄이지만 곧 이름 없는 풀포기도 꽃을 피울 여름이 올 것이다.

신문물검역소를 꾸리기 위해 배정된 인원은 고작 소장인 나와 관노인 영보, 그리고 개소 열흘 만에 합류한 한섭이 전부였다. 나는 한때 곳간이었던 곳을 비우고 손수 만든 탁자와 의자를 들여놓았다. 낡아 미어지기 시작한 보꾹에서 겨가 풀풀 쏟아져 내렸다. 그 아래 관비인 고상분을 제외한 셋이 모여 앉아 궤짝을 노려보았다. 한숨이 쏟아졌다. 궤짝이 문제가 아니라 한섭과 영보가 미련했기 때문이다.

"그게 어디 손으로 열릴 성싶냐? 냉큼 도끼를 가져와 빠개어라!"

어찌해볼 생각도 없이 쳐다만 보다 손가락으로 궤짝을 쿡쿡

쩔러보던 영보가 선 자리에서 허둥거렸다. 둘 다 거기서 거기인 놈들이지만 그나마 제주 토박이 김 진사의 장자 한섭은 몸이 날 랜 편에 속했다. 한섭이 마당으로 뛰어나가 도끼를 들고 와 손바 닥에 퉤퉤 침을 뱉더니 궤짝을 내리쩍었다.

"아, 자물쇠를 쳐야 뚜껑이 열리지."

단단한 오동나무 궤짝은 쉬이 속을 드러내지 않았다. 보다 못 한 영보가 우악스럽게 자물쇠를 도끼머리로 내리쳐 궤짝을 여 는 데 성공했다.

말이 좋아 검역소지 제주 목사의 사택에 붙은 곳간을 개조해 현판만 걸었을 뿐이니 볕이 들 리 없고, 흙벽으로 바람이 스며들 어 조석에는 삭신이 시릴 지경이었다. 아침나절이지만 어둑한 실내에 한섭이 초를 밝혔다.

"소장님, 뭐부터 살피시렵니까?"

장정 둘이 몸을 웅크리고 들어갈 만한 크기의 궤짝 안에는 자 질구레한 물건이 가득했다.

"거기 허연 천 조각을 가져오너라."

궤짝 안에는 창호지로 둘둘 말거나 작은 상자에 담은 물건이 쌓여 있었다. 그중에서도 가장 위에 놓인 흰 천 조각이 눈에 띄 었다. 영보가 탁자 위에 희고 부드러운 천 조각을 올려놓았다. 동그스름한 모양의 천이 마치 애체(안경)처럼 붙어 있고, 기다란 끈이 길게 늘어져 있었다. 길이는 대략 두 자였다.

"천이 부드러운 걸로 보아 몸에 걸치는 것 같구나. 사람의 몸 에서 동그스름한 곳이 어디어디더냐. 영보가 말해보아라."

다른 물건을 뒤적이던 영보가 자신을 호명하는 내 목소리에 히뜩 놀라 고개를 쳐들었다.

"막말로 동그스름한 데라면 아무래도 엉덩이입죠. 막말로 엉덩이도 두 쪽, 천도 두 쪼가리니 딱 들어맞지 않습니까? 누비옷 해 입을 형편이 안 되는 사람들한테 요긴할 듯싶습니다요."

영보는 말끝마다 '막말로'를 붙이는 습관이 있었다. 어찌 됐든 영보의 말에도 일리가 있었다. 조선의 대표적인 고질병은 종기였다. 이는 양반, 천민 구분 없이 찾아들었고 임금이라고 해서 피할 수 있는 질환이 아니었다. 환부에 부드러운 천을 덧댄다면 치료에 도움이 될 것 같았다.

"엉덩이가 들어가기엔 너무 작지 않습니까요? 그리고 측간에서도 불편할 성싶고. 제 생각에는 관리들이 머리에 쓰는 두건이 아닐까 합니다. 볼록한 저것은 관직의 높고 낮음을 뜻하는 것이고 늘어진 끈을 턱 아래 동여매면 흘러내릴 염려도 없어 보입니다."

옳지, 그나마 글월이라도 읽어본 한섭이 낫다 싶었다. 엉덩이에 덧대어 묶기에는 끈이 짧았다. 나는 갓을 벗고 천 조각을 들어 머리에 쓴 후 끈을 동여맸다. 부드러운 천이 맨살에 닿는 기분이 그리 나쁘지 않았다. 끈을 묶고 보니 관모보다 더욱 위엄이 느껴졌고, 머리를 죄는 불편함도 훨씬 덜했다.

청국이나 왜국에서는 볼 수 없는 물건이므로 서양에서 온 것이라 여겨졌다. 집에 자주 드나들던 청국 역관의 말에 따르면 서쪽 바다에는 야만스러우나 문명이 발달한 민족이 산다고 했다.

그는 서쪽 바다의 사람들이라는 뜻으로 그들을 서양인(西洋人)이라 불렀다. 나는 지필묵을 꺼내 이 신문물의 이름을 짓고 쓰임새를 적었다.

불아자(不我者)

두 개의 볼록하고 둥근 천을 이어 붙인 두건으로 아니 불, 높을 아, 놈 자 자를 써 불아자라 칭하였습니다. 서양 벼슬아치가 사용하던 관모로 추측되오며 관리라 함은 모름지기 민중을 섬기는 낮은 자리의 사람이라는 뜻으로 불아자라 이름 지었습니다.

입수한 불아자는 봉이 두 개지만 고급관리일수록 봉의 개수가 늘어날 것으로 추측됩니다. 추후 외국에 사신을 보낼 때 벼슬아치들의 관모도 불아자로 바꾸심이 어떠한가 아룁니다.

첫번째 신문물의 해답이 이렇게 빨리 나올 줄은 미처 몰랐다. 임금에게 올린 보고문을 작성하고 보니 남은 물건의 용처를 파악하는 일도 그리 어렵지만은 않을 것 같았다. 이 신문물의 검역이 끝나고 보고문이 서책으로 정비되어 왜국과 청국에 전파되면, 그간 두 나라 사이에서 온갖 분쟁에 휘말려 몸살을 앓던 조선의 위상이 한껏 드높아질지 모른다. 더욱이 우리를 실험 무대로 삼은 왜국 앞에서 온갖 젠체를 할 수 있는 절호의 기회였다.

영보와 한섭의 존경심 가득한 눈길이 내 머리에 올라앉은 불아자에 매달렸다. 나는 짐짓 위엄 있는 표정을 지으며 둘에게 물러나라고 손짓했다. 불아자의 위풍당당한 자태 때문인지, 아니면 단숨에 첫번째 큰 산을 헐떡임 없이 뛰어넘은 기염 때문인지 영보와 한섭의 눈빛과 몸가짐에 지금껏 보지 못한 조심스러움이 묻어났다. 아주 잠깐이지만 신문물검역소에 부임한 게 행운이 아닐까, 하는 생각마저 들었다.

밸투부레

마음이 달아올랐다. 모든 신문물을 검역해야 임금을 알현할 수 있지만 첫번째 검역품인 불아자의 발견 앞에 가슴이 진정되지 않았다. 임금을 알현하지는 못하더라도 불아자를 진상하고 싶은 마음이 간절했다. 이 놀라운 발견을 임금이 알게 된다면 당장이라도 신문물검역소를 한양으로 옮겨줄지 모를 일이다. 불아자에 대한 보고문을 챙겨 한양 갈 채비를 하던 아침, 영보가 지푸라기 한 줌을 쥐고는 검역소로 들어왔다.

영보는 발등이 깨지게 눈곱을 매단 데다 누런 코를 흘리고 있었지만 같은 코흘리개 처지로서 불결함을 나무랄 수는 없었다. 나는 그를 본체만체하며 짐을 꾸렸다.

"막말로 지금 느긋하게 한양 가실 때가 아닙니다요. 머리가 노란 자들이 배를 타고 와서 제주를 염탐하다 오늘 아침 폭풍에 파선되었다고 합니다. 숱한 시체 속에서 유독 한 놈이 살아남아 감영으로 잡혀갔답니다. 막말로 이게 그놈 대가리에서 뽑은 머리카락인데, 보십쇼."

영보가 손에 쥐고 있는 것은 지푸라기가 아니었다. 예부터 아랍의 상인들이 청국을 통해 드나들었다는 이야기를 들은 적이 있으나 생김이 우리와 다를 뿐 머리카락이 노란 요물은 아니었다. 잘 먹지 못하는 어린아이의 머리카락이 노랗게 바래는 경우가 있기는 하지만 영보가 아무리 올차지 못하기로 그걸 보고 이런 터무니없는 소리를 지껄이진 않을 터였다.

"맹꽁징꽁하지 말고 소상히 말해보아라. 세상에 머리가 노란 자가 어디 있으며, 뭣하러 제주를 염탐하려 든다는 게냐?"

영보가 여물 씹듯 말을 우물거리는 사이 한섭이 들어왔다.

"그래, 한섭이 잘 왔다. 영보가 하는 말이 머리가 노란 자가 제주에 틈입했다는데, 그게 사실이냐?"

한섭은 당혹스러운 표정을 지으며 내가 앉은 의자 곁으로 바짝 다가와 나직이 대답했다.

"소장님, 방금 제주 감영에서 연락이 왔는데 빨리 가보셔야 할 것 같습니다. 얼굴이 희고 머리가 노란 사내 하나를 압송하였다는데 아무도 말이 통하는 자가 없답니다. 그래서 외국어에 능통한 소장님을 급히 찾는 모양입니다."

외국어라고 해봐야 바다 건너 왜국, 글이 같은 청국 말밖에 할 줄 모르는 내게 바다에서 솟았는지 하늘에서 떨어졌는지 모를 자의 말을 어찌 통역하란 말인가. 할 수 없이 꾸리던 봇짐을 내려놓고 부랴부랴 볼아자를 머리에 묶었다. 한동안 찌푸렸던 하늘이 잠시 개는가 싶더니 태풍이 휘몰아쳐 도랑이 넘치고 논이 벌건 흙탕물로 일렁였다. 머리가 노란 사내라. 서쪽 바다 건너 머리가 노랗고 피부가 흰, 삼지창으로 고기를 찍어 먹는 야만족이 산다던 역관의 허풍이 사실일 줄이야.

감영은 각 도에 설치된, 감사가 근무하는 관청으로 지금의 감사인 이상도 어른은 내 아버지와 동문수학한 막역지우였다. 사실 이상도 어른만 아니면 이 먼 제주까지 발령이 나진 않았을 텐데, 하는 서운함이 늘 가슴에 맺혀 있었다.

막 과거에 급제했을 때 마침 한양에 올라온 이상도 어른이 나를 불러 앉혔다. 임금께 상소를 올려 신문물을 검역하는 기관을 세우고 싶다는 언질이었다. 그리고 아직 발령지가 정해지지 않았으면 그 기관의 수장으로 나를 앉혀 훗날 제주 목사로 자리 잡는 데 큰 기틀을 마련해주겠노라 약조했다.

급제를 했다고는 하지만 상급인 갑과나 을과가 아닌 병과로 겨우 이름을 들이민 터라 귀가 솔깃한 제안이었다. 병과에 급제한 자들은 대부분 권지라는 임시직으로 궐에 드나들다 결국 빛을 보지 못하고 늘그막에 낙향하는 것이 수순이었다. 게다가 아버지가 불혹을 넘기자마자 몸져누워 약 한 첩 써볼 틈도 없이 별세한 후라 이상도 어른의 말씀에 앞뒤 잴 것 없이 고개를 조아렸다. 하지만 신문물검역소가 헛간과 다름없는 꼬락서니에 어리석은 오합지졸 둘뿐인 기관이었다는 걸 일찍 알았더라면 귓방망이를 맞는 한이 있어도 고사했으리라.

"함복배 소장 오셨나. 어서 들게나. 그런데 머리에 쓴 하얀 두건은 뭔가?"

오랜만에 마주한 이상도 어른은 정정했다. 본래 다섯 척도 되지 않는 자그마한 키에 뚱뚱한 체형이지만 바람 한 점 스며들 구석 없는 단단한 몸이었다. 손주가 아홉인 노인치고는 청년 부럽지 않은 기력의 이상도 어른이 내 손을 마주 잡으며 감영 안 집무실로 걸음을 옮겼다.

"이번에 들어온 신문물 중 하나입니다. 곧 조선의 모든 관리가 이걸 쓰게 될 것입니다. 그건 그렇고, 영보에게 들었는데 머리가 노란 자가 제주에 발을 디뎠다는 게 사실입니까?"

이상도 어른은 집무실 앞 댓돌을 바라보며 고개를 끄덕였다. 댓돌 위에는 물에 흠뻑 젖은 나막신 한 켤레가 가지런히 놓여 있었다. 나막신이라면 왜국의 관리들이 객주에 머물면서 간혹 누각으로 여흥을 즐기러 나올 때 끌고 다니는 신이지만 재질이 같을 뿐 모양새는 판이했다.

"그렇다네. 머리가 노랄 뿐 아니라 노린내도 나고 얼굴이 시체처럼 창백한 젊은 자라네. 성별은 남자인 듯싶네. 발을 동동 구르기에 측간을 알려주었더니 서서 소피를 보았다는군. 함께 파도에 떠밀려 온 자들도 있었으나 이미 익사했고, 그자만 겨우 살아남았네. 일단 자네가 만나보게. 말이 통해야 귀신인지 사람인지 알 것 아닌가."

나막신 옆에 갓신을 벗어놓고 조심스레 방문을 열었다. 사람들의 말처럼 머리가 노랗고 그 가닥이 풀어진 새끼줄처럼 고불거리는 사내가 다리를 쭉 펴고 앉아 말끄러미 나를 바라보았다.

방 안에는 염소로 소주를 고을 때 나는 노릿한 냄새와 바다 비린 내가 뒤섞여 숨을 쉬기 어려울 지경이었다.

"행색은 사람인데 어째 짐승의 냄새가 납니다."

이상도 어른이 말없이 코를 감싸 쥐고 사내 앞에 자리를 잡았다.

"이보게, 여기는 신문물검역소에서 어렵게 모신 분이네. 어디하고 싶은 말이 있으면 속 시원히 해보시게나. 나이는 자네보다 적을 테지만 왜나라, 청나라 못하는 말이 없는 인재라네."

사내의 눈동자가 불안과 호기심으로 흔들렸다. 이상도 어른의 말이 아주 틀린 것은 아니지만 이자는 왜국이나 청국 사신과는 조금도 비슷한 구석이 없었다.

노란 머리의 사내가 먼저 입을 뗐다. 그는 도저히 알아들을 수 없는, 말인지 울음인지 모를 소리를 정신없이 쏟아냈다. 나는 왜국 말과 청국 말로 어디서 온 뉘냐고 물었지만 알아듣는 눈치가 아니었다. 세 식경 가까이 그에게 말을 붙여보려고 애를 썼지만 끝내 대화는 이루어지지 않았다.

"내 이름은 함복배고, 이분은 이상도 어르신이오. 당신의 이름은 무엇이오?"

손짓 발짓을 더해가며 이름을 묻자 사내가 나를 향해 손가락질하며 '하뭉보풰'라고 말했다.

"옳지. 나는 하뭉보풰요. 이분은 이으상도우."

"이으상도우."

이제야 사내가 내 말을 따라 하기 시작했다.

"가르치려거든 제대로 하게. 이으상도우가 뭔가?"

이상도 어른의 지청구를 듣는 둥 마는 둥, 대화에 진척이 생기자 기쁨과 설렘으로 가슴이 두방망이질 쳤다.

"벨테브레! 베엘테으브으레에!"

그의 이름이 밸투부레인 모양이다. 생선의 배알과 부레를 섞어놓은 이름 같기도 하고 언뜻 욕지거리 같기도 했다. 네 자인 이름이 없는 건 아니지만 다른 세상에는 밸씨도 존재한다는 사실이 놀라웠다.

"그래, 밸투부레 선생. 시장하지는 않으신가? 금강산도 식후경이라는데 손님을 굶길 수야 없지."

체면이고 뭐고 할 것 없이 나는 자리에서 일어나 두 손으로 배를 짚고 볼을 꺼뜨리며 배가 고픈 시늉을 했다. 밸투부레가 비로소 입가에 미소를 띠며 고개를 끄덕이고는 저도 배를 짚고 볼을 꺼뜨렸다.

"어르신, 밸투부레 선생이 시장한가 봅니다. 일단 요기를 한 후에 다시 대화를 시도해봄이 어떠신지요?"

기특하다는 듯 이상도 어른의 얼굴에도 희미한 미소가 어렸다.

"그래, 자네도 함께 들게나. 아니, 그럴 것 없이 신문물검역소로 밸투부레 선생을 모시고 가 천천히 대화하는 건 어떻겠나?"

선뜻 받아들이기 쉬운 제안은 아니었다. 훗날 귓방망이를 맞는 한이 있더라도 밸투부레인지 배알부레인지를 가까이 들이는 것이 아니라고 생각할 날이 오는 건 아닌지, 잠시 고민에 빠졌다. 그러나 이상도 어른은 자신의 다부진 몸처럼 말과 행동이 빈

틈없이 맞물렸다. 그는 병졸 셋을 불러 밸투부레의 짐을 꾸리게 한 후 말에 태워 앞장세웠다. 밸투부레와 나 그리고 턱을 타고 침이 흘러내리는 줄도 모르고 집무실 앞에서 내 꼴사나운 언행을 훔쳐보던 한섭과 영보가 병졸의 호위를 받으며 신문물검역소로 말을 달렸다.

나는 불아자 끈을 바짝 동여매고 어금니를 꽉 깨물었다. 이 말을 타고 한양으로 내달렸으면 좋겠다는 생각이 간절했지만 밸투부레의 거취에 대한 어명을 담은 서신이 올 때까지는 기다릴 수밖에 없었다. 신문물검역소가 사람도 검역하는 곳인 줄 알았더라면 귓방망이가 아니라 멍석말이를 당하는 한이 있더라도 거절하는 것이 옳았다는 생각이 머릿속을 떠나지 않았다.

화란 선비 박연

벨투부레는 대식가였다. 고상분이 차려낸 밥상을 젓가락도 쓰지 않고 정신없이 먹어치웠다. 외국의 음식이 입에 맞을 리 없겠지만 시장만 한 반찬이 없다고, 그는 숟가락을 사용해 밥그릇과 찬기를 말끔히 비웠다. 그러고는 고상분이 내온 숭늉까지 남김없이 마시고 나서야 긴장 풀린 얼굴로 흡족한 미소를 지었다. 음식이 매웠는지 그는 계속해서 숭늉 그릇을 들어 마시는 시늉을 했고, 고상분이 몇 차례 더 그릇을 채워주었다.

"나리, 저자가 혹시 몹쓸 병이라도 걸려 제 나라에서 쫓겨난 거라면 어쩐답니까? 그러잖아도 작년 이맘때 역병이 돌아 세 집 걸러 하나씩 살가죽이 시커멓게 변한 송장을 치웠다는데."

주책없기로는 고상분도 한섭이나 영보 못지않았다. 어느 안전이라고 주둥이를 함부로 놀리느냐, 역정을 낼까 하다가 지금은 전시나 다름없는 상황이라는 판단에 입을 닫았다.

"입초시 떨래? 가서 설거지나 하란 말이야. 저 양반 입을 옷가지도 가져오고."

한섭이 오랜만에 내가 할 말을 대신 해주었다. 그러자 고상분이 입술을 삐죽이며 상을 들고 방을 나갔다.

"밸투부레 선생, 여기는 조선이라 하오. 조, 선. 선생은 어느 나라에서 오셨소?"

나는 두 팔을 들어 하늘과 땅을 가리키며 조선이라 똑똑히 발음했다. 비록 다른 아이들보다 말은 늦게 시작했지만 말이 터진 이후에는 누구에게도 입씨름으로 져본 적이 없고, 무려 삼 개 국어를 유창히 하는 나였다. 또한 한섭과 영보 역시 그런 나를 늘 존경해 마지않는다는 걸 모르는 바 아니었다. 그런데 밸투부레를 앞에 두고 말조차 섞지 못하면 내 체면이 말이 아닐 터였다.

"초우선. 초우선."

밸투부레가 내 말을 따라 하기 시작했다. 그걸 바라보는 한섭과 영보도 신기하다는 표정을 지었다.

"그렇소. 조선! 여기 붙은 하늘과 땅은 모두 조선의 것이오. 그러니 당신이 온 나라가 어디인지 말해보시오."

나는 자리에서 일어나 다시 손가락으로 하늘과 땅을 가리키고 몸을 빙그르르 돌려 세상천지를 표현했다. 그걸 지켜보던 영보가 키들키들 웃음을 터뜨렸다. 의사소통도 중요하지만 채신없이 날뛰는 것만이 능사가 아니라는 생각이 들었다.

"영보야, 앞으로는 내가 너에게 지시를 할 테니 밸투부레 선생 앞에서 행동으로 묘사하는 건 네 몫이다. 알겠느냐?"

입을 틀어막고 웃음을 참던 영보가 금세 침울한 낯빛으로 그러겠노라 대답했다.

"Ik kom uit Holland. Holland!"

"막말로 자기네 나라가 꿈이라는 거야, 호울란드라는 거야?"

영보가 혼잣말을 하며 머리를 긁적거렸다.

"호울란드라고 두 번 말했으니 호울란드라는 나라에서 온 모양이구나. 무슨 나라 이름이 이리 기누. 호울은 홀이나 활로 부르고 란드는 그냥 란으로 줄이는 게 낫겠다. 그래야 보고문에 쓸 테니 말이야."

생각해보니 홀란이나 활란은 전쟁을 연상시켰다. 뜻이야 갖다 붙이기 나름이지만 화란이라 부르는 쪽이 더 부드럽게 느껴졌다. 밸투부레는 그리 위험한 인물 같아 보이지는 않았다. 노란 머리에 흰 피부를 지녔지만 눈이 선하고 남의 호의에 미소로 화답할 줄 아는, 제법 선비다운 풍모였다. 나는 종이를 펼치고 화란(和蘭)이라 적어 밸투부레에게 보여주었다.

"실례가 될지 모르겠으나 호울란드라는 이름보다는 조선 식으로 화란이라 부르기로 했습니다. 조선에서는 선비를 난초에 비유하고는 합니다. 좋은 뜻이니 부디 이해 바랍니다. 화란 선비, 밸투부레."

밸투부레는 내가 쓴 글씨를 유심히 보다가 붓을 부드럽게 가져가 글씨를 써 내려갔다. 도통 처음 보는 작대기와 지렁이들이 밸투부레의 손을 타고 쓰여졌다.

"뭐라고 쓴 걸까요, 소장님?"

한섭이 밸투부레가 써서 내민 글씨를 가리키며 물었다. 나 역시 알 턱이 없지만 그렇다고 모른다고 할 수도 없는 노릇이었다.

"고맙다는 뜻 아니겠느냐. 남의 나라에서 이런 환대를 받고 선비 칭호까지 들었으니. 그런데 밸투부레라는 이름도 너무 길고 부르기 불편하니 조선 식 이름을 지어주는 건 어떨까? 영보야, 이름을 새로 지어주겠다는 몸짓을 보여드려라."

영보가 자리에서 일어서긴 했지만, 이름을 새로 지어주겠다는 몸짓을 어떻게 해야 할지 몰라 울상을 지었다.

"내 이름은 함복배, 당신 이름은 밸투부레. 너무 기니까 함복배나 영보처럼 조선 이름으로 바꿉시다."

할 수 없이 내가 일어나서 두 팔을 펼쳐 너무 길다는 표시를 하고 몸을 한 바퀴 돌려 바꾸자는 의사를 표현했다.

"막말로 그건 누가 봐도 이름이 기니 바꾸자는 몸짓으로 보이지는 않습니다요."

가뜩이나 채신없이 몸을 놀린 것도 낯 뜨거운 판인데 영보의 말에 정수리가 따끔따끔할 만큼 화가 치솟았다. 손에 들고 있던 합죽선으로 영보의 머리를 한 대 내리치려는 순간 옷가지와 수정과를 들고 들어오던 고상분이 한마디 거들었다.

"그럴 것 없이 우리 마음대로 지어 부르다 보면 알아듣지 않겠어요? 보아하니 반편은 아닌 모양인데."

주책없는 영보나 대책 없는 한섭보다 고상분의 제안이 현명했다.

"그래, 상분이 네가 생각한 이름은 있느냐?"

합죽선 매질을 겨우 피한 영보가 헤실헤실 웃으며 고상분에게 자리를 내주었다.

"그냥 밸씨라고 부르자니 남우세스럽고, 박씨(朴氏)는 어떨까요? 박가라면 흔한 성이니 입에도 귀에도 익숙하고."

"옳지. 그럼 이름은?"

고상분이 한섭과 영보 몫의 수정과를 냉큼 들이켜고는 자리에서 일어났다.

"부엌데기가 어찌 이름을 짓습니까? 저기 상념 중인 한섭 도련님이라면 묘안이 있지 않을깝쇼?"

한참 조용하다 싶더니 한섭은 도로롱, 낮게 코까지 골며 잠에 빠져 있었다. 대체 밤마다 무얼 하기에 근무 시간에 졸기 일쑤인지 알 수가 없었다.

"도련님, 주무시면 어쩝니까?"

영보가 옆구리를 손가락으로 찌르자 귀찮다는 듯 몸서리를 치던 한섭이 겨우 사태를 파악했다.

"지금 밸투부레 선생의 조선 이름을 모의 중인데 네가 깊이 상념에 빠져 있기에 묘안이 있나 싶어 묻는다. 만약 무릎을 칠 정도로 좋은 이름이 네 입에서 나오지 않으면 내 너를 파직하겠느니라."

한섭의 이마에 식은땀이 배어났다. 본래 한섭은 김 진사의 막내아들로 동네 한량에 불과했다. 신문물검역소를 열자, 김 진사가 시루떡 서 말을 들고 찾아와 자신의 아들을 사람으로 만들어주면 평생 그 은혜를 잊지 않겠다고 읍소했다. 조수가 필요하던 차이기도 했고, 아버지 연배의 어른이 고개 숙여 간청할 정도의 망나니가 누구인지도 궁금했다.

나는 시루떡은 돌려보내고 한섭을 검역소로 불러들였다. 갓을 비뚤게 쓰고 어정어정 나타난 한섭의 눈가가 시퍼렇게 멍들어 있었다. 김 진사의 완력 때문인지 허송세월한 회한 때문인지 한섭은 순순히 자신을 거두어달라며 내 앞에 무릎을 꿇었다. 행동거지며 옷차림이 썩 눈에 차지는 않았지만 김 진사의 애틋한 부정을 생각해 특별히 그를 조수로 채용했다. 그러나 한섭은 여염집 담을 넘던 솜씨로 몸이 잰 것 외에는 지금껏 그리 쓸모가 없었다.

"소장님, 외자로 연(淵)이라 하오면 어떨까요? 물에서 나온 사내이기도 하고, 또 말이 통하지 않아 조용하니 다른 뜻으로 조용할 연 자도 되지 않습니까?"

급조한 것치고는 꽤 그럴듯한 이름이었다. 박연(朴淵)이라. 개성의 그림 같은 폭포 이름도 박연이지 않은가. 앞에서 쭉 펴고 있는 긴 다리를 보니 시원한 폭포수가 떠오르기도 했다.

"오냐, 박연이라는 이름이 나쁘지 않구나. 오늘부터 벨투부레 선생을 박연이라 부르도록 해라. 그리고 피곤하실 테니 쉬시게 하자꾸나."

나는 영보에게 의복을 입히도록 지시하고 자리를 떴다. 방으로 돌아가기 전 검역소에 들러보니 아침에 꾸려둔 한양 갈 짐이 탁자 위에 그대로 놓여 있었다. 착잡한 마음에 짐 꾸러미를 물끄러미 쳐다봤다. 어차피 불자자 한 건으로 도성에 쉬이 입성하지 못하리라는 것은 잘 알고 있었다. 남은 신문물과 신세계에서 온 박연에 대한 보고서를 임금께 올린다면, 큰 신임을 얻어 제주 목 사든 암행어사든 뜻하는 관직에 한 발짝 더 나아갈 수 있는 기틀 이 될 터였다. 그리만 되면 연지의 꽁꽁 언 가슴도 해빙의 봄을 맞지 않을까, 하는 기대 또한 일렁였다.

치설

　이튿날, 박연은 팔다리가 깡똥하게 올라간 의복을 입고 쪽마
루에 나왔다. 기지개를 켜는 그에게 숟가락 드는 시늉을 하며 겸
상을 청했다. 어제는 경황이 없어 미처 눈여겨보지 못했지만 박
연은 식사 전 염주 같은 것을 꺼내 혼자 무어라 중얼거린 후 숟
가락을 들었다. 아침나절이라 어제만큼 식욕이 나지 않는지, 그
는 된장을 풀어 심심하게 끓인 아욱국에는 입도 대지 않고 밥과
나물 몇 가지만 먹었다. 나를 따라 비운 밥그릇에 숭늉을 붓고
휘휘 돌려 마시는 모양새가 퍽 정겨웠다. 숭늉까지 말끔히 비운
박연이 그릇 위로 눈을 흘끔거리고는 배시시 웃음을 지었다. 필
경 내 머리 위에 올라앉은 불아자를 보고 지은 웃음이었다. 박연
의 나라에서는 봉이 두 개인 불아자를 쓰면 하급관리에 속하는
지도 모른다. 나는 겸연쩍어져 황급히 불아자를 벗고 부러 큰기
침을 했다.

"Brassière."

박연이 손가락으로 불아자를 가리켰다. 언뜻 그가 뱉은 말이 불아자와 비슷한 발음인 걸로 보아 내 추측과 작명이 절묘하게 맞아떨어진 것 같아 다시금 마음이 뿌듯했다. 검역소에 오기 전, 박연이 입고 있던 옷은 몸에 꼭 붙어 민망한 모양새였지만 몸을 휘감아 불편하기 그지없는 도포보다는 오히려 실용적으로 보였다. 어쩌면 박연이야말로 한섭이나 영보보다 신문물검역소에서 큰 역할을 해낼지도 모른다는 생각이 들었다. 어차피 외국인이니 녹봉을 따로 책정할 필요도 없고, 그의 동태를 살피는 데는 함께 어울리고 부대끼는 편이 좋을 성싶었다.

상을 물리고 고상분에게 박연의 소세 물을 내어주게 지시한 후, 마당을 가로질러 신문물검역소로 출근했다. 먼저 나온 한섭과 영보가 허리를 숙여 아침 인사를 건넸다.

"어제 불아자 보고서를 들고 한양으로 가려 했으나 박연 선생이 나타나는 바람에 아무래도 일정을 연기해야 할 것 같구나. 일단 다른 물건도 보고서에 기록해 박연 선생과 함께 아뢰는 것이 좋을 듯싶다. 내일부터는 박연 선생도 이 신문물검역소에 근무를 시킬까 하는데 너희들 생각은 어떠냐?"

둘 다 아무 대답 없이 한참 동안 서로 눈치를 살피다 한섭이 먼저 고개를 들었다.

"말도 안 통하는 외국인을 함부로 들여도 될까요? 어제 상분이 말도 조금은 일리가 있습니다. 살갗이 허연 것도 병에 걸려 그런지 모릅니다."

영보도 거들었다.

"맞습니다. 앞으로 저희들이 바짝 나리를 모실 테니, 막말로 박연 선생까지 합세할 필요는 없을 것 같습니다."

혼자 꾸려가는 신문물검역소가 아니니 부하들의 말을 아주 무시할 수는 없었다. 하지만 불아자를 보고 뭔가 아는 눈치를 내비친 걸 보면 박연은 분명 쓰임새가 있는 요인일 터다. 물색 모르는 그들에게 마냥 휘둘릴 수는 없었다.

"너희들 마음을 모르지 않으나 나로서는 박연 선생의 안위를 책임진바, 내가 근무를 하는 시간 동안 저렇게 마냥 내버려둘 수는 없는 노릇이다. 내일부터 이곳으로 불러 조선의 말과 글을 가르치고 감시를 할 터이니 그런 줄 알거라."

여전히 마뜩잖은 표정을 짓던 한섭과 영보가 고개를 숙여 '네' 하고 짧게 대답했다.

나는 한섭을 시켜 궤짝 안에서 다른 물건을 가져오라고 일렀다. 한섭이 손바닥보다 조금 큰 가죽 주머니를 들고 왔다. 끈을 풀어 가죽 주머니를 헤쳐보니 나무로 만든 막대가 들어 있었다. 길이는 반 자 정도였고 끝에는 뻣뻣한 짧은 실이 빽빽이 솟아 있었다. 뒷면을 보자 모근이 눈에 띄었다. 그렇다면 이건 실이 아닌 말의 갈기 같은 동물의 털일 거라 추측되었다.

"도통 쓸모를 짐작하기 어렵구나. 막대는 손으로 쥐거나 어딘가에 꽂는 용도일 텐데."

막대 부분을 잡고 털로 손바닥을 문질러보니 감촉이 그리 나쁘지는 않았다.

"역시 살에 대는 물건 같습니다. 제일 그럴듯한 게 숟가락인데 막말로 짐승 털 위에 밥을 얹어 먹기는 힘들 것 같고요."

영보가 그것을 자세히 보려고 얼굴을 들이댔다. 영보의 숨결마다 고약한 구취가 진동했다.

"좀 떨어져서 이야기하거라."

한섭이 영보의 옷자락을 잡아 끌어냈다. 영보가 머쓱한 표정을 지으며 손바닥으로 입을 가렸다.

"아침부터 속이 보깨더니 체기가 있는 모양입니다. 막말로 이게 다 치질 때문입니다요. 측간 가기가 고역이라 속이 꽉 막혔으니 냉수만 마셔도 속이 편치 않습니다."

오호라, 어쩌면 이것은 영보 같은 사람이 쓰는 물건이 아닐까 싶었다. 치질은 항문을 청결히 하고 그 주위를 따뜻이 하면 증세가 완화되는 병이다. 저 막대에 붙은 털로 부드럽게 항문 주변을 문지르고 닦아내면 혈행에 큰 도움이 될 터였다.

"용도를 짐작할 만하다. 이것은 항문에 질환이 있는 자가 그 주위를 청결히 할 때 사용하는 물건일 게다. 이 거친 털로 문지르다 보면 항문 부위의 혈행이 개선돼 빨리 아무는 데 도움이 되지 않겠느냐? 치질 치(痔) 자에 가죽 다룰 설(韖) 자를 써 치설이라 부를까 하는데 너희들 생각도 말해보거라."

한섭이 치설을 가져가 유심히 살펴보았다.

"일단 영보에게 이걸 직접 써보게 하심이 어떤지요? 효과가 있다면 치설로 불러도 마땅하겠습니다."

"그러자꾸나. 영보야, 이걸 들고 측간에 가서 항문을 문질러보아라. 너무 세게 하면 상처가 날 수도 있으니 요령껏 다루어라."

영보가 그리 내키지 않는 표정으로 한섭에게서 치설을 받아 들고 어기적거리며 검역소를 나섰다. 한참 만에야 돌아온 영보의 표정이 밝았다. 그렇게 생각을 해서인지 걸음걸이도 한결 자연스러워 보였다.

"어떻더냐? 쓸모가 있더냐?"

한섭이 영보의 손에 들린 치설을 가리키며 물었다.

"네, 확실히 물건입니다. 처음엔 요령이 없어서 허둥대다 벽을 짚고 엉덩이를 내밀었습니다. 막말로 항문에 호두알만 한 치핵이 대롱거렸는데 두 눈 꾹 감고 그걸 이 나무 막대 뒷부분으로 밀어 넣었습니다. 그게 다 들어간 다음에 여기 붙은 털로 항문에 힘을 주고 슬슬 문질렀더니 통증도 곧 사라졌습니다. 나리의 추측이 딱 맞아떨어졌습니다요."

흥이 난 영보가 벽을 짚고 치설을 사용하는 모습을 재연했다.

"그래, 이제 이것의 이름은 치설이다. 기왕에 네가 사용을 했으니 조석으로 열심히 문질러 치질을 치료하도록 해라. 임금께 고할 때는 끓는 물에 깨끗이 삶아 올릴 터이니 망가지지 않도록 조심하고."

나는 지필묵을 꺼내 두번째 보고문을 작성하기 시작했다.

치설 (痔楔)

항문에 질환이 있는 자가 사용하는 의료 용구로 추측되는 도구입니다. 긴 막대의 끝에 짐승의 갈기로 보이는 뻣뻣한 털이 붙어 있습니다. 손잡이인 막대로 치핵을 밀어 넣고 털이 달린 부위로 항문 주변을 잘 문지르자 치질이 완화되는 결과를 얻을 수 있었습니다.

심한 변비가 있는 아녀자나 찬 곳에서 장시간 둔부를 방치하는 상인들의 치질 예방에 사용이 가능하나 그 용도가 항문에 쓰이므로 타인의 도구를 공용하기는 곤란할 것으로 보입니다.

치질 치, 가죽 다룰 설 자를 써 치설이라 명명하였습니다. 앞으로 가정 상비용품으로 보급하는 것이 어떠한지 아뢰옵니다.

작성을 마치고 보니 생전 처음 보는 물건의 용도를 어찌 헤아리나 싶던 걱정이 기우였다는 생각이 들었다. 치질은 그 자체가 위험한 질병은 아니었지만, 간혹 환부를 타고 독이 오르면 고열이 치솟다 결국 사망하는 경우도 있었다. 치설에 붙은 짐승의 털을 좀더 부드러운 모질로 바꾸고 막대 끝을 둥근 형태로 개량한다면 더 많은 치질 환자가 측간에서 고통이 아닌 기쁨의 비명을 지를 것이 틀림없었다.

흡족한 마음으로 박연을 찾아갔다. 표류하는 동안 기력이 쇠했는지, 그는 검역소에 출근도 하지 않고 온종일 방에 틀어박혀 지냈다. 실용적인 것을 좋아하는 서양인에게 이 치설을 보여준다면 그 용처를 알아낸 검역소의 유능함에 감탄하리라 생각되었다.

"손으로 자꾸 뭘 그리고 쓰는 흉내를 내기에 지필묵을 가져다 드렸습니다."

고상분이 장독에서 된장을 푸다 말고 뛰어와 내게 알렸다. 방문 앞에서 헛기침을 두어 번 하고 문을 여니 종이 위에 무언가를 쓰던 박연이 반가운 듯 경쾌한 손짓으로 나를 불렀다. 그는 종이에 사람 모양을 그려갔다. 그건 놀랍게도 알몸의 여자였다. 박연이 젖가슴 근처에 동그라미 두 개를 그려 넣고는 자신의 머리를 가리켰다.

"내가 사람을 잘못 보았나 보오. 조선의 여인들은 함부로 옷을 벗지 않소. 앉아서 그런 음탕한 생각이나 하는 줄은 몰랐소. 박연 선생, 다시 봐야겠소."

얼굴이 화끈거리고 눈길을 어디에 둬야 할지 난감했다. 박연이 손을 내저으며 자신의 가슴에 손을 가져다 그것을 주무르는 듯한 몸짓을 보였다.

"그만두시오! 선생의 이런 행동은 내 못 본 것으로 하고 이만 돌아가겠소. 자꾸 여색이 생각나면 방에 앉아 춘화나 그리지 말고 마당에 나와 몸을 움직이거나 검역소에 들러 신문물의 쓰임을 연구하시오."

"하뭉보풰! Dit is Brassière. In borst van vrouw……."

박연이 알아듣거나 말거나 나는 속에 있는 말을 쏟아내고 방문을 나섰다. 등 뒤에서 박연의 목소리가 힘없이 잦아들고 있었다.

춘화를 처음 본 것은 아니다. 사실 이보다 더 경망스러운 춘화도 서생 시절 은밀히 동무들과 돌려 보곤 했다. 하지만 그건 어린 시절의 호기심일 뿐이었다. 만난 지 얼마 안 된 처지에 춘화를 그려 내미는 건 있을 수 없는 일이다. 어쩌면 그것을 박연의 탓으로만 돌릴 수는 없으리라. 그가 살던 신세계에서는 처음 만난 남자끼리 춘화를 그려 주고받는 것이 범상한 일일 수도 있겠다는 생각이 들었다.

쓸쓸한 기분을 떨칠 수 없었지만 검역소에 홀로 남아 박연을 이해하려고 애썼다. 그리고 저녁나절이 되자, 그에게 거칠게 화낸 일이 경솔했다는 생각이 들었다. 제 딴에는 내게 호의를 베푼 것일 수도 있었다. 혈기 왕성한 나이에 혈혈단신으로 타지에 나와 생활하는 내 모습이 애처로워 보였는지도 모른다. 정말 그의 나라에서는 이런 춘화를 선물하는 것이 극도의 예의인지 또한 알 수 없었다.

나는 사과의 뜻으로 화선지를 꺼내 박연에게 줄 춘화를 그리기로 마음먹었다. 날씬한 허리와 풍만한 젖가슴은 그렸지만 차마 음부만은 자세히 그리지 못했다. 그 자리에 참을 인(忍) 자를 적어 넣고 얼굴을 그리기 시작했다. 검고 가느스름한 눈, 작지만 야무지게 오뚝 솟은 콧날, 풀피리 소리처럼 가녀린 목소리가 새어나오는 도톰한 연분홍 입술을 그리다 보니 문득 연지가 떠올랐다. 내 나이가 올해로 약관인 스무 살이고, 연지 또한 같은 해에 태어났으니 스무 살이다.

아버지가 살아 계실 때, 이상도 어른은 내가 과거에 급제해 벼슬에 오르면 딸 연지와 혼인시킬 것을 약조했다. 비록 아버지는 작고하셨지만 나는 당당히 과거에 급제했다. 그 약조를 잊지 않은 나는 한양에 계신 큰아버님께 간곡한 마음을 담아 편지를 보냈다. 그리고 얼마 전, 큰아버님은 내 간청에 못 이기는 척 이상도 어른에게 청혼서를 보냈지만 한 달이 다 되어가는 지금까지 그는 허혼서를 보내주지 않았다. 하루하루 희소식을 기다리는 조급하고 애타는 마음이 얼굴에 고스란히 묻어났을 터이니 그런 그림을 받을 만도 했다.

잠자리에 들기 전, 나는 박연의 방문을 슬며시 두드리고 문틈 사이로 어렵게 그린 춘화를 밀어 넣었다. 그가 한문을 알 리 없으니 나는 마음 놓고 춘화 아래 부분에 몽중처자 이연지라 덧붙이기까지 했다. 방문 밖으로 소리 죽인 박연의 웃음소리가 새어 나오는 듯도 했다. 부끄러움에 발걸음이 빨라졌다.

잠을 설쳤다. 밤새 연지의 얼굴과 춘화가 떠올라 당최 잠을 이룰 수 없었다. 동이 트자마자 마당을 가로질러 검역소로 향했다. 어차피 잠도 오지 않으니 일찌감치 물건을 검역하려는 마음이었다. 막 검역소로 들어서려는데 뒤에서 인기척이 느껴졌다. 돌아보니 박연이었다. 그의 손에 낯익은 물건이 들려 있었다. 치설이었다. 놀랍게도 그는 치설을 입에 넣고 세차게 휘저었다. 허연 거품이 일어나는 것으로 보아 굵은 소금과 함께 입을 헹구는 모양이었다. 그런데 하필 그 도구가 치설이라니.

"Goed morgen."

한 손을 치켜들고 웅얼거리는 박연의 모습이 가관이었다.

"박연 선생, 그건 치질을 다스리는 도구요. 어쩌자고 영보의 항문을 문지른 더러운 도구를 입에 댄단 말이오."

박연은 말귀를 못 알아듣는지 여전히 치설을 세차게 이에 문질렀다. 때마침 영보가 어슬렁거리며 대문으로 들어섰다.

"영보 네 이놈, 대체 귀한 치설을 어찌 보관하였기에 박연 선생이 그것으로 이를 닦는단 말이냐?"

아차 싶은 표정의 영보가 잰걸음으로 다가가더니 박연에게서 치설을 낚아챘다.

"나리, 잘못했습니다. 어제 고상분한테 누룽지를 얻어먹느라 장독 위에 올려놓고 깜빡 잊었습니다요. 막말로 박연 선생이 이걸로 입을 헹굴 줄은 몰랐습니다. 어디 사라질까 봐 일찍 나온 것인데. 죽을죄를 지었습니다, 나리."

영보가 허리를 굽실거리며 박연의 입에서 나온 치설을 안타깝게 바라보았다.

"Dit is tandenborstel."

박연이 치설을 가리키며 제 나라 말로 거들었지만, 민망하기 그지없는 마음에 황급히 검역소 안으로 자리를 옮겼다. 잠시 후, 헐레벌떡 출근하는 한섭과 풀이 죽은 영보가 들어왔다.

"나리, 드릴 말씀이 있습니다."

영보가 쭈뼛거리며 말을 붙였다.

"실은 어제 집에 돌아가 자려고 하니 다시 항문이 따끔거리고 간지러웠습니다. 치핵도 도로 쏟아지고 말입니다. 아침에 눈을 떠보니 글쎄 어제보다 항문이 더 성이 나 있지 뭡니까? 그 치설이라는 게 사실은 치질을 다스리는 도구가 아닌지도 모릅니다. 소인, 죽을 각오로 말씀드립니다."

한섭이 영보의 귓바퀴를 잡아 문가로 떠밀었다.

"너무 세게 문지른 걸 겝니다. 적당히 수위를 조절해가며 써야 할 것을 저 무식한 놈이 막무가내로 휘저은 게지요. 치설은 치질을 다스리는 도구가 맞습니다."

자신을 두둔하지 않는 한섭을 영보가 섭섭한 눈초리로 올려다보았다.

"막말로 그게 치질을 다스리는 도구라는 건 추측 아닙니까요. 아까 박연 선생이 그걸로 이를 닦는 걸 보니 어쩌면 본래 용도가 그런 것이 아닌가 싶습니다."

박연은 화란에서 왔다. 화란이 바다 어느 귀퉁이에 붙어 있는지는 알 수 없지만 그의 차림새나 행동으로 보아 막돼먹은 나라는 아닌 것 같다. 또 박연의 나이를 정확히 알 수는 없지만 적어도 소년은 아닌 듯하니 세상 물정에 어두울 리도 없다. 그가 타고 온 배가 화란에서 출발해 세계 각지를 돌아다녔다고 가정한다면 이미 치설을 접한 적이 있는지 모른다. 그런 자가 치설로 이를 닦는다는 건, 어쩌면 저들 세계에서는 당연한 쓰임인지도 모른다. 치설의 용처는 여전히 기연미연했다. 머리가 욱신거리고 숨이 가빠왔다.

연지

"이상도 어른과 연지 아씨 오십니다."

한섭과 영보의 팽팽한 접전을 끊은 건 이상도 어른의 행차를 알린 고상분이었다. 이상도 어른이라면 박연이 어찌 지내는지 궁금할지도 모른다지만, 연지가 이곳을 찾는다는 건 이례적인 일이었다. 이상도 어른이 제주로 떠난 삼 년 동안 나는 연지의 얼굴을 본 적이 없었다. 그사이 연지는 어떻게 변했을까? 서랍에서 불아자를 꺼내 머리에 얹고 마당으로 뛰어나갔다. 장옷을 걸친 연지가 이상도 어른의 등 뒤에서 고개를 숙이고 있었다. 아버지를 닮아 키가 자그맣지만 살결이 희고 이목구비가 오목조목한 연지는 미인으로 성장했다.

"오셨습니까, 어르신."

마당에서 이상도 어른을 발견한 박연이 반가운 표정으로 내 옆에 다가섰다.

"밸투부레 선생도 일찍 기침하셨군. 선생 근황도 궁금하고 또 바다 건너 말을 배워보고 싶다는 연지의 뜻도 있어 함께 왔네. 연지가 사나흘에 한 번씩 여기서 밸투부레 선생에게 말을 배우고, 또 조선말을 가르치는 건 어떤가 싶네."

연지는 여전히 말없이 고개를 숙인 채 이상도 어른의 등 뒤에 서 있었다. 어젯밤 연지에 대한 연정으로 잠을 이루지 못하다 동이 틀 무렵 잠시 존 사이 얕은 꿈을 꾸었다. 발아래 넓은 초원이 펼쳐지고 그 위로 오색의 아름다운 들꽃이 만발하는 그런 꿈이었다. 그것이 길몽인 듯싶었다. 조금 전의 두통이 안개 걷히듯 일순 사라졌다.

"여부가 있겠습니까. 그리고 밸투부레 선생에게 조선 이름을 지어주었습니다. 밸투부레가 부르기 힘든 점도 있고 또 조선에 왔으니 조선인으로 살아야 할 것 같아서 뜻을 모았습니다. 이제 박연이라 불러주시면 좋겠습니다."

이상도 어른이 크게 고개를 끄덕였다.

"묘안일세. 역시 함 소장답구먼. 조반은 들었는가?"

나와 박연, 이상도 어른이 겸상을 하고 연지가 따로 상을 받아 등을 돌리고 조반을 들었다. 박연은 여전히 김치가 내키지 않는지 숭늉에 밥을 말아 심심한 나물과 함께 배를 채웠다. 조선의 법도를 모르는 탓이겠지만 이상도 어른이 수저를 놓지도 않았는데 밥풀 몇 알을 손에 붙이고 박연이 자리에서 일어섰다.

"박연 선생, 어른이 먼저 수저를 놓기 전에는 자리를 뜨는 것이 아니네."

근엄하게 타일렀지만 말귀를 알아들을 리 없는 박연은 방문을 열고 나가버렸다.

"놔두게. 나도 잘 먹었네. 이왕 온 거 박연 선생의 숙소나 구경하고 감세."

박연이 조선말을 배우면 꾸짖고 가르쳐야 할 것이 하나둘이 아니었다. 우리는 상을 물리고 박연의 방이 있는 사랑채로 걸어갔다.

"이보게, 우리 들어가네."

나는 헛기침을 하며 방문을 열고 이상도 어른을 모셨다. 뒤이어 장옷을 팔에 건 연지가 반들반들 윤기 흐르는 머리를 숙이고 박연의 방으로 들어갔다. 두 사람을 따라 제일 마지막으로 방에 들어선 나는 이상도 어른과 연지가 무언가에 깜짝 놀라 고개를 외로 꼬는 것을 보았다. 대체 무엇을 봤기에 저토록 놀람을 금치 못하나 방을 휘돌아보니 벽 한가운데 눈에 익은 무언가가 붙어 있었다. 어제 내가 그린 춘화였다.

내게 처음으로 받은 선물을 자랑하고 싶었는지 박연은 손에 붙여 온 밥풀로 그것을 벽에 붙이고 흡족한 미소까지 지으며 다가왔다. 그것이 그냥 춘화인가? 지금 내 옆에서 검은 속눈썹을 떨잠처럼 파르르 떠는 연지의 모습이 담긴 그림이다. 그것도 버젓이 몽중처자 이연지라는 제목까지 붙여놓았으니 변명의 여지가 없었다. 박연에게 그런 글과 그림을 선물할 사람이 나 아니면 한섭일 테지만 이미 청혼서를 넣은 적이 있는 내가 유력한 용의자일 수밖에 없었다. 함복배라는 영민하고 예의 바른 청년이 한 순간에 천하의 음란 선비로 오해받기 딱 알맞은 상황이었다.

"박연 선생의 방은 잘 보았네. 연지야, 그만 가자. 오늘은 할 일이 많구나."

이상도 어른이 딸의 소매를 끌고 마당으로 나왔다. 그러고는 타고 온 가마를 돌려 감영으로 향했다.

모든 것이 물거품이 되었다. 연지와의 혼담, 사나흘에 한 번씩 연지를 만날 수 있는 꿈같은 기회, 그리고 이상도 어른이 약조한 제주 목사의 희망까지도. 참담한 기분이 되어 나는 허깨비처럼 마당에서 몸을 휘청였다.

"하뭉보풰!"

박연이었다. 그가 내 얼굴 위로 손을 휘저으며 이름을 불렀다. 지금껏 순하게만 보이던 비취색 눈동자가 갑자기 의뭉스럽게 느껴졌다.

"박연 선생, 지금은 대화를 나눌 기분이 아니오. 방에 들어가거든 당장 그 그림을 떼어 불쏘시개로나 쓰시오."

나는 관자놀이를 눌러가며 혼곤해지는 정신을 바로잡으려 애썼다. 한껏 주눅 든 한섭과 영보가 슬금슬금 내 눈치를 살폈다. 지은 죄가 있는 영보가 한섭을 방패처럼 앞세우고 발끝으로 흙바닥에 원을 그렸다.

그들은 물과 기름 같다가도 때로는 실과 바늘처럼 서로에게 절실한 존재가 되기도 했다. 둘은 태생부터 성장까지 판이했다. 한섭은 나의 호된 꾸중으로 세끼 배를 채우다시피 하는 천덕꾸러기지만 어쨌든 양반가의 자손이었다. 그러나 영보의 집안은 대대로 관노였다. 내가 갓 부임했을 때, 그는 빈 제주 목사의 사택을 지키고 있었다. 식탐이 많은 데다 눈치 없고 우둔한 성격 탓에 관노들 사이에서도 따돌림을 당했다고 한다. 그러던 중 목사가 사택을 새로 지어 이사하면서 빈집지기가 되었다고 내게 털어놓았다. 그는 자신의 처량한 인생에 곡조까지 붙여 타령으로 만들어 부르고는 눈물을 질금거리며 자신보다 서너 살이나 아래인 내 앞에 무릎을 꿇었다. 그러고는 얼마 전 양친마저 여의고 천애고아가 되었으니 새경도 필요 없고 그저 거두어만 달라며 매달렸다.

새경을 주지 않는 대신 나는 검역소 근처에 작은 초가집을 얻어주었고, 간혹 배가 곯지나 않는지 주전부리를 챙겨주며 어수룩한 이 녀석을 돌봐왔다. 그런데 얼마 지나지 않아 내가 영보에게 까무룩 속았다는 사실을 깨달았다. 제주 목사 댁 여종의 말에 따르면 그가 따돌림당한 가장 큰 이유는 그 천연덕스러운 연기력 때문이었다.

영보의 양친은 모두 기력이 성성한 중노인네로 목사를 따라 새 사택으로 이사를 했다. 하지만 고양이처럼 밤마다 광으로 숨어들어, 삼켜서 소화가 될 만한 것이라면 뭐든 축을 내야 직성이 풀리는 아들 때문에 그들의 고민은 이만저만이 아니었다. 영보는 목사 앞에 불려 가서도 외양간의 외뿔소가 지난밤 고삐를 풀고 걸어 나와 광에서 곶감이며 묵은 김치를 퍼먹었다고 뻔뻔하게 거짓말을 했다. 영보의 부모는 목사의 눈 밖에 난 천둥벌거숭이 아들까지 두둔할 엄두를 내지 못했다. 부부에게는 살길을 찾기 위한 대책이 필요했다. 그들이 머리를 모으고 짜낸 대책이란 것이 젊고 맹탕으로 보이는 나를 구슬려 입 하나를 덜어 보자는 것이었다. 좀더 날렵하고 영민한 조수나 관노를 찾을 수 없었던 것은 아니었다. 하지만 한섭과 영보를 보고 있노라면 어깨를 짓누르는 책임감의 무게도 잠시 잊을 수 있어 싫지만은 않았다.

"내 잠시 출타할 터이니 너희들은 궤짝 속 신문물을 연구하고 있거라."

오해를 풀어야 했다. 돌아서던 연지의 붉게 상기된 얼굴과 낮도깨비에게 휘둘린 것처럼 황망한 표정으로 가마에 오르던 이상도 어른이 생생히 떠올랐다. 지금 말을 달려 뒤쫓는다면 비슷한 시각에 도착하게 될 터였다. 하지만 사건의 중심에는 박연이 있었다. 말이 통하지 않는다 하더라도 박연을 데려가는 것이 조금 더 성의 있어 보일 성싶었다.

"영보야! 박연 선생에게 내가 이상도 어른 댁에 함께 가길 청한다고 전하여라."

내 목소리가 수그러든 것을 확인한 영보가 이제야 마음이 놓인다는 듯 '예이' 하고 시원하게 대답하고는 사랑채의 방문을 열었다. 영보가 말을 타는 시늉을 하고 수염을 쓰다듬어 이상도 어른 흉내를 냈다. 박연은 나를 향해 고개를 끄덕이며 알았다는 듯 웃음을 지어 보였다.

고상분에게 우물에 담가놓은 수박 한 덩이를 내오라 해서 말에 싣고 박연과 함께 감영을 향해 달리기 시작했다. 나는 갈등에 빠졌다. 사실대로 연지에 대한 연정 때문에 그런 춘화를 그렸다고 해야 할지, 아니면 말귀 못 알아듣는 박연이 그런 그림을 그렸다 고하고, 한섭과 영보가 장난삼아 제목을 달았노라 거짓말을 할지 고민스러웠다. 하지만 마음이 동해 그런 음란화를 그렸다고 하면 죽는 날까지 연지를 만날 수 없으리라는 절망적인 결과가 기다릴 거였고, 또 남에게 뒤집어씌워 위기를 모면한다는 건 선비로서의 자존심을 내버리는 일이니 용납할 수가 없었다.

결론을 내리지 못한 사이 말은 감영 앞에 다다랐다. 멀리서 이상도 어른과 연지를 태운 가마가 들썩이며 다가오고 있었다. 손바닥에 식은땀이 흥건했고 오줌소태라도 걸린 양 아랫배가 빠근하게 조여왔다. 이상도 어른이 탔을 가마가 대문 앞에 섰다. 가마 문이 열리자 이상도 어른의 진청색 비단신이 밖으로 비죽 나왔다. 가마꾼 하나가 재빨리 달려와 이상도 어른에게 어깨를 내어주자 비단신이 가뿐하게 바닥에 착지해 대문으로 걸어왔다. 뒤늦게 이상도 어른이 나와 박연을 발견하고는 흠칫 놀란 표정을 지었다.

"이렇게 왔으니 안으로 들게나."

고개를 돌려 연지가 타고 올 가마를 살펴보았지만 아직 도착 전이었다. 차라리 잘된 일이었다. 연지 앞에서 호된 꾸중을 듣고 싶지는 않았다. 나는 박연에게 안으로 들어가자는 손짓을 하고 새끼줄로 묶은 수박을 안고 뒤를 따랐다. 이상도 어른은 접대실이 아닌 집무실로 들어갔다.

"앉게. 출타를 하느라 오전 업무를 미뤘으니 길게 이야기하기는 곤란하네."

나는 박연에게 내 옆자리 의자를 빼주고 이상도 어른의 맞은편에 앉았다.

"검역소에서의 일은 부끄럽기 짝이 없습니다. 어르신, 부디 용서해주십시오."

고개를 숙이고 진땀을 흘리는 동안에도 이상도 어른은 대꾸가 없었다. 여종이 내가 들고 온 수박을 잘라 내왔다. 차라리 크게 꾸짖고 내쫓는 편이 나을 법한 시간이 나와 이상도 어른 사이를 무겁게 흘렀다.

"Wacht een beetje!"

정적을 깬 사람은 박연이었다. 그는 손바닥을 내저으며 주머니에서 무엇인가를 꺼냈다. 그의 손에 들린 것은 벽에 붙어 있던 춘화였다. 아뿔싸, 박연이 나를 구렁이 굴로 몰아넣는구나 싶었다. 불쏘시개로 쓰라는 말을 할 게 아니라 내가 직접 그 그림을 불태웠어야 했다. 이상도 어른이 고개를 들어 그림을 보고는 다시 낯을 붉혔다.

당장이라도 땅으로 꺼져 들어가 왜국도 좋고 화란도 좋으니 어디로든 사라지고 싶은 심정이었다. 이상도 어른이 보지 않는 먼 나라라면 걸신들린 승냥이가 들끓어도 좋을 성싶었다. 정신을 가다듬어 박연의 손에 들린 그림을 보니 내가 그린 춘화 말고도 엉성한 모양새의 사람 모양을 그린 그림이 있었다. 곤룡포를 걸친 왕의 모습 같기도 하고 한복을 입은 여자의 모습 같기도 했다. 그는 새로운 그림을 손에 들고 이상도 어른 앞에 펼쳤다.

박연이 무어라 지껄이며 손가락으로 나를 가리키고는 종이 위에 그림을 그리는 시늉을 했다. 그리고 춘화를 들어 자신의 가슴을 가리키고 또 그림을 그리는 시늉을 했다. 이상도 어른이 박연에게서 그림을 건네받았다. 그가 그림을 자세히 보느라 화선지를 치켜들자 안쪽에 그린 그림이 내게도 얼비쳤다. 대체 무슨 수작인지 알 수 없었지만 땅으로 꺼져 다른 나라로 도망칠 수는 없을 게 자명하니 된서리를 맞을 각오로 호흡을 가다듬었다.

"이 춘화는 박연 선생이 그렸고, 이 처자 그림은 함 소장이 그렸다는 이야긴가?"

말귀를 알아들을 리 없는 박연이 이상도 어른의 눈치를 잠시 살피더니 힘 있게 고개를 끄덕였다. 그러고는 자신의 가슴에 손을 모아 올리고 심장이 뛰는 것처럼 손바닥을 붙였다 떼기를 반복하며 글씨 쓰는 시늉을 했다.

"자네는 왜 대꾸가 없나? 내 말이 틀렸나?"

이야기가 어떻게 돌아가는지 가늠할 수 없었다. 나는 바짝 마른 입술에 침을 바르고 고개를 조아렸다.

"서로 연모하는 처자를 그리고 바꿔 제목을 붙였다는 뜻 같구면. 박연 선생이 체면 불구하고 함 소장의 억울한 누명을 벗겨주려 찾아온 걸 보니 내 더 이상 다그칠 마음은 없네. 허나 그림을 바꿔 서명을 한 연유는 무엇인가? 함 소장이 대답해보게."

이제야 박연이 무슨 꿍꿍이로 이러는지 알 것 같았다. 적적한 마음에 서로 연모하는 처자의 모습을 그려 바꾼 다음 각각의 그림에 서명을 했다는 표현임에 분명했다. 하지만 왜 다른 사람의 그림에 서명을 했는지 명확히 설명할 길이 없었다. 더 이상 우물쭈물하다가는 노련한 이상도 어른의 눈 밖에 날 것이 분명했고, 잘못했다가는 순진한 외국인을 현혹해 거짓 자백을 시킨 꼴이 될 수도 있었다.

"아버님, 그 그림은 두 사람이 그린 것이 아닙니다."

은초롱꽃에 아침 이슬이 맺혔다 떨어지는 것처럼 영롱하고 총기 어린 목소리였다. 연지였다. 어느 결에 문을 열고 들어선 연지가 장옷을 내리고 고개를 숙였다.

"그게 무슨 말이냐?"

하얀 가르마를 사이에 두고 유난히 새까만 머리가 붉은 댕기에 가지런히 묶여 연지의 허리께에 닿아 있었다. 이런 급박한 순간에도 연지의 얼굴을 훔쳐보느라 정신을 빼놓은 나 자신이 한심했지만 그건 이성으로 다스릴 수 있는 계제가 아니었다.

"실은 어제 김 진사의 아들인 한섭을 통해 박연 선생과 수학하고 싶다는 뜻을 서찰로 전했습니다. 말씀드리기 송구하오나 행실이 고약하기로 소문난 김한섭이 곧장 서찰을 전하지 아니하고 기방에 들른 게 탈이었습니다. 게서 만난 불량한 객이 제이름의 서찰을 보고 장난질로 춘화를 그려 넣은 모양이라고 김한섭이 토설하였습니다. 모든 게 탕아를 의심 없이 믿은 제 불찰에서 온 일입니다. 그리고 저와 한섭의 허물을 덮기 위해 함 소장과 박연 선생이 곤란을 자초하신 모양입니다."

연지는 숨 한 번 쉬지 않고 마치 연습이라도 한 양 막힘없이 이야기를 술술 쏟아냈다.

"연지의 말이 참이오?"

물색 모르는 박연이 대답 대신 씽그레 미소를 지어 보였다. 연지의 말은 거짓이 명백하다. 제주에서 한섭만 한 논다니가 없다는 걸 익히 알고 찍어 붙인 것일 테지만, 이상도 어른의 눈을 가리기엔 더할 나위 없는 구실이 되었다. 나는 차마 고개를 들지 못하고 고개만 주억거렸다. 비록 마음에 개운치 않은 앙금이 남아 있었지만 어쩔 도리가 없는 상황이었다. 한참을 말없이 나와 박연을 번갈아 보던 이상도 어른의 눈길이 부드러워지자 이마에 흐르던 땀이 멎고 가슴에 매달려 비뚜적거리던 가책의 추가 비로소 멈추는 것을 느꼈다. 비단 오해를 풀어서만은 아니었다. 연지가 나를 위해 없는 죄를 뒤집어썼다는 갸륵함에 대한 감동이었다. 지난 삼 년간 연지도 나처럼 가슴 저린 그리움을 홀로 참아냈는지 모른다. 박연도 밝아진 나의 표정을 보며 은밀한 눈짓을 보냈다.

"자네를 오해한 듯싶네. 서운하게 생각지 말게. 여식 둔 부모라면 천출이든 임금이든 그릇은 매한가지라네. 그리고 연지를 곤란하게 한 불온한 선비는 내 반드시 색출해 죄를 묻겠네. 수박 자시고 돌아가시게나."

박연이 수박 한 쪽을 들어 오랜만에 흡족한 표정으로 우썩우썩 먹어치우기 시작했다. 구메구메 연지의 뽀얀 얼굴을 훔쳐보는 사이 손님이 찾아왔다는 보고에 이상도 어른이 자리를 비웠다.

"내 오늘의 교훈과 낭자의 은덕을 잊지 않겠소."

곁을 지키고 앉아 있던 연지가 고개를 들었다. 삼 년 전과 달리 싱그럽고 고고한 여인의 자태였다. 숨결에서조차 은은한 향기가 풍겨 바다를 표류하는 조각배에 몸을 실은 양 가슴 한편이 속절없이 뒤흔들렸다.

"오늘 거짓을 고한 것은 함 소장님을 위기에서 구함이 아니었습니다. 박연 선생과 수학을 하고 싶은 간절한 마음에 태어나 처음으로 거짓을 입에 담았습니다. 그러니 나는 함 소장님을 용서한 것이 아닙니다. 앞으로 음탕한 마음과 행동으로 나를 대했다가는 그 불온한 선비가 함 소장님이라는 사실을 아버님께 고하겠습니다. 모레부터 수학을 할 터이니 그리 알고 계십시오."

봄날, 왱그랑왱그랑 풍경 소리를 들으며 꽃길을 산책하던 마음에 서릿발이 치자 귀밑머리가 곤두섰다. 차가운 눈길의 연지가 박연에게 목례를 하고 먼저 집무실을 나섰다. 박연의 수박 씹는 소리만이 집무실 안을 야기죽야기죽 비웃듯 맴돌았다.

만앙경

박연과 나는 다시 뙤약볕 아래 말을 달려 검역소로 돌아왔다. 우물가에서 영보가 한섭의 등목을 시켜주고 있었다. 갓 길어 올린 시원한 물이 등줄기를 타고 흐를 때마다 '이야웃' '아갸갸' 따위의 비명을 지르며 한섭이 앙살을 떨었다. 그것을 본 박연이 저고리를 벗고 한섭처럼 몸을 엎드렸다.

"어맛!"

봉당에 앉아 키질을 하던 고상분이 박연의 벗은 몸을 보고 화들짝 놀라 눈을 질끈 감았다. 여자인 고상분만 경악한 것이 아니었다. 나 역시 박연의 몸에 두 눈이 휘둥그레질 수밖에 없었다. 삼복더위에 흰 피부가 붉게 익은 데다 그의 가슴과 등은 온통 모래알 같은 잡티로 가득했다. 그러나 무엇보다 우리를 놀라게 한 건 가슴에 난 연갈색 털이었다. 마치 짐승처럼 그의 몸뚱이는 곱슬곱슬한 가는 털로 뒤덮여 있었다. 가슴과 겨드랑이, 팔뚝과 아랫배에 자란 털이 땀에 젖어 맨살 위에 엉겨 있었다.

"영보 무얼 하느냐, 박연 선생 힘드시겠다."

사람의 몸에 이토록 많은 터럭이 자랄 수 있다니, 참으로 놀랍고도 볼썽사나운 모습이었다. 모른 체하고 방으로 들어가면서도 자꾸 눈은 박연의 짐승 같은 몸을 핼금대지 않을 수 없었다. 영보가 쏟아붓는 시원한 물줄기가 몸에 닿자 박연도 유쾌한 비명을 지르며 한 손을 들어 가슴과 목덜미를 씻어냈다. 이럴 때는 갓이 참 편했다. 불아자는 차양이 없어 볕을 가리기 불편했고, 또 뭔가를 훔쳐볼 때 눈길을 감춰주지 못했다. 어느새 키질을 멈춘 고상분이 부끄러운 줄도 모르고 등목의 즐거움에 빠진 박연을 노골적으로 쳐다보았다.

방으로 돌아와 도포와 불아자를 벗어놓고 서책을 펼쳤으나 글이 눈에 들어오지 않았다. 비록 연지에게 빚을 졌지만 당장 모레부터 그녀를 만날 수 있다는 사실에 나도 모르게 비실비실 웃음이 나왔다. 연지에게 내 연구 결과를 자랑하려면 진척이 있어야 할 텐데, 치설의 용도조차 미궁에 빠졌으니 마음이 여간 조급한 게 아니었다. 서책을 접고 자리에 누워 꿍싯거리는 사이 누군가 문 앞에서 손기척을 했다. 다급히 몸을 일으켜 자세를 고쳐 앉았다. 한섭이었다.

"마주할 낯이 없구나."

"살고나시는 데 일조를 해서 여간 기쁜 게 아닙니다."

한섭은 문구멍으로 동생의 혼인 첫날 저녁을 훔쳐보는 과년한 윗누이처럼 새롱거렸다.

"이런 일로 다시는 너를 난처하게 하지 않을 게다."

"아무렴요. 제 소박한 바람은 훗날 소장님이 어질고 현명한 제주 목사로 부임하시는 것뿐입니다. 그때 가서 길나장이라도 좋으니 저를 거두어만 주신다면 어떤 수모도 기껍게 받아들이겠습니다."

길나장이라면 고을의 수령이 출타할 때 길을 인도하는 나장을 말했다. 스스로 학문을 닦아 급제할 야심 없이 쉽게 묻어가려는 속셈이 얄미웠지만 한섭의 비위를 거슬러서 좋을 것이 없었다.

"오냐, 내 너의 충성은 잊지 않으마."

내 말에 신이 난 한섭이 사붓사붓 발걸음도 가벼이 방문을 나섰다. 그가 돌아간 자리에 고상분이 저녁상을 들였지만 쓴입에 맹물탕 같은 토란국만 들이켜고 상을 물렸다.

긴 밤 내내, 제주 목사가 된 한섭 앞에서 옥색 철릭을 걸치고 방울을 단 길나장이가 되어 굽신거리는 악몽에 시달려야 했다. 그러더니 새벽녘에는 허공을 향해 꾸벅 고개를 숙이고 '김한섭 제주 목사 납시오'라고 잠꼬대를 하며 화들짝 잠에서 깨어났다. 이 해괴한 꿈이 실현될 리야 없겠지만 식은땀이 등을 타고 주르륵 흘러내렸다.

이튿날 아침, 박연과 마주 앉아 조반을 비우자마자 조급한 마음에 그의 소매를 잡아끌었다. 아무래도 박연의 도움을 받아 빨리 문제를 해결하는 것이 좋을 성싶었다. 박연은 영문도 모른 채 검역소 안으로 들어와 빈 의자에 앉았다. 한섭과 영보도 자리를 채웠다.

"영보야, 설명해드려라."

영보가 치설을 꺼내 항문을 문지르는 흉내를 내더니 고개를 휘젓고는 다시 이를 닦는 시늉을 하며 고개를 끄덕였다. 박연 또한 영보의 행동을 유심히 지켜보더니 고개를 끄덕였다. 그의 행동을 보니 치설은 치질이 아닌 치아를 닦는 데 사용하는 것이 옳은 듯했다. 그러나 치아를 닦는 데 사용할 물건으로 항문을 닦았으니 그걸 어찌 임금 앞에 올릴 수 있으랴. 아무리 깨끗이 닦고 끓는 물에 삶는다 하더라도 사실이 발각될 시 임금을 능멸한 죄로 신문물검역소의 세 사람 모두 살아남지 못할 터였다. 나는 치설의 용도를 고쳐 올리는 대신, 지나친 사용은 질환을 악화시킬 수 있다는 글을 보태 보고문을 고쳤다.

"이번에는 내가 물건을 골라보련다. 박연 선생, 행여 사용법을 아시는 물건이 나오면 내게 알려주시오."

보고문을 고친 후 궤짝 안을 한참이나 휘저은 끝에 원뿔형 막대 하나를 찾아냈다. 생긴 것은 끝이 좁은 대나무 같은데, 막상 들어보니 꽤 무겁고 막대의 한 끝에는 애체에 들어가는 것처럼 생긴 유리가 붙어 있었다. 하지만 애체라고 하기엔 그 길이가 너무 길고, 그걸 힘주어 휘둘렀다가는 유리가 깨질 것이 분명했다. 나는 막대를 박연에게 건넸다.

"이게 무엇인지 아시오?"

박연의 표정이 해맑아졌다. 그는 좁은 끝을 눈가에 바짝 갖다 대고 유리가 붙은 쪽 아래를 손으로 받쳐 들었다. 역시 애체인가, 하는 생각에 박연에게 막대를 건네받아 같은 자세를 취해보았다. 통 끝에 눈을 갖다 대자 시야가 뿌옇게 흐려 사물의 형태가 제대로 보이지 않았다.

"nr! nr!"

박연이 비좁고 어두운 검역소의 문을 열었다. 담 너머 야트막한 산 몇 개와 개울, 멀리 바다가 보였다. 박연이 풍경을 향해 아까와 같은 자세를 취했다. 그러고는 흡족한 미소를 지으며 내게 막대를 넘겼다. 막대의 좁은 끝을 눈에 바짝 대고 보니 해송 한 그루가 조금 뿌연 채로 눈앞에 아른거렸다.

"희한한 일이구나. 이 근처에는 해송이 없거늘, 막대를 들여다보니 틀림없이 보이는구나."

곁에 다가온 한섭에게 막대를 넘겼다. 한섭도 같은 자세를 취했다.

"소장님, 해송은 보이질 않고 개천에서 발가벗고 날뛰는 어린애들이 마당가에서 노는 것처럼 보입니다요. 세상에!"

어느새 영보도 뛰어나와 막대를 차지하고 먼 곳의 사물이 가까이 보이는 것에 기함을 했다. 우리 셋이 호들갑을 떠는 동안 느긋하게 팔짱을 낀 박연이 그 모습을 흐뭇한 눈길로 바라보았다. 이렇게 신기한 물건만 있다면 전쟁 시 요긴하게 쓰일 터였다. 가슴이 터질 듯했다.

"나리, 쇤네도 그 막대기 한번 보여주면 안 되겠습니까? 멀리 있는 게 그렇게 잘 뵌다면 우리 연지 아씨도 볼 수 있지 않겠습니까요?"

설거지를 막 끝낸 고상분이 치마에 손을 문지르며 겸연쩍은

표정으로 내게 부탁했다. 그렇다, 이것만 있으면 연지의 일거수
일투족을 마당에 서서 얼마든지 구경할 수 있을 터였다. '앞으
로 음탕한 마음과 행동으로 나를 대했다가는 그 불온한 선비가
함 소장님이라는 사실을 아버님께 고하겠습니다' 하는 연지의
야무진 목소리가 귓가에 생생했지만 연모하는 정인의 모습을
바라보는 것이 죄가 된다고는 생각지 않았다.

나는 흔쾌히 고상분에게 막대를 건넸다. 고상분이 그걸로 감
영 방향을 향해 이리저리 위치를 돌리더니 눈가에 빨갛고 동그
란 자국만 남기고 부루퉁한 표정이 되어 막대를 내려놓았다.

"왜? 안 보이느냐?"

누구보다 결과가 궁금한 사람은 나였다.

"제 눈이 삐었는지 자꾸 갈매기나 떡갈나무만 보입니다. 이것
도 상놈 양반 가려가며 봬주나 봅니다."

나도 얼른 감영 방향으로 막대를 갖다 댔다. 고상분 말대로 빈
하늘과 잡초 우거진 동산, 쟁기 끄는 농부밖에 보이지 않았다.
요령이 필요한 모양이다.

"나리, 이제 쓸모도 찾고 했으니 이름부터 지으셔야 하는 게
아닙니까?"

정신없이 연지를 찾던 중에 한섭이 물색없이 끼어들었다. 박
연이 막대를 손가락으로 가리키며 제 나라 말을 했지만 조선인
의 자존심으로 남의 나라 말을 가져다 쓸 수는 없었다. 나는 연
지 찾는 것을 잠시 뒤로 미루고 막대의 이름에 골몰했다.

망원경 (望遠鏡)

멀리 떨어진 사물을 크고 정확하게 볼 수 있는 도구입니다. 원뿔형 통의 양쪽 끝에 유리가 붙어 있고, 그걸 눈에 밀착시킨 후 원하는 사물을 향해 위치를 이동하여 사용합니다. 어둡고 비좁은 실내에서 사용할 때는 그 능력이 제대로 발휘되지 않았으나 실외에서 사용하자 삼 리 밖의 사물도 자세히 볼 수 있었습니다.

향후 궐과 조선의 안보뿐 아니라 불가피한 전시 상황에 큰 도움이 되리라 여겨집니다. 바라볼 망, 멀 원, 거울 경 자를 써 망원경이라 부름이 좋을 듯하옵니다.

오랜만에 명쾌한 해답을 얻었다. 모두 박연이 도와준 덕분이었다. 나는 박연을 돌려보내고 한섭과 영보에게도 오늘은 일찍 들어가 쉬라고 일러두었다. 명목은 망원경의 쓰임을 생각보다 쉽게 발견한 데 대한 포상이었지만, 실은 느긋하게 연지를 보고 싶은 갈망 때문이다. 허둥지둥 망원경을 들고 방으로 들어가 들창을 열었다. 아직 해가 중천인 데다 날씨가 화창해 꽤 먼 데 있는 사물까지 선명하게 볼 수 있었다. 나는 아주 조금씩 망원경의 위치를 조절해가며 연지가 있을 법한 곳을 더듬었다. 하지만 너무 먼 곳에 망원경을 들이대면 곧 눈앞이 안개 낀 것처럼 뿌옇게 변했다. 끼니도 거르고 빈속을 물로 달래가며 망원경을 들고 종일 서성거렸지만 결국 연지의 댕기 끝조차 보지 못하고 해가 저물었다. 내일이면 연지가 오리라는 걸 알고 있었다. 하지만 조금이라도 빨리 그녀를 만나고 싶었다. 노력에도 불구하고 진척이 없자 하루를 허비했다는 자책이 들었다.

이튿날 아침에도 나는 햇귀가 들자마자 들창을 열고 연지가 타고 올 가마를 기다렸다. 멀리서 그녀의 가마가 가물거리면 재빨리 검역소에 나가 연구에 골몰하는 모습을 보여줄 심산이었다.

한섭과 영보가 출근을 했는지 마당에서 토닥거리는 소리가 들렸다. 박연이 제 나라 말로 고상분에게 무어라 지껄이는 소리, 마당 쓰는 소리, 연지의 청명한 목소리가 차례로 들려왔다.

연지? 그렇다, 연지의 목소리가 틀림없었다. 옥돌 위로 낙숫물이 똑똑똑, 아름다운 여인이 뜯는 비파 소리 동기동기, 찔레 가지 위의 곤줄박이가 비비배배, 은쟁반 위에 옥구슬이 도그르르. 이 모든 소리를 한데 모아놔도 도저히 이겨낼 수 없을 만큼 비현실적인 연지의 낭랑한 음성이 지척에서 들려왔다.

그렇게 오래 망원경을 들여다보았건만 연지는 내 눈길이 닿지 않는 길을 통해 깃털처럼 사뿐히 검역소로 찾아왔다. 연구에 골몰하는 모습은커녕 소세도 하지 않은 몰골인데 문밖에서 연지의 그림자가 알른거렸다.

"함 소장님, 저 왔습니다. 문안인사를 드려도 되겠습니까?"

망원경을 겨드랑이 사이에 끼고 번들거리는 얼굴을 소매로 문질러 닦았다. 그리고 풀어진 옷고름을 다시 매기 위해 팔을 움직이자, 헐거워진 겨드랑이 사이에서 망원경이 바닥으로 곤두박질치고 말았다. 쨍강, 하는 소리와 함께 원뿔의 좁은 쪽 유리가 깨져 방바닥에 흩어졌다.

"함 소장님, 괜찮으십니까?"

밖에서 연지가 독촉을 하고 있는데, 귀한 망원경을 고장 낸 나는 허둥거리기만 했다. 연지가 이 꼴을 보면 더뻑 반편으로 취급할 것이 자명했다.

"괜찮소. 잠시 서책을 읽고 있었소. 내 금방 나가리다."

의복을 바로하고, 유리 파편을 한데 그러모아 보자기에 싸 서탁 아래 밀어놓았다. 혹시 아주까리 열매를 짓이겨 바르면 붙을지도 모른다는 생각이 들었다. 어린 시절 여종 하나가 실수로 독을 깨고 그 자리에 아주까리 열매를 짓이겨 붙이는 걸 본 기억이 났다. 계속 연지를 기다리게 할 수 없어 방문을 열고 가볍게 목례를 나누었다.

"상분이와 영보의 말을 듣자 하니, 훌륭한 물건을 찾아내셨다던데 그 망원경이라는 걸 저도 구경할 수 있을까요?"

몰래 그대를 훔쳐보려다 망원경을 깨뜨렸다고 사실대로 말할 수는 없었다.

"임금께 진상할 물건을 함부로 내돌릴 수는 없지만 지금 깨끗이 닦는 중이니 잠시 후에 보시는 게 어떻겠소?"

연지가 고개를 끄덕이고 대청마루에 차려놓은 다과상 앞에 앉았다. 나는 방문을 소리 나지 않게 살그머니 닫았다. 그리고 들창으로 개울 건너 아주까리 나무를 확인했다. 유리가 한 개 남은 망원경을 조심스레 서책 위에 세워놓고 들창을 넘어 밖으로 나갔다. 바닥에는 거친 모래와 자갈이 가득해 버선발에 아프게 배겼지만 엄살을 부릴 시간이 없었다.

길을 돌아가면 개울 위에 걸쳐놓은 판자가 있지만 거긴 대청마루에서 뻔히 보이는 자리였다. 나는 버선을 벗어 들고 달려드는 거머리에 진저리를 치며 개울을 건넜다. 도깨비풀과 미친년 볼기짝풀이 우거진 빈 밭을 지나 풀독 오른 종아리를 절며 아주까리 나무 앞에 도착했다. 마침 쓰고 있던 불아자를 벗어 오목한 공간에 아주까리 열매를 따서 담기 시작했다. 스무 알 남짓한 열매를 따고 그만하면 충분하겠다 싶어 풀이 무성한 빈 밭과 더러운 개울을 건너 들창 앞에 섰다. 먼저 불아자를 방으로 던져 넣고 몸을 끌어 올릴 셈이었다.

"불이야!"

고상분의 다급한 목소리가 들창 아래서 들렸다. 안을 들여다보니 서책이 불타고 있었다. 나는 고상분과 동시에 방 안으로 몸을 내던졌다. 더러운 버선을 손에 쥐고 종아리에는 꿈틀대는 거머리를 붙인 모습이 고상분 그리고 뒤늦게 나타난 연지, 한섭과 영보에게 차례로 드러났다. 손에 든 버선으로 서책을 두들겨 불을 끄는 데 성공했지만 온 방을 가득 메운 연기에 연지가 기침을 하고 돌아섰다.

"연지 낭자, 잠시 자리를 피해주시겠소? 상분이도 나가 있거라."

당황한 기색이 역력한 연지와 고상분을 내보낸 뒤 자리에 털썩 주저앉았다. 다행히 망원경은 크게 손상을 입지 않은 듯했다.

"나리, 이게 무슨 소란입니까? 몸은 상하지 않으셨습니까?"

한섭이 손바닥으로 재를 밀어내며 걱정스러운 눈길을 보냈다. 나는 대답 대신 종아리에서 거머리를 떼어내고 서탁 아래 밀어 넣은 보따리를 꺼냈다.

"한섭아, 네가 눈이 밝지 않으냐. 아주까리 열매를 따 왔으니 요령껏 붙여보아라."

아주까리 열매로 유리를 붙일 수는 없었다. 유리의 크기도 작고, 또 잘게 부서져 눈이 세 개인 사람이라도 붙일 재간이 없었다.

"도저히 안 되겠습니다. 아직 방에 연기가 차 있어 눈도 시고, 붙을 기미가 안 보입니다."

한섭이 두 눈을 비비며 망원경을 서탁에 내려놓았다.

"부서진 망원경을 진상할 수도 없는 노릇인데……"

한섭의 손에서 망원경을 가져간 영보가 들창 너머 밖을 바라보았다.

"전혀 안 보입니다. 그런데 나리, 낮이라 불을 댕긴 것도 아닐 텐데 대체 아까 불은 왜 난 겁니까?"

가끔 영보의 지나친 호기심이 뭔가 꼭 필요한 것을 찾아낼 때도 있었다. 바로 지금처럼 말이다.

"그러고 보니 신기한 일이구나."

나는 타고 남은 서책 위에 아까처럼 망원경을 세워놓고 들창을 열었다. 햇볕이 방 안으로 쏟아졌다. 우리는 숨을 죽이고 서책과 망원경을 바라보았다. 잠시 후 서책에서 연기가 피어오르기 시작했다.

"이야!"

영보가 호들갑을 떨다가 망원경이 파손된 걸 연지에게 들킬세라 입을 틀어막았다.

"이것은 이것 나름대로 쓸모가 있구나. 한섭아, 지필묵을 가져오너라."

서책에 붙은 불을 끄고 책상에 종이를 폈다. 그리고 망원경의 새로운 이름을 적어 시작했다.

만앙경 (曼怏景)

길게 끌 만, 편할 앙, 볕 경 자를 써 만앙경이라 부르는 이 물건은 부싯돌이 없이도 불을 붙일 수 있는 도구로 종이처럼 마른 것에 유리를 통해 햇볕을 투과하면 그 끝에 볕의 열기가 모아져 불이 붙는 원리입니다. 부싯돌을 사용하다 보면 닳아 없어지거나 크기가 작아 분실하기 쉽지만 만앙경은 영구적으로 사용할 수 있다는 점에서 획기적입니다.

단, 해가 없는 장마철이나 밤에는 사용이 불가능하므로 부싯돌과 함께 비치해 사용하는 것이 옳은 사용법이라 할 수 있습니다.

"한섭아, 가서 망원경에 대한 보고서를 아궁이에 집어넣거라."

망원경이 만앙경으로 다시 태어난 순간이었다. 이 모든 사건의 원흉인 연지가 대청마루에서 박연과 두런두런 이야기를 나누는 소리가 들렸다.

"나리, 막말로 망원경은 사라지지 않았습니요. 만앙경이 돼서 여기 있지 않겠습니까?"

영보의 말은 별로 위로가 되지 않았다. 어제와 오늘, 연이틀을 선비로서 절개를 지키지 못한 것에 대한 부끄러움에 절로 고개가 숙여졌다. 내 참담한 심정을 아는지 모르는지 영보는 마당에 지푸라기를 뭉쳐 불을 지피고 콩 한 줌을 뿌려 넣었다. 익은 콩을 주워 먹는 영보 곁에서 장승처럼 키가 큰 박연도 입가에 그을음을 묻히고 있었다.

곤도미

제주에 온 지도 어느덧 석 달이 지났다. 그사이 임금의 어명이 담긴 서찰이 이상도 어른에게 두 차례 전해졌다. 박연에 대해 소상히 전하라는 명에 그가 위험인물이 아니며 신문물검역소에서 중대한 업무를 맡아 잘 수행하고 있다는 글과 함께 환쟁이를 불러 초상화까지 그려 보냈다. 임금은 곧 새로운 서찰을 통해 의사소통이 가능해지면 나와 함께 입궐하라 전했고, 박연의 몸에 맞춘 비단옷 세 벌을 함께 보냈다.

연지는 사나흘에 한 번씩 들러 박연에게 조선의 말과 글을 가르쳤다. 대화가 원활하지 않은 터라 영보를 붙여 몸으로 의사를 전달하는 역할을 맡겼다. 하급이긴 하나 벼슬아치만 아니라면 내가 영보의 자리를 꿰차고 싶은 마음이 간절했다. 영보의 유연한 몸짓 덕분인지, 연지의 조곤조곤한 가르침 덕분인지 박연은 하루가 다르게 조선의 말과 글이 늘어갔다.

"하무 소장님, 부르셔훕니카?"

박연이었다. 그는 수업이 없는 날이면 줄곧 나와 함께 신문물 검역소에 앉아 새로운 물건들의 쓰임새를 연구했다. 그는 제 나라에서 고기를 찍어 먹는 데 사용한다는 삼지창 모양의 도구를 꺼내 직접 시연하기도 했고, 가죽을 연마해 만든 허리띠를 내게 매어주기도 했다. 그의 도움이 아니었더라면 삼지창 모양의 도구로 등을 긁거나 가죽 허리띠는 짐승을 도살할 때 목에 감아 사용할 뻔했다. 여러모로 박연에게는 신세가 많았다. 자칫 느슨해졌다가는 외국인인 그에게 소장 자리를 내어주는 것이 아닌가, 하는 위기감마저 들었다.

"어서 오시게, 박연 선생. 오늘은 이 물건을 연구했으면 좋겠네."

탁자 위에 올려놓은 물건은 엄지와 검지의 끝을 맞붙여 동그란 구멍을 만들면 쏙 훑고 지나갈 것 같은 너비에 손바닥 길이만 한 가죽 주머니였다. 재질은 소의 창자나 어린 양의 가죽처럼 보였다. 가죽이 얇고 부드러워 손으로 잡아당기면 돼지 오줌보처럼 조금 늘어나는 그것의 용도가 참으로 궁금했다. 박연에게 그걸 내밀자 그의 귀뺨이 붉어졌다. 그러고는 난처한 표정이 되어 자리에서 일어났다.

"Condoom!"

이름을 알고 있는 걸 보니 사용에도 능할 터였다. 나는 이번 물건도 쉽게 보고문을 쓸 수 있겠다고 짐작하며 회심의 미소를 지었다. 그러나 박연은 선 자리에서 꽤나 꾸물대더니 가죽 주머니를 자신의 가랑이 사이에 갖다 댔다. 그러고는 허리를 조금 흔드는가 싶더니 이내 멋쩍은 표정이 되어 의자에 털썩 앉았다. 바지와 연관이 있는 물건이란 말인가? 박연은 뭔가 생각이 난 듯이 검지와 중지를 한데 모아 가죽 주머니를 그 위에 씌웠다. 옳다. 저것은 골무였다.

"박연 선생, 이제야 짐작을 하겠소. 그건 아녀자들이 바느질을 할 때 쓰는 골무구려. 바지와 손가락을 연관 지으니 대번에 알 것 같소. 조선에도 골무가 있소만, 엄지에만 끼울 수 있게 만들어진 작은 크기라오. 그런데 서양에서는 바느질하는 법도 조선과 다른 모양이오. 검지와 중지를 모아 끼우면 아무래도 둔할 터인데."

외국의 풍속이 우리와 같을 수는 없다. 나는 박연을 만나고 많은 것을 깨닫고 이해하게 되었다. 그에게도 종교가 있고, 그 때문에 식사 전 염주와 비슷한 것을 꺼내 예를 갖춘다는 것도 알게 되었다. 또 사내대장부라면 누구나 기르는 수염을 박연은 가위로 잘라내어 흰 살을 내놓기도 했다. 처음에는 그 행동들이 눈에 거슬리고 예법에 어긋난다 생각되어 곱게 보이지 않았지만, 그가 우리의 생활을 타박하지 않듯 나 또한 그의 행동을 너그럽게 바라볼 줄 알아야 한다는 것을 깨달았다.

"한섭아, 상분이를 데려오너라."

박연이 난파선에서 가져온, 쇠줄이 달린 동그란 물건을 허리에 찬 한섭이 고상분을 부르러 가기 위해 일어났다. 배 안의 물건은 대부분 물에 젖어 사용할 수 없지만 그중 저 줄이 달린 동그란 물건과 한 장의 노부인 초상화만은 작은 나무 궤짝 안에서 온전했다. 연지에게 조선말을 배우기 시작한 후, 박연은 노부인의 초상화를 가리키며 '어머니'라 발음했다. 그리고 어머니의 초상화를 건져 올리는 데 한몫한 한섭에게 재깍재깍 소리가 나는 동그란 물건을 선물했다.

"부르셨습니까?"

고상분이 걸어 올린 소매를 내리며 검역소로 들어섰다.

"상분아, 너도 바느질을 할 때 골무를 쓰느냐?"

나는 손가락에 가죽 주머니를 끼워 고상분이 잘 볼 수 있게 들었다.

"네, 쓰죠. 터진 옷 꿰매는 것처럼 간단한 바느질엔 안 쓰더라도 새 옷을 지을 때는 골무가 없으면 불편합니다."

고상분이 내 손가락에 끼워진 가죽 주머니를 자세히 보기 위해 잡으려는 순간, 박연이 자리에서 벌떡 일어나 낚아챘다.

"박연 나리, 너무하십니다. 쇤네가 나리를 얼마나 알뜰살뜰 보필을 하는데, 이리 매정하게 구십니까?"

울상이 된 고상분이 박연을 향해 볼멘소리를 했다. 내 앞에서 옥신각신하는 꼴이 보기 좋은 것은 아니지만 대식가인 박연의 치다꺼리로 허리 한 번 펼 날 없는 고상분에게 너무했다 싶었다. 특히 박연은 몸집이 커 옷이 해지거나 터지기는 날이 빈번했고, 그럴 때마다 바느질을 하는 고상분이 밤마다 호롱불 아래서 그걸 꿰매고 덧대느라 고생했다.

"상분아, 너무 서운하게 생각 마라. 박연 선생은 외국인이 아니더냐. 그리고 오늘부터 바느질을 할 때는 이 골무를 쓰도록 하여라. 용도를 실험하기 위함이고, 나중에 궐로 들어갈 귀한 물건이니 흠집 나지 않게 조심해라."

나는 박연에게서 가죽 주머니를 빼앗듯 가져와 고상분에게 주었다.

"안 댑니다. 고삼분은 안 댑니다."

박연이 다시 자리에서 일어나 아랫도리를 손으로 가리키며 허리를 휘저었다. 이미 그는 춘화를 그린 전력이 있는 터라, 어쩌면 여색이 그리워 고상분을 희롱하는 것이 아닌가 짐작되었다.

"박연 선생, 그런 음란한 행동을 계속하시려거든 검역소에 나오지 마시오. 아무리 고상분이 미천한 신분이라 해도 궂은 살림을 도맡아 하는 고마운 사람인데 어찌 이리 무례하시오? 한섭아, 박연 선생을 모시고 나가거라."

줄이 달린 동그란 물건을 선물 받은 후, 한섭은 박연과 꽤나 친밀한 사이가 되었다. 퇴근 후에는 자신이 한때 빠져 가산을 좀 먹게 한 골패 노름을 가르치고 주전부리를 나누는 모양이었다. 한섭은 내키지 않는 눈치였지만 어쩔 수 없다는 듯 박연의 소매를 잡아끌었다.

"하무 소장님, 아닙니다. 아닙니다."

돌아서면서까지 가죽 주머니를 손가락으로 가리키며 허리를 놀리던 박연이 소리쳤지만, 나는 모른 체했다. 고상분은 가죽 주머니를 손가락에 끼워보며 화색을 띠었다. 고상분이 돌아가고 나서 나는 종이에 가죽 주머니의 새 이름과 쓰임을 써나갔다.

곤도미 (困導糜)

연하고 얇은 가죽을 단련해 만든 물건으로 반 자 정도 되는 길이입니다. 손가락 두 개가 들어가면 조금 넉넉할 정도의 이 물건은 서양에서 바느질을 할 때 손가락에 끼고 쓰던 골무로 추측되옵니다. 조선에서는 많은 과부나 가난한 여인네들이 생활고를 덜고자 삯바느질을 하는데, 이때 이 물건이 요긴하게 사용될 것으로 사료됩니다. 곤할 곤, 인도할 도, 어루만질 미 자로 곤도미라 이름 지었으며, 이는 가난을 어루만진다는 뜻으로 궁핍한 생활 속에서도 희망을 잃지 않고 살아가는 강인한 조선의 여인들을 달래줄 귀한 물건이라 생각됩니다.

문득 어머니 생각이 났다. 나는 어머니가 벙어리인 줄로만 알고 살았다. 여종에게 시켜도 될 바느질을 등잔 아래서 밤이 깊도록 몰두하던 어머니의 옆모습이 아직 눈에 선했다. 아버지가 일찍 세상을 떠나지 않았더라면 누구보다 나의 과거급제를 기뻐했을 어머니. 이제 어머니는 아버지의 위패를 모신 절로 거처를 옮겨 매일 기도와 수행으로 살아가고 있다.

'사내로 태어나 이제 첫번째 언덕을 겨우 넘었을 뿐이니라. 두번째 산은 입신양명이며 세번째 산은 혼인이다. 부디 먼 섬 제주에서 어진 관리가 되어 보무도 당당히 도성에 입성하거라. 내 나이도 어느덧 서른아홉이니 이제 손주를 볼 나이가 아니더냐. 그곳에서 현모양처를 맞아들여 다시 가문을 일으키는 게 네 일생의 목표가 되도록 해라. 코도 좀 자주 닦고.'

주책없이 눈가에 눈물이 맺혔다. 어머니의 고운 손가락 위에 곤도미를 끼워드리고 싶다는 생각이 들었다.

"나리, 이걸 좀 보십시오."

영보였다. 영보는 내가 감상에 젖어 있거나 연지 생각에 입이 벌어진 줄도 모를 때만 골라 분위기를 깼다. 영보의 손에 들린 건 그림이 그려진 화선지였다.

"박연 선생이 다급히 제게 그려 전해주셨습니다. 그런데 막말로 보기가 여간 민망한 것이 아닙니다요."

화선지를 받아 탁자 위에 펼쳤다. 그림은 영보의 말대로 여간 민망한 것이 아니었다. 남녀가 교접하는 모양이 엉성하게 그려져 있고, 그 아래 남근 모양과 곤도미가 따로 그려져 있었다. 그리고 맨 아래에는 남근 끝에서 무언가가 발사되는 양 화살표 여러 개가 있었고 그 위에 곤도미가 우산처럼 올라선 그림이었다.

"다른 말은 없었느냐?"

"다른 말은 없었고, 허리를 앞뒤로 놀리고 남근이 있을 법한 자리를 손으로 가리키는 행동을 했습니다. 같은 남자가 보기에도 민망해 얼른 이 그림만 갖고 온 것입니다."

곤도미는 내가 생각하는 것처럼 골무가 아닐지도 모른다. 남녀 간에 교접을 할 때 사용하는 물건, 특히 남근에 씌운다는 것을 그림으로 표현한 것 같았다. 남근 끝에서 발사된 화살표는 무엇일까?

"아무래도 아기씨를 그린 게 아닌가 싶습니다요. 막말로 그 물건을 씌우면 아기씨가 밖으로 나가지 못하니 아기도 생산할 수 없게 되지 않겠습니까?"

눈앞이 캄캄해졌다. 박연을 오해한 것도 부끄럽고, 그런 물건을 고상분에게 넘긴 것도 낯 뜨거운 일이었다. 나는 자리에서 일어나 고상분의 방으로 발걸음을 옮겼다. 그러나 방에도 부엌에도 고상분과 곤도미의 모습은 보이지 않았다.

"영보야, 상분이는 어딜 갔느냐?"

빨리 곤도미를 찾아내 압수하는 것이 추후 이 물건의 진상이 밝혀질 때를 생각하면 현명했다.

"아까 제주 목사 댁에서 여종이 찾아와 따라 나간 것 같습니다. 불러올까요?"

제주 목사의 관사는 여기서 일 리 정도 거리에 있었다. 뛰어가면 잡을 수 있을 터였다.

"그래, 상분이를 빨리 데려오너라."

초조했다. 나는 박연의 방문을 열었다. 그의 얼굴에도 낭패스러운 표정이 역력했다.

"내 미안하게 됐소. 박연 선생을 오해한 것 같소. 그런 곳에 쓰이는 물건이리라고는 생각도 못했으니, 관리로서 내 역량이 아직 모자란가 보오."

박연이 이해한다는 듯 비취색 눈을 천천히 깜빡였다. 어린 시절부터 영민함과 기발함으로 늘 주목받아온 나였다. 그런데 세상으로 내던져진 지금, 나는 아무것도 아니었다. 길가에 피어 있는 민들레 홀씨보다도 가볍고 미욱한 존재였다. 영보는 곧 돌아왔다. 그러나 고상분과 곤도미 없이 홀몸이었다.

"제주 목사 댁에 가보니 고상분이도 없고 그 집 부엌데기도 없었습니다. 막말로 고상분이 돌아오기만 하면 제가 혼꾸멍을 내주겠습니다."

내막을 모르는 영보가 고상분을 탓했지만 모든 잘못은 내게 있었다. 나는 참담한 심정이 되어 홀로 마당을 거닐었다. 꽃을 좋아하는 박연이 들에 나가 뽑아다 심은 들꽃이 만개했다. 사나흘에 한 번 찾아오는 연지도 퍽이나 아끼는 자리였다. 이렇게 무능한 사내에게 마음을 줄 여인이 세상천지에 어디 있을까.

"연지 남자, 안녕하십니카?"

대문을 밀고 연지와 여종 하나가 들어왔다. 연분홍 치마에 노랑 저고리를 입은 연지의 자태가 고왔다.

"박연 선생, 안녕하셨습니까?"

막 피어난 수선화 같은 연지가 내게 목례를 하고 박연에게 다가섰다.

"유과를 좀 가져왔습니다. 튀긴 과자라는 뜻입니다. 맛이 있는 유과. 유과!"

"뉴가. 뉴가!"

연지의 웃음소리로 검역소가 한결 밝아진 느낌이었다.

"어맛, 연지 아씨 오셨습니까?"

고상분의 목소리였다. 나는 황급히 고상분에게 다가가 그녀의 손을 살폈다. 과연 곤도미가 들려 있었다. 그런데 그녀가 가지고 온 것은 곤도미뿐이 아니었다. 근처 사는 여종 넷이 고상분의 뒤에서 내게 머리를 조아리고 있었다.

"나리, 너무 황감한 나머지 마을 계집들에게 이 골무를 자랑하고 오는 길입니다. 마침 꿰매야 할 버선도 있기에 직접 보여주려고 합니다."

박연과 대화를 나누던 연지도 새로운 물건이 궁금한지 곁으로 다가왔다.

"함 소장님께서 또 새로운 물건을 발견하셨나 보군요. 제게도 구경시켜주시지요."

고상분이 제 손가락에 끼운 곤도미를 빼서 연지에게 내주었다.

"마루로 자리를 옮겨 함께 유과라도 드시며 설명해주세요."

연지는 늘 내가 궁지에 몰렸을 때 나타난다. 그녀가 곤도미를 조심스럽게 두 손으로 받쳐 들고 댓돌 위에 가지런히 신을 벗었다.

"너희들은 그만 돌아가라. 나중에 구경하러 와."

고상분이 네 명의 여종에게 돌아가라는 손짓을 했다. 아쉬운 표정의 여종들이 내게 허리를 숙여 인사를 하고 고샅길을 걸어 나갔다. 할 수 없이 나는 연지에게 거짓말을 하기로 마음먹었다. 곤도미가 남녀 사이에 은밀히 쓰이는 물건이란 걸 발설했다가는 그걸 여종에게 준 음란한 선비로 또다시 오해받을지도 모른다. 박연이 튀어나와 또 연지 앞에서 아랫도리를 흔들지 않기만을 바라며, 마루에 올라가 그녀 앞에 마주 앉았다.

"이것은 곤도미라는 것으로 여인들이 바느질을 할 때 손가락을 보호하는 골무와 같은 것입니다."

곤도미를 한참이나 찬찬히 훑어보던 연지가 그걸 손가락에 끼워보았다. 순간 남근 위에 씌워진 곤도미 그림이 머릿속에 떠

올라 얼굴이 뜨끈해지는 걸 느꼈다.

"하지만 손가락이 들어가기에 너무 헐거운 것이 아닙니까?"

"서양 여자들은 손가락이 조선 여자보다 굵은 듯합니다. 그리고 검지와 중지를 함께 넣어 사용하는 것이라고 박연 선생이 지적해주셨습니다."

고개를 끄덕이며 두 손가락을 곤도미에 집어넣은 연지가 그걸 내 눈앞에 번쩍 치켜세웠다.

"이렇게 말입니까?"

"맞소. 그만 제게 주시지요. 임금께 고할 물건이니 조심히 다뤄야 합니다."

연지가 입가의 미소를 지우고 나를 차가운 눈길로 쏘아보았다.

"여종에게는 함부로 내주는 물건이 어찌 제게는 그리도 박하기만 합니까?"

이을 말이 없었다. 연지로서는 충분히 오해하고도 남을 일이었다. 그녀를 위해서라면 세상 무엇도 아낌없이 내어주고 싶지만 곤도미만은 예외였다.

"여기 있습니다. 저는 이만 박연 선생과 수학을 하러 가야겠습니다."

대차게 자리를 박차고 일어난 연지가 박연이 있는 사랑채로 걸어갔다.

"아씨, 다과상을 사랑채로 옮길까요?"

상을 들고 들어오던 고상분이 연지를 따라나섰다.

"되었다. 이제부터는 내가 마실 물도 들고 와야겠구나."

연지가 고개를 돌려 매몰차게 대답하고는 사라졌다. 무엇 하나 뜻대로 되는 일이 없었다. 세상천지가 개똥밭인 심정이었다.

　"이리 오너라!"

　우렁찬 사내의 음성이었다. 목소리가 들린 쪽으로 고개를 돌리자 열린 대문 앞에 남루한 도포와 떨어진 갓을 쓴 선비가 서 있었다. 체구가 박연만큼이나 큰 사내는 보잘것없는 차림이었지만 어딘가 기품이 흐르는 용모였다. 새끼를 꼬던 영보가 선비를 발견하고는 뛰어갔다.

　"뉘신지요?"

　영보가 선비를 가로막았지만 큰 키 덕분에 총기로 반짝이는 눈동자가 나와 마주쳤다.

　"한양에서 내려온 과객이오만, 하룻밤 잠자리를 청하러 왔소."

　제주에서 한양으로 올라온 과객도 아니고, 한양에서 제주로 내려오는 과객은 드물었다. 험한 뱃길을 헤치고 어찌하여 사내가 제주를 찾아왔는지 궁금했다.

　"영보야, 선비를 모시거라."

　내 말이 떨어지기 무섭게 선비가 저벅저벅 마당으로 들어섰다. 과연 위풍당당한 모습이었다.

과객 송일영

"선비는 어인 일로 한양에서 이 먼 제주까지 방랑을 하게 되셨습니까?"

조선에서 가장 큰 섬인 제주에는 일만여 명이 살고 있었다. 대부분 어업과 농업에 종사했으며 제주목에는 열 개의 현이, 동도와 서도에 각각 세 개, 두 개의 현이 있어 벼슬아치들도 적지 않게 뿌리를 내리고 있었다. 또 제주와 그 인근 섬에는 각 도에서 내려온 유배자들이 살고 있어 그리 쓸쓸한 섬만은 아니었다. 그러나 대부분은 토박이로 뭍과 왕래가 잦지 않았으며, 새로 부임한 관리나 정기선을 타고 들어오는 상인을 빼고는 낯선 손님이 발길을 하지 않는 터라 과객이 하룻밤을 청하는 일은 드물었다.

"나는 송일영이라고 하오. 지도를 만드는 사람이지요. 이미 정척과 양성지가 만든 동국지도가 있소만, 그보다 정교하고 특색 있는 지도를 만들기 위해 팔도를 누비다 이제 마지막으로 제주에 이르게 되었소."

지도를 만드는 일은 개인이 나서서 할 수 있는 게 아니었다. 그렇다면 이자 역시 나라의 녹을 먹고 움직이는 관리일 터였다. 게다가 신문물검역소라는 현판을 보고도 내게 말을 높이지 않는 당당한 태도가 그걸 방증했다.

"이거 몰라봤습니다. 본래 이 집은 제주 목사의 사택이라 방이 넉넉하니 며칠이고 푹 쉬었다 가십시오."

"그런데 사랑채에서 생전 처음 듣는 말이 새어나오는데, 왜국의 언어입니까?"

마침 박연이 연지 앞에서 제 나라 말로 너스레를 떨고 있었다. 매양 찬바람 쌩쌩 돌던 연지도 나지막이 웃음을 터뜨렸다.

"화란이라는 나라의 언어입니다. 몇 달 전 난파된 배에서 겨우 살아남은 화란인 한 명이 이 집에 기거하며 저와 신문물을 연구하고 있습니다."

"화란이라면 처음 듣는 나라인데, 결례가 되지 않는다면 한번 만나봐도 되겠습니까? 괜찮다면 지금 좀 모시고 오면 좋겠는데……."

선비의 태도는 거침이 없었다. 초면임에도 궁금한 것은 가리지 않고 물어봤고, 객식구 주제에 청하는 것도 많았다.

"호울란드라는 나라를 조선 식으로 화란이라 부르는 것입니다. 보시고 놀라지 마십시오. 사람임은 분명하지만 피부가 백지장처럼 희고 눈이 비취처럼 푸르답니다. 영보야, 가서 박연 선생과 연지 아씨를 모시고 오너라. 손님이 뵙기를 청하시는구나."

잠시 후, 장승처럼 큰 키에 깡뚱한 바지저고리를 걸친 박연과 목각 각시인형처럼 작고 앙증맞은 연지가 대청으로 들었다.

"연지 낭자, 수학 중에 죄송하게 되었소. 지나가던 과객이 박연 선생을 꼭 뵙고 싶어 하기에 부득이 모셨소."

"저는 이만 돌아갈 터이니 말씀들 나누시지요."

평소 같으면 박연과 점심도 먹고 화단의 꽃도 구경하느라 저녁 무렵에야 집으로 돌아가던 연지건만, 단단히 마음의 빗장을 닫은 모양이었다.

"온 지 한 식경도 되지 않았건만, 다시 그 먼 길을 가려 하시오? 풀어야 할 오해도 있으니 잠시……."

연지는 내 말이 끝나기도 전에 대문으로 발걸음을 옮겼다.

"어허, 아무리 양갓집 규수라 해도 아녀자인 것은 틀림없는데 어찌하여 사내대장부를 이토록 민망하게 하는 게요? 배움이 모자란 탓이오?"

내가 말릴 새도 없이 송일영이 돌아서는 연지에게 호통을 쳤다. 가뜩이나 물색없이 날뛰는 천둥벌거숭이 집단에 왜 하필 이런 인간이 등장한 것인지.

두어 걸음을 떼다 만 연지가 고개를 돌려 송일영과 눈을 마주쳤다. 둘은 한 치의 양보도 없는 눈빛으로 서로를 한참 일별했다.

"말씀대로 무식한 탓이겠지요. 결례를 너그러이 용서해주시길 바랍니다. 그럼, 인연이 닿으면 또 뵙지요."

연지가 다시 발걸음을 떼자 고상분이 허둥지둥 대문을 열었고, 이어 졸고 있던 가마꾼이 깜짝 놀라 자리에서 일어섰다. 연지를 태운 가마가 사라져가는 걸 바라보며 안타까운 마음에 입술의 바짝 타들어갔다.

"보아하니 연모하는 처자 같은데, 처음부터 이리 물렁하게 나가시면 앞으로 고생길이 훤합니다."

송일영의 말에 퍼뜩 정신을 차리고 그를 훑어보았다. 가느스름한 눈의 유약한 기운을 짙은 눈썹이 상쇄하고, 고집 세 보이는 우뚝한 콧날은 반듯한 입술이 다독여주는 기묘한 얼굴이었다. 그러고 보니 조금 전 송일영이 연지를 바라보던 눈길이 심상치 않게 느껴졌다. 남녀가 유별하여 오랜 지인인 나와 연지도 서로 얼굴을 그렇게 바라보는 법이 없거늘, 이 사내와 연지는 부끄러움 없이 한참이나 서로를 마주 보았다. 어쩌면 둘은 이미 일면식이 있는 처지가 아닌가, 하는 의심이 싹텄다.

"그저 선친 죽마고우의 따님일 뿐입니다. 저기 박연 선생에게 조선말을 가르치는 동무이기도 하고요. 박연 선생, 어서 드시오."

연지가 사라져 시야에서 보이지 않을 때까지 박연은 손을 흔들다 마루로 올라왔다. 이제는 제법 예를 갖추게 된 그가 송일영을 향해 고개를 숙여 인사했다. 송일영도 맞절을 하고 자리에서 잠시 일어났다 앉았다.

"박연 선생, 이쪽은 지도를 편찬하기 위해 전국을 순례 중인 송일영 선비요. 박연 선생에 대해 궁금한 것이 많나 보오."

"기체우이량망감하시옵니카?"

"어허, 그건 초면에 나누는 인사가 아니래도."

박연은 기체후일양만강이라는 말을 연지에게 배운 후 매일 만나는 내게도 그런 인사를 해 당혹스럽게 했다.

"조선말에 능한가 보오. 참으로 놀랍습니다."

송일영은 박연의 입에서 나온 조선말에 적잖이 놀란 눈치였다.

"간단한 인사말 정도입니다. 화란에서는 밸투부레라는 이름으로 불렸지만 조선 이름은 박연입니다."

박연은 침착하고 사려 깊은 사람이었다. 그는 고개를 조금 숙인 채로 틈틈이 송일영의 얼굴과 차림을 훔쳐보는 듯했다. 가끔 박연이 신문물의 쓰임새를 날카롭게 알아맞히는 데는 그가 살아온 나라가 조선보다 개방적인 덕도 있지만 침착함과 사려 깊은 성품 때문이기도 했다.

"먼 나라에서 오신 귀한 손님을 이렇게 만나게 되다니 영광입니다."

송일영은 함박웃음을 지으며 박연의 특이한 외모를 뜯어보더니 봇짐을 열어 지필묵을 꺼냈다.

"괜찮으시다면 그림으로 한 장 남겨도 되겠습니까?"

"그건 좀 곤란합니다. 아직 임금님께서도 보지 못하셨으니 박연 선생에 대해선 함구하심이 좋을 듯합니다. 괴이한 풍문이 돌기라도 한다면 서로 입장이 난처해질 수 있습니다. 이 마을에서도 감영의 이상도 어른과 방금 보신 따님 이연지 낭자, 제주 목사의 식솔들 정도만이 박연 선생에 대해 알고 있습니다. 이렇게 찾아오셔서 굳이 청하시니 선보이지만, 한양에 올라가시더라도 아직은 말을 아끼시는 게 좋겠습니다."

송일영은 겸연쩍은 표정이 되어 봇짐 속에 지필묵을 다시 집어넣었다.

"상분아, 선비님께서 쉬실 처소를 안내해드려라."

어쩐지 송일영이라는 사내가 탐탁지 않았다. 연지와 주고받은 눈빛, 그리고 박연에 대한 지나친 관심. 무엇보다도 저 당당한 태도가 범상치 않게 느껴졌다. 고상분의 안내로 송일영은 내 처소의 건넌방에 짐을 풀었다. 그가 벗어놓은 짚신은 새것이었다. 그 역시 급조된 느낌이었다. 이야기책을 보면 저렇게 팔도를 유람하는 삿갓 선비가 나왔다. 그러나 삿갓 선비들은 괴나리봇짐 끝에 짚신을 주렁주렁 매달고 다닌다고 했다. 쉽게 닳고 삭는 짚신이 언제 말썽을 일으킬지 모르니 그런 위급 상황에 대비하여 여분의 짚신을 갖고 다니는 거였다. 그런데 송일영의 짚신은 한 켤레뿐이고 그나마도 새것이다. 또 지도를 만드는 사람은 실측을 위해 여러 명의 조수를 데리고 다녀야 할 텐데, 그가 잠자리를 청한 것은 오직 자신 한 몸뿐이었다. 뭔가 석연치 않은 구석이 있는 자였다.

나는 고상분에게 송일영의 식사를 따로 차려 들이라고 일러두었다. 뭔가 엉큼한 꿍꿍이가 있다면 그를 빨리 내쫓거나 접촉을 피하는 편이 옳다고 생각되었다. 하지만 명분 없이 송일영에게 집을 떠나라고 할 수 없는 노릇이므로 나는 최대한 거리를 두기로 했다. 그러나 차일피일 미루는 사이 송일영은 하룻밤 묵어간다는 약속을 깨고 향교에서 서책을 빌려 읽는 여유까지 부리며 눌러앉았다. 한섭을 시켜 언제 다시 길을 떠날지 물었지만

'며칠 더 유한다고 제주가 기울기라도 합니까?' 되물으며 호탕하게 웃더라는 대답만 전해 들었다.

답답한 건 그뿐만이 아니었다. 곤도미에 대한 보고서를 다시 작성할 생각을 하니 눈앞이 캄캄했다. 일단 그 일은 보류하는 것이 옳다고 판단했다. 자칫 곤도미가 세상에 알려지면 수많은 난봉꾼을 양산하는 꼴이 되어 민심을 흐릴 수 있다는 생각이 들었다.

"소장님."

박연을 뒤에 세운 한섭이었다.

"무슨 일이냐?"

귀엣말을 넣으려는 듯 한섭이 내게 바짝 다가섰다.

"잠시 방으로 드시지요. 박연 선생이 이상한 것을 보았답니다. 나리 방은 곤란하고 박연 선생 방으로."

내 방이 곤란하다는 건 필시 송일영에 관한 이야기를 하기 위함이리라. 그러잖아도 송일영의 일거수일투족이 의심스럽던 차에 뭔가 단서가 나올 법도 했다. 우리는 발소리를 낮춰가며 박연의 방으로 재빨리 걸음을 옮겼다.

"서도에서 벌어진 처녀 살인사건 아시지요? 알몸으로 목이 베여 산짐승에게 뜯어 먹힌 처녀 살인사건 말입니다요."

이레 전 일이었다. 서도의 한 마을에서 처녀 하나가 살해되었다. 혼례를 이틀 앞둔 처녀가 사라져 온 마을이 발칵 뒤집혔는데, 놀랍게도 시신이 하루 만에 나무꾼에 의해 발견되었다. 처녀는 알몸인 채 손과 발이 새끼줄로 꽁꽁 동여매 있었고, 목은 날

카로운 무언가에 잘려 있었다. 밤새 피 냄새를 맡고 모여든 산짐
승이 처녀의 유방과 허벅지를 뜯어 먹어 처참한 모습이었다고
영보가 전했다. 연지가 사는 곳이 처녀의 집에서 머지않은 곳이
라 퍽 걱정을 했는데 살인범이 그녀를 연모하던 이웃집 청년이
라는 이야기에 한시름 놓은 기억이 났다.

"그래, 그 사건의 범인은 밝혀졌지 않느냐?"

"범인이 어젯밤 자결을 했답니다. 억울하다는 유서를 써놓고
혀를 깨물고 죽었답니다. 그리고 오늘 아침에 다시 살인사건이
벌어졌다고 합니다. 혼인을 며칠 앞둔 열일곱 먹은 홍 진사의 막
내딸이 변을 당했답니다. 이번에도 살해 방법은 같다고……."

말을 전하는 한섭이 마치 피비린내라도 맡은 양 코를 씰룩거
리며 미간을 찌푸렸다.

"어허, 그것참 천인공노할 일이로구나."

"박연 선생, 아까 내게 보여준 걸 소장님께도 보여드리시지요."

박연이 무언가를 푸는 시늉을 했다. 그리고 무언가를 꺼내 자
르는 모양을 하고는 다시 그걸 여미는 시늉이었다.

"답답하오. 나는 도통 이해할 수 없는 몸짓이구려."

"하무 소장님, 선비에게 피 난 칼이 이습니카."

"피 난 칼이 아니라 피 묻은 칼이겠지요? 또 이습니카가 아니
라 있습니다겠지!"

한섭이 단통에 말을 고쳐주었지만 나는 이미 알아들었다. 박
연이 무언가를 푸는 행동을 보인 것은 봇짐을 의미하는 거였다.
써는 시늉은 그 안에 숨겨놓은 피 묻은 칼로 사람에게 상해를 입

히는 모습을 표현한 것일 터였다.

"들어보니 송일영이라는 자의 봇짐에서 피 묻은 칼을 본 모양입니다."

팔뚝에 소름이 돋았다. 봇짐 안에 피 묻은 칼을 들고 다니는 과객이라. 그리고 때마침 벌어진 연쇄 살인사건. 만약 송일영이 진범이라면 그는 꽤나 영리한 축에 드는 살인범일 터였다. 이미 마을과 포구에는 포졸들이 이 잡듯 범인 색출에 나섰을 것이니 섣불리 검문이나 수색을 하지 못하는 관청으로 몸을 숨긴 것이 틀림없었다.

"그자를 족쳐 범행을 자백받으면 어떨까요? 물증도 확실하고 지금까지의 행적도 묘연하니 달리 생각할 것이 없습니다."

한섭의 말대로 그자가 범인이라면 나는 사건의 재발과 연지를 위해서라도 그의 죄를 만천하에 알려야 한다. 하지만 만약 그자가 진짜 지도 편찬을 위해 제주를 찾은 나라의 관리라면 함부로 무고한 자의 죄를 묻고 물고를 치르게 할 수는 없었다. 이런 때 그가 밀부(密符)를 꺼내놓으면 모든 의혹이 풀리련만, 아쉬웠다. 밀부란 주로 글로 표지한 대나무를 반으로 쪼개 임금의 전령사를 가려내기 위한 물건이었다. 고작 지도를 만드는 자가 밀부를 가지고 다닐 리 없으니 심증만으로 그를 잡아들일 수는 없었다. 자칫 나의 입신양명에도 크나큰 걸림돌이 될 오점으로 남을 수 있다.

"한섭아, 좀더 심사숙고해야 할 일 같구나. 송일영을 두둔하고자 하는 말이 아니라, 범인이 아니라면 우리 신문물검역소가

와해될 수도 있는 상황이니 그의 동태를 면밀히 살펴 결정적인 단서가 나올 때를 기다리자. 그리고 너는 오늘부터 송일영의 바깥출입을 감시하도록 해라."

낯선 자를 집에 들인 내 죄가 컸다. 불길한 예감이 낙뢰가 되어 머리부터 발끝까지 관통하는 느낌이었다.

제주 처녀 살인사건

세번째 피해자가 발견되었다. 두번째 사건이 벌어지고 나흘째 되는 날 아침이었다. 이상도 어른의 얼굴에 수심의 그늘이 깊었다. 제주 감영 관찰사로 부임하고 삼 년 동안 이처럼 엽기적인 살인사건은 그로서도 처음 맞닥뜨린 난관일 터였다.

감영의 모든 병졸을 풀어 사건이 일어난 산방산 일대를 샅샅이 수색하는 한편 아녀자들의 외출을 금지시켰다. 그럼에도 범인은 점점 대담해졌다. 세번째 범행 장소는 첫번째와 두번째 피해자가 발견된 장소와 불과 일 리도 떨어지지 않은 미나리꽝이었다.

거듭된 살인사건에 제주는 핏빛으로 물들었고, 그 어떤 중책보다 사건 해결을 최우선시하라는 어명이 떨어지자 감영이 열병을 앓듯 들썩였다.

"어명이 아니더라도 여식을 둔 아비로서 사건이 매듭지어지지 않는 한 마음을 놓을 수 없을 것 같네. 자네의 총명함으로 사건의 실마리를 찾는다면 연지와 자네를 짝지어줄 마음이 있으니 당분간 사건에 조력해주게나."

이상도 어른의 눈꺼풀이 피로와 노여움으로 파르르 떨리고 있었다. 한섭이 조사한 바에 따르면 처녀의 이름은 이단분으로 부호군을 지낸 아버지 이경헌의 막내딸이었다. 처녀는 달포 뒤 늠름한 청년과 혼례를 앞두고 있어 주위를 더욱 안타깝게 했다. 이단분이 실종되던 날, 마지막으로 그녀를 만난 사람은 연지였다.

"설마 아씨가 범인은 아니겠지요?"

볼거리를 하듯 한쪽 볼이 벌겋게 부어오른 한섭의 흰소리였다.

"허튼소리 말고 임무에만 충실해라. 한동안 뜸하더니 밤새 기방에라도 다녀온 게냐?"

한섭이 손을 내저었다.

"그런 말씀 마십시오. 사랑니를 앓느라 이 모양입니다. 이제 누룩 냄새만 맡아도 골이 욱신거립니다."

한섭의 부친인 김 진사는 한 달 전부터 와병 중이었다. 그는 올봄 들어 급격히 몸이 야위더니 얼마 지나지 않아 피골이 상접했다. 그러나 무엇보다 참기 힘든 건 시시때때로 찾아드는 통증이라고 했다. 통증이 찾아올 때마다 병상과 마주한 벽이 꺼지도록 이마를 찧은 통에 늘 얼굴은 피로 젖어 있고 그 자리에 파리가 몰려들어 시커멨다. 게다가 지독한 복통 때문에 미음 한 숟가락 떠 넣기도 힘든 실정이라며 침울한 표정의 영보가 소식을 전했다. 그러나 나는 한섭의 마음이 나약해질세라, 지금껏 그런 사실은 모른 척 일관해왔다. 다행히 김 진사는 한섭이 어렵게 구해 온 약을 먹고 통증이 가라앉았지만 여전히 병색이 깊은 데다 욕창까지 심해 며칠 후를 내다보기 힘든 지경이었다. 김 진사의 병이 깊어지며 한섭의 출근이 늦어지는 날이 늘어갔다. 부친을 간병하며 검역소와 감영의 소사까지 겸하고 있는 한섭이 측은했지만 그때마다 주저앉을까 봐 일부러 크게 나무란 것이 마음에 걸렸다.

"나는 이단분의 집을 수색하러 갈 참이다. 따라올 것 없이 오늘은 그만 들어가거라. 내 긴한 일이 있거든 영보를 통해 기별할 테니 자식 된 도리를 다하여라. 그리고 이건 얼마 되지 않지만 약을 구하는 데 보태고."

나는 제주에 오며 비상시를 대비해 장만해놓은 금가락지 한 쌍을 한섭에게 내밀었다. 약 한 첩 써보지 못하고 아버지를 잃은 불초자로서 한섭이 내 전철을 밟지 않았으면 하는 간절한 마음이 담긴 선물이었다. 고개를 떨어뜨린 한섭의 얼굴에서 굵은 눈물이 툭, 손등으로 떨어졌다. 그걸 보는 나 역시 코끝이 시큰했다.

"나리, 늦으셨답니다."

영보의 독촉이었다. 하염없이 울고 있는 한섭을 뒤로하고 방을 나서자 이상도 어른이 보낸 포도청 소속의 포졸 한 명과 앳된 다모 한 명이 나를 기다리고 있었다. 그들과 함께 이단분의 집으로 향했다.

그녀의 집은 감영에서 삼 리쯤 떨어진 고즈넉한 시외에 자리 잡고 있었다. 꽤나 고풍스러운 집이었다. 행랑채와 사랑채를 지나자 분꽃이 곱게 핀 화계가 보였고, 그 뒤를 지나 이단분의 방이 있는 별채로 다가섰다.

"함 소장님, 오셨습니까?

문득 별채의 문이 열리고 수척한 얼굴의 연지가 걸어 나와 내게 인사를 건넸다. 치마저고리의 빛깔이 평소와 달리 자수가 없는 무채색이고, 늘 함함하던 머리는 윤기를 잃어 부석해 보이는 것이 하룻밤 새 수심이 얼마나 깊었는지 가늠케 했다.

"동무를 잃은 마음이 얼마나 비통하단 말이오. 자, 듭시다."

연지가 옷고름으로 눈가를 찍어내고는 몸을 돌려 길을 터주었다. 방 안에는 자개로 장식한 반닫이와 그 위에 걸어놓은 의걸이, 길이 곱게 들어 윤이 나는 이층 농 한 채와 아담한 서탁이 방 한가운데 자리 잡고 있었다. 서탁 위에는 선홍색 비단 손수건 한 장과 호두정과가 남아 있었다. 어디에도 침입이나 몸싸움의 흔적은 남아 있지 않았다.

"이단분은 행실이 방정하기로 고을에서 유명했습니다. 그림과 서예가 취미로 가끔 가마를 타고 향교에 들러 책을 빌려 읽은 일 외에는 바깥출입이 거의 없었다고 합니다."

포졸이 서탁 반닫이를 열어 그간 이단분이 솜씨를 낸 매화도와 초충도, 서예 작품 몇 점을 끄집어냈다. 솜씨가 출중한 건 물론이거니와 직접 지은 듯한 시의 내용 또한 흠잡을 데가 없었다.

'겨울이 길다 한들 꽃망울 앞에 객이로다. 서리가 되다 한들 볕 아래 이슬이다. 허리 꺾인 분꽃이야, 시냇물에 버려져도 향기만은 넋이 되어 임 찾아가리.'

어딘가 서글픈 구석이 있는 시였다. 다른 작품을 뒤적였지만 이야기책을 필사한 몇 점 외에 별다른 수확이 없었다. 다모의 부축을 받으며 곁을 지키고 선 연지의 꼭 다문 입술이 지나치게 창백해 금방이라도 혼절할 듯 위태로워 보였다.

"소녀, 심신이 지쳐 동무의 초우제도 참례하지 못하고 돌아가야 할 것 같습니다. 당분간 검역소에는 가지 못할 터이니 박연 선비에게 이해를 구해주시면 좋겠습니다."

몸을 휘청이다 겨우 바로잡은 연지가 목례를 하고는 장옷을 걸쳤다. 외국인과 서슴없이 교류를 나눌 만큼 도량이 넓고 침착한 성정의 여인이거늘, 지금의 연지는 허락 없이 곶감을 빼먹다 들킨 어린아이처럼 수상쩍게 허둥대고 있었다.

"그렇게 하시오. 급한 일이 있으면 영보나 상분이를 통해 서찰을 보낼 터이니 당분간은 지친 심신을 달래는 데만 전념하시오."

퍼뜩 사건의 실마리가 어쩌면 연지에게 있을지 모른다는 생각이 들었다. 하지만 가뜩이나 예민한 때에 섣불리 덤벼들어 마음을 상하게 하고 싶지는 않았다.

연지가 방을 나서자 일행도 영좌가 설치된 안채의 별실로 발걸음을 옮겼다. 이단분의 부모는 앓아누웠는지 보이지 않고 그녀의 어린 남동생 둘이 상주가 되어 '아이고, 아이고' 처량한 목소리로 곡을 했다. 그들은 우리 일행을 보자 감정이 북받치는지 곡소리를 높였고, 이어 별실 밖에서 노여운 목소리가 새어들었다.

"매정하게 떠난 누이, 슬퍼할 일 없다. 문상객 돌아가시면 향도 *끄거라*."

이단분의 부친인 듯했다. 내가 먼저 영좌 앞에 예를 올리고 상주에게 절을 하고 나자 애써 소리를 낮추고 어깨만 들썩이던 소년이 마주 절을 했다. 고개를 들어 병풍을 바라보았다. 그 뒤에는 잔인하게 훼손된 이단분의 시신이 있을 터였다.

"곧 염장이 할멈이 올 것입니다. 범인을 찾는 일에 도움이 된다면 참관하셔도 좋습니다."

갑자기 닥친 불행이라 부고를 하지 않았는지, 줄곧 문상객은 없었다. 그러고 보니 근조(謹弔)라든가 기중(忌中)처럼 상례를 뜻하는 표시가 대문 어디에도 붙어 있지 않은 걸 깨달았다. 혼례도 치르지 않은 자식이 떠나면 최고의 불효로 여겼으며, 그 한 맺힌 혼백이 해코지를 하지 않게 발길이 잦은 길가에 묻는 노장(路葬) 풍습이 있으니 문상객을 받지 않는 게 당연한지도 모른다. 나물과 국, 밥뿐인 상식 아래 가녀린 향 한 줄이 애처롭게 코끝을 울렸다.

염장이 할멈이 도착한 것은 두 식경이 훌쩍 지난 뒤였다. 술이라도 한잔 걸쳤는지 불콰한 낯빛에 가슴팍의 고름이 벌어질 만큼 비대한 몸의 염장이 할멈이 조수로 보이는 중년 부인과 별실에 들어섰다. 그들은 우리 일행을 흘깃 쳐다보고는 병풍 뒤로 들어갔다. 그 뒤를 따르자 시큼한 냄새가 훅 끼쳤다. 복중인 데다 이미 상해를 많이 입은 시신이 부패를 시작한 모양이었다.

"상복을 입지 않은 걸 보니 일가는 아닐 테고, 뉘십니까?"

시신을 덮어놓은 무명천을 들추려다 말고 염장이 할멈이 나를 돌아보았다. 다른 곳에서라면 술 냄새가 지독했을 테지만 시취가 워낙 코를 찌르는 통에 아무 냄새도 느낄 수 없었다.

"살인사건을 조사 중인 포졸과 관원이니 하던 대로 하시오."

아직 코밑이 반질반질한 어린 동생 둘이 벌써부터 눈물을 쏟아내고 있었다. 염장이 할멈은 귀찮은 구경꾼이 생겼다는 듯 심드렁한 표정을 지으며 천을 걷어냈다. 그 아래 누운 이단분의 모습은 목불인견이었다. 목이 예리한 무언가로 절단되어 몸과 따로였고, 피부가 얇은 입술이며 눈꺼풀은 이미 거무튀튀하게 썩어 추깃물이 흘렀다. 그 끔찍한 광경에 두 동생은 무릎을 꺾고 주저앉아 저희들끼리 끌어안고 발버둥을 쳤다.

"부탁드린 향나무 삶은 물은 어디 있습니까?"

병풍 뒤에서 하녀 하나가 누르스름한 물을 담은 목기를 들이밀었다. 눈 사이가 멀어 어눌해 보이는 염장이 할멈의 조수가 그릇을 넘겨받아 시신 옆에 놓고 봇짐 안에서 햇솜과 조각낸 광목을 꺼냈다.

"손이 있으면 여자는 오른손을 위로 가게 묶어놓는데 이 지경이니 별수 없었습죠."

천을 마저 걷어내자 양 손목이 깨끗하게 잘린 이단분의 상체가 드러났다. 양 손목 끝을 긴 천으로 이어 겨우 떨어지지 않을 정도로만 붙여놓은 모양새가 섬뜩했다. 더구나 벗은 여인의 모습을 실제로 본 것도 이번이 처음이라 당혹스러운 판에 이단분의 유방이 있어야 할 자리는 맹수의 이빨이 드나든 거친 흔적만 남아 있었다.

결국 다모는 참지 못하고 마당으로 뛰어나가 욕지기를 했고,

옆에서 말없이 지켜보던 포졸도 고개를 외로 꼬았다. 희고 보드라웠을 몸 여기저기가 날카로운 흉기에 찔리고 베였으며, 장기가 부패해 배가 동산처럼 부풀었다. 염장이 할멈은 자른 광목을 향나무 달인 물에 적셔 발끝부터 빠른 손놀림으로 닦아내기 시작했다. 으깨져 허연 관절이 솟아 있는 무릎을 손으로 오므려 다독이고 거웃이 무성한 아랫도리와 배, 가슴, 팔, 겨드랑이를 닦더니 조수를 시켜 얼굴을 붙잡게 하고 콧구멍과 입에서 추깃물에 흠뻑 젖은 솜을 빼냈다. 남은 물로는 머리를 감기듯 씻어내고 새 솜을 뜯어 다시 콧구멍과 입, 귓구멍을 틀어막았다.

"노인장, 이 처녀가 죽은 이유를 아시겠소?"

손으로 코를 쥐어 싼 탓에 목소리가 기어들어갔다.

"보시는 대로 성한 곳이 어디도 없으니 뭐라 드릴 말씀은 없지만 수시(收屍)를 할 때 보니 손에 뭘 꼭 쥐고 있기는 했습니다."

손과 발을 천으로 감싸 묶고 속바지를 입히며 염장이 할멈이 힐끗 뒤를 돌아 나와 눈을 마주쳤다. 작고 아망스러운 눈이 걀쭉한 구멍처럼 깊이를 알 수 없이 꺼져 있었다.

"그게 무엇이오? 지금 가지고 있소?"

염장이 할멈은 칼자루를 쥔 사람 특유의 여유를 부렸다. 구부정한 허리를 천천히 펴고 자세를 고쳐 앉더니 입맛을 쩍쩍 다시는 시늉을 했다.

"험한 일을 하는 사람은 입이 가벼우면 오래 버텨내지 못한답니다. 안 그러냐, 숙향아?"

두꺼운 닥종이로 이단분의 몸을 동여매던 조수가 염장이 할멈의 물음에 대답도 못하고 입만 벙긋거렸다.

"상주께서는 노인장이 드실 술상을 준비해주십시오."

맑은 콧물을 소매로 닦던 어린 상주가 병풍 뒤 하녀를 불러 주안상을 청했다. 염습이 끝나자 청주 한 병과 삼색 나물, 고기산적, 인절미 등이 차려진 작은 상이 별실로 들어왔다. 나는 진동하는 시취에 음식이라고는 입에 대기도, 댈 수도 없는 형편이었지만 이도 다 빠진 염장이 할멈은 내온 음식과 술을 우물거리고 꿀꺽거리며 깡그리 비웠다. 그러더니 들고 온 보퉁이를 뒤적거려 반짝이는 무언가를 끄집어 내밀었다.

"생전 처음 보는 물건인데 단단한 걸로 보아 쇠붙이 같았습니다. 쇤네는 이만 가도 되겠지요?"

염장이 할멈이 내놓은 물건은 박연이 한섭에게 준 줄 달린 동그란 물건이었다. 가느다란 줄은 어디론가 사라지고 녹슨 뚜껑을 열어보니 재깍거리며 움직이던 바늘이 그림처럼 멈춰 있었다.

"나리, 우리 누이를 욕보인 범인을 아시겠습니까?"

어린 두 형제가 내 도포 자락을 붙잡고 매달렸다. 아직 범인이 누구인지는 알 수 없었다. 하지만 최초의 증거물이 내 수중에 들어왔다. 그건 본래 박연의 물건이고, 후에 한섭의 손에 넘어갔다. 그렇다면 둘 중 하나가 범인이란 뜻인가? 아직 더 조사가 필요했지만 불길한 기운이 한기처럼 몸을 감싸, 몇 번이고 몸서리를 친 후에야 이단분의 집을 나설 수 있었다.

시계

검역소에는 용의자인 박연과 한섭 그리고 영보가 모여 앉아 걱정스러운 낯빛으로 나를 맞았다. 탁자 한가운데에는 내 도포 속에 들어 있는 증거물을 확대해놓은 것처럼 생긴 물건이 커다란 두꺼비처럼 자리를 차지하고 있었다.

"소장님이 출타하신 동안, 저희는 이 신문물을 연구하고 있었습니다."

한섭의 목소리가 잠겨 있었다.

"막말로 박연 선생 아니었으면 이 희한한 물건이 호두나 잣 깔 때 쓰는 망치라고 결론 내릴 뻔했습니다."

영보의 말처럼 손으로 들어보니 그 무게가 대략 한 관으로 호두 정도는 쉽게 바수어버릴 수 있을 것 같았다. 한섭이 신문물의 한가운데 붙어 있는 작은 손잡이를 여러 번 돌리자 재깍재깍 소리가 나며 가느다란 침이 원형 틀 안에서 돌아가기 시작했다.

"박연 선생, 이 물건의 정체가 무엇입니까?"

신문물의 쓰임이 궁금하기도 했지만 살인사건과 깊은 연관이 있다는 점에서 호기심이 일었다. 박연이 갈아놓은 먹에 붓을 담가 종이 위에 글씨를 써 내려갔다.

'一是1, 二是2, 三是3, 四是4, 五是5, 六是6, 七是7, 八是8, 九是9, 十是10, 十一是11, 十二是12.'

연지를 통해 조선의 수를 익힌 박연이 거침없이 써 내놓은 것에는 생전 처음 보는 글이 섞여 있었다.

"한 일, 두 이, 석 삼 같은 수를 헤아릴 때 선생의 나라에선 그리 표기하는 모양이구려."

"조선에 해시계나 물시계가 있듯, 박연 선생의 나라에서는 이 궤짝으로 하루를 열두 조각내어 바늘로 때를 가리키는 모양입니다."

한섭의 참견대로 소리 나는 궤짝에는 동그란 틀이 열두 조각으로 나뉘어 있고, 그걸 길고 짧은 바늘이 제각각 속도로 돌며 낯선 글자를 가리켰다.

"막말로 긴 바늘이 한 바퀴를 다 돌고 나자 두 식경이 지나갔습니다."

시계라, 그것도 볕이나 물도 없이 작은 손잡이만 돌리면 저절로 바늘이 돌아가 시간을 알려준다니, 신기했다. 살인사건만 아니라면 펄쩍 뛰며 서양의 신문물에 대해 찬사를 늘어놓을 테지만 지금은 그럴 짬이 없다. 무엇보다 살인사건에 집중해야 할 때다. 보고문을 쓰는 일이야 사건만 해결된다면 언제라도 작성할 수 있으니 시계의 정체를 누구보다 잘 알고 있는 박연의 심중을 떠보는 일이 급했다.

"박연 선생, 나 좀 보시게."

시계에는 관심도 없이 자신에게 면담을 청하자 박연의 푸른 눈에 걱정과 서운함이 깃들었다. 내 방으로 앞장서자 박연의 조용하고 무게 있는 발걸음이 뒤를 따랐다. 범인이 박연일 가능성이 가장 컸다. 그가 화란이라는 나라에서 무슨 일을 했으며 어떻게 살아왔는지는 아무도 모른다. 어쩌면 씻을 수 없는 죄를 짓고 추방당했을 수도 있다. 위험인물이 아니라는 막연한 확신은 그의 예의 바른 태도와 신문물 검역에 도움이 될까 싶은 내 욕심이 빚어낸 허무한 추측일지도 모른다. 허나, 송일영을 의심할 때와 마찬가지로 아무 증거 없이 그를 범인으로 단정 짓고 몰아세울 수도 없는 노릇이다. 내가 입수한 작은 시계는 박연의 손을 떠나 한섭에게 간 것을 똑똑히 알고 있는 데다 직접 알현한 적은 없지만 임금의 신뢰와 관심을 받고 있어 귀빈이나 다름없는 대접을 받는 박연이 굳이 잔인한 살인을 저지를 이유 또한 찾지 못했다.

"선생, 앉으시오."

몇 달의 시간이 흘렀지만 긴 다리를 접어 가부좌를 트는 일만은 쉽지 않은 듯, 박연이 다리를 오므려 한 방향으로 틀고 새색시처럼 마주 앉았다.

"아시다시피 사람이 죽었소."

침울한 표정으로 박연이 고개를 끄덕였다.

처음 그에게 죽음이라는 단어를 알려준 건 연지가 아닌 고상분이었다. 복을 맞아 보신을 위해 마당에 키우던 누런 개에게 박연은 깊은 애정을 드러냈다. 개를 부르는 화란의 말인지 별명인지 알 수 없지만 혼트, 혹은 혼쩌라고 부르며 지푸라기를 단단히 말아 만든 작은 공을 던지며 마당에서 들뛰었다. 종종 볕 아래 졸고 있는 개의 목덜미를 쓰다듬으며 박연은 소년처럼 풋풋한 미소를 지어 보이기도 했다. 그러나 박연의 혼트는 초복 날 새벽, 고상분이 잘 벼려놓은 칼에 절명하고 말았다. 누구도 슬퍼하지 않는 죽음이었다. 그걸 알 리 없는 박연은 아침상에 올라온 개장국이 입에 맞았는지 드물게 한 그릇을 더 청해 먹었고, 아무리 이름을 부르고 북어포로 유인을 해도 나오지 않는 혼트를 찾아 벌판을 쏘다녔다. 그 모습을 안쓰러워하던 고상분이 해가 저물어서야 박연에게 혼트의 죽음을 알렸다.

"배 속에 들어간 혼트는 하루 종일 찾아 뭐하십니까? 벌써 똥이 되었을 텐데. 굳이 찾으시려거든 측간에 가보시든가."

그 말에 박연이 펄쩍 뛰며 측간으로 달려갔지만 거기 혼트가 있을 리 만무했다.

"죽어서 고기가 됐단 말입니다."

"죽어서? 고기?"

고상분의 말을 되묻는 박연의 표정이 거름 잘못 맞아 썩어 문드러진 여름날 호박처럼 폭삭 일그러져 있었다.

"네, 죽었다고요. 화란에선 개고기를 안 먹습니까?"

고상분이 제 손바닥으로 목을 긋는 시늉을 하더니 부뚜막에 올려놓은 남은 개장국을 가리켰다. 박연의 토악질이 시작된 건 그때부터였다. 등허리가 들썩이고 뱃구레가 출렁이며 거구의 사내가 마당 한가운데 허리를 숙이고 속엣것을 게워냈다. 이미 혼트의 고기는 이에 찢기고 위에 녹아 피와 살이 되었을 텐데, 그의 토악질은 멎지 않았다. 그날 나는 영보를 시켜 구토에 특효라는 생강과 번행초 달인 물을 박연의 방에 디밀었지만 그는 사흘 내내 물 몇 모금으로 연명하며 원망 어린 눈길로 고상분을 노려보았다.

비단 박연이 외국인이기 때문에 죽음이라는 말을 배우는 데 한바탕 속앓이를 한 것만은 아니라고 생각했다. 아버지가 작고 하시기 전까지만 해도 나 역시 죽음이 잘 낫지 않고 해마다 재발하는 부스럼 같은 존재란 걸 알지 못했다. 밋밋한 살결 위에 어느 날 갑자기 솟아나 쓰리고 아리고 쑤시기를 반복하다 종래에는 맥없이 툭 터져버렸다 일 년에 한 번, 기일마다 덧나 두툼한 흉터에서 다시 피고름이 솟게 하는 고질병. 혼트를 잃고 박연은 조금 더 조선인이 되었고 한결 눈이 깊어졌다.

"죽어서 고기?"

박연이 표현하고자 하는 건 죽어서 시체가 되었다는 뜻일 터였다.

"짐승은 죽으면 고기가 되지만 죽은 사람은 시체라 부른다오. 어쨌거나 혼인을 앞둔 처녀가 목숨을 잃었소. 무섭고 비통한 일이오. 그런데 내가 궁금한 건, 처녀의 몸에서 이게 나왔다는 거요."

우회보다 정공으로 그의 마음을 꿰뚫려는 심산이었다.

이단분이 쥐고 있었다는 시계를 서탁 위에 올려놓고 그의 표정 살피며, 근육의 떨림과 피부의 미세한 색깔 변화까지 놓치지 않기 위해 바짝 다가앉았다. 만약 조금이라도 석연치 않다면 임금과 이상도 어른께 고하여 물고를 내는 한이 있더라도 용서하지 않을 요량이었다. 하지만 박연의 표정이 순간 돌이나 나무처럼 굳어진 탓에 도통 감을 잡을 수가 없었다.

"송일영 선비 것입니다."

뜻밖의 대답이었다. 어눌하지만 틀림없는 발음으로 박연이 말을 이어갔다.

"콜패 노름에서 한섭이 선비에게 주었습니다."

한섭이 골패 노름으로 패가망신한 후, 부친의 엄명에 따라 다시는 노름판에 끼지 않았지만 가끔 박연이나 영보와 함께 술내기나 심부름을 걸고 골패를 돌린 것을 몇 번이나 모른 체했더랬다.

"그 말씀, 책임지실 수 있소?"

박연은 아직 책임이라는 말의 뜻을 알지 못하는지, '채금? 책킴?' 하며 고개를 갸웃거렸다. 나는 그 뜻을 설명해주기 위해 애를 썼지만 임무나 의무 같은 단어까지 되물어오는 통에 더 난감하기만 했다.

"그 말씀이 참이거든 끝까지 함께 해주시겠느냐는 말이오."

그제야 박연이 호기심을 접고 크게 한 번 고개를 끄덕였다.

박연을 돌려보내고 볕이 사위어 어둑해진 방에 홀로 남아 송일영을 떠올렸다. 하룻밤만 묵어가겠다고 했지만 그는 뭔가를 탐색하기라도 하듯 지나치게 심상한 걸음으로 이곳저곳을 쑤시고 다녔다. 그사이 박연이 그의 짐에서 피 묻은 칼을 발견했고, 그걸로 이미 가장 유력한 용의자로 몰리기도 했던 걸 생각한다면 송일영의 존재를 가볍게 넘길 수만은 없었다.

장마가 시작되었는지 며칠째 조석으로 굵은 비가 한두 차례씩 내렸다. 물 먹은 솜이불처럼 무겁기만 한 몸을 뉘고 싶은 마음이 간절했지만 진범이 송일영이라면 그가 도주를 하거나 다른 사건을 일으킬 수 있는 노릇이니 그냥 두고 볼 수만은 없었다. 나는 끄응, 긴 신음을 내뱉으며 몸을 일으켜 검역소로 다시 발길을 옮겼다. 시계를 들여다보고 있던 박연과 한섭, 영보의 얼굴에도 피곤이 묻어났다.

"이걸 잃게 된 경위를 소상히 털어놓아라."

탁자에 이단분이 쥐고 있었다던 시계를 내려놓고 셋을 고루 바라보며 물었다. 한섭이 낭패스러운 표정으로 시계를 바라보았다.

"부친으로 인한 시름을 풀기 위해 다시 골패 노름에 재미를 들인 게 잘못이었습니다. 모두 제 탓입니다. 엊그제 박연 선생과 영보를 꼬드겨 영보네 집에서 골패 노름을 했습니다. 노름이라고 해봐야 돈을 건 것도 아니고 낡아빠진 갓함 하나를 걸고 이긴 사람이 그걸 갖기로 했을 뿐입니다. 그때 마당에서 헛기침하는 소리가 들려 소장님인 줄 알고 나가보니 송일영이었습니다. 그 자가 자신도 무료하던 참이라며 골패 노름에 끼워달라기에 영보랑 둘이 짜고 골탕을 좀 먹일 속셈으로 불러들였지요."

한섭이 몸을 잔뜩 움츠리고 기어들어가는 목소리로 우물우물 전말을 털어놓았다. 엊그제라면 이단분이 살해된 날 밤이었다. 골탕을 먹이려고 작정한 한섭과 영보가 저희들끼리 수신호를 주고받으며 전략을 짜도 어찌 된 일인지 송일영의 패를 이길 수 없었다고 했다. 골패란 납작하고 사각 지게 연마한 짐승의 뼈에 수를 나타내는 작은 구멍을 뚫어 승패를 거는 놀이였다. 서른두 쪽의 골패는 둘이 모이면 열두 짝씩, 넷이 모이면 여덟 짝씩 나누어 갖고 한 사람씩 패를 내놓게 되어 있었다. 계속 낮은 순으로 패를 내다가 더는 낼 낮은 수가 없는 사람이 지게 되는데 돈을 걸기도 하지만 동무나 이웃끼리 물건을 걸고 재미를 보기도 했다. 골패 노름은 이미 양반부터 노비까지 둘만 모이면 머리를 맞붙이고 즐기는 유희로 큰돈이 오가지만 않는다면 누가 누구를 나무랄 수 없는 지경까지 와 있었다.

　노름이 시작되고 얼마 지나지 않아 갓함은 송일영의 손으로 넘어갔다고 했다. 미리 영보나 한섭이 엉덩이 아래에 깔아놓은 낮은 패가 감쪽같이 사라지거나 높은 수로 바뀌어 있었다는 게 패인이었다. 마음이 달아오른 셋은 다시 한 번 패를 돌리자고 송일영에게 떼를 썼다. 송일영은 더 이상 걸 물건이 없으면 무슨 재미로 노름을 하느냐며 그 작고 동그란 물건을 내건다면 한번 붙어보겠다고 거드름을 피웠다. 한섭은 이번에야말로 송일영을 꺾을 수 있을 거라는 생각에 박연의 허락을 받아 시계를 내걸었다. 네 사람 가운데 송일영이 아닌 누군가가 이기기만 한다면 그의 코를 납작하게 해줄 뿐 아니라 시계를 빼앗기지 않을 테니 해볼 만하다는 생각이 들었던 것이다. 그러나 셋의 예상을 비웃기라도 하듯 한 식경도 지나지 않아 송일영은 시계를 낚아채고 영보의 집을 유유히 떠났다.

"막말로 선수였습니다요. 저희 같은 어리보기들은 상대할 재간이 없었습니다. 꼭 눈에 뭐가 씐 것 같더라니까요."

잃은 것도 없이 송일영에게 진 게 억울해 영보가 제 가슴을 쿵쿵 소리 나게 쳤다.

"박연 선생에게 죄송할 뿐입니다. 우정의 증표로 받은 소중한 물건인데 노름판에서 잃어버리다니. 틀림없이 송일영이 살인사건의 범인일 겁니다. 시계를 딴 다음 날부터 도통 보이질 않았으니까요. 어디 켕기는 데가 있든, 벌써 도망질을 했든."

모두 고개를 끄덕여 한섭의 말에 동조를 했다. 그 순간 검역소의 문이 열렸다.

"한창 이야기꽃을 피우고 계신데 불청객은 아닌지요."

능글맞게 눙치며 검역소 안으로 성큼성큼 들어서는 자는 다름 아닌 송일영이었다. 빗줄기가 굵어졌는지 그의 도포 자락이 더러운 진흙으로 얼룩져 있었다. 박연이 옆에 선 영보의 소맷자락을 꽉 움켜쥐는 게 보였다. 한섭 역시 내 등 뒤에 바짝 붙어서 눈에 힘을 주고 고개를 끄덕였다.

"공무를 집행하는 곳에 기척도 없이 들어오다니, 무례하오."

근엄한 투로 이야기하려 애썼지만 잔뜩 주눅 들고 떨리는 음색이 내 귀에도 군색하게 들렸다.

"허허허, 기척을 안 했을 리가요. 몇 번이나 헛기침도 하고 들어가도 되겠느냐고 여쭀는데."

그의 말이 참이든 거짓이든 상관없었다. 오직 그가 살인자인가, 아닌가만이 신문물검역소 네 남자가 품은 궁금증이었다. 제주에서는 비루라 부르는 도롱이를 어깨에서 걷어내고 내 곁에다가서는 송일영의 손목에서 무언가가 반짝였다. 가느다란 줄, 시계에 매달려 있다 마지막 순간 끊어진 그것이었다.

"선비의 손목에 묶인 그것이 무언지 여쭤도 되겠소?"

새끼 염소가 어미를 찾아 메에, 하고 울어도 내 목소리보다는 박력 있었을 것이다. 하지만 송일영의 표정이 그 한마디에 아주 조금 허물어지고 있었다.

"벗에게 받은 선물이기에 소중히 여기고자 손목에 걸어보았는데 선물은 떨어져 나가고 보잘것없는 끈만 남았소이다. 대답이 되었소?"

그의 대답이 떨어지기 무섭게 검역소의 네 남자가 재빨리 눈빛을 주고받았다. 골패를 손에 쥐고 누가 좋은 패고 나쁜 패인지를 가늠하듯 서로의 눈을 흘깃거리며 송일영을 가운데 두고 천천히 대형을 바꿔갔다. 체구가 박연 못지않게 큰 송일영을 제압하려면 한꺼번에 덤비는 수밖에 없었다.

"왜들 이러시오? 내 말이 서운하기라도 했소?"

송일영의 등 쪽에 서 있던 박연이 몸을 던져 그를 바닥에 내리꽂았다. 뒤이어 한섭이 그의 두 팔을 등허리 쪽으로 돌려 움켜쥐었고 영보가 다리를 맡았다.

"나리, 이 살인마 놈을 어쩔깝쇼? 막말로 분부만 내리십시오."

영보가 송일영의 종아리를 깔고 앉아 눈에 불꽃을 튀겼다.

"광으로 끌고 가서 가두어라. 나는 이상도 어른께 다녀올 터이니, 그때까지 놈을 잘 지키는 게 너희의 임무다."

영문도 모른 채 송일영을 포박할 허리끈 몇 개를 가지고 달려온 고상분이 참담하게 구겨진 데다 피까지 흘리는 그의 얼굴을 보고는 소스라치게 놀라 난색을 표했다.

"에구머니, 영보 네가 묶어라. 나는 못하겠어. 근데 이래도 되는 건가 몰라."

여전히 버둥대는 송일영을 감당하기만도 바쁜 영보가 고상분에게 무어라 구시렁거리며 발목을 묶었고 이어 한섭이 손목을, 박연이 재갈을 물렸다.

그사이 비는 더욱 거세졌다. 한여름임에도 한기가 들었다. 마간에서 졸고 있는 말을 깨워 빛 한 점 없는 벌판을 가로질러 감영을 향해 내달렸다. 말발굽에 짓이겨져 더욱 짙어진 풀 냄새가 코를 찔렀다. 급한 마음에 지름길을 택한 탓에 돌과 흙더미가 달리는 말의 발에 걸려 얼굴로 튀어 오르거나 몸이 기울었지만 이를 앙다물며 참았다. '우르르르르' 낮은 포효 뒤에 번개 한 줄기가 동산에 꽂히며 아주 잠시 시야가 트였다. 다시 괴괴한 어둠과 숨통을 틀어막을 듯 달려드는 빗방울에 익숙해질 즈음 다시 '우르르르르' 하늘이 포효하는 소리가 들렸다. 그리고 하늘을 가르는 낙뢰 한 줄기가 불과 오십 보도 떨어지지 않은 지척의 버드나무에 내리꽂혔다. 말이란 짐승은 겁이 많다. 작은 쥐 한 마리에도 마간을 부수고 뛰쳐나와 뜨거운 콧바람을 뿜으며 숨을 곳을 찾는 짐승이다.

낙뢰가 내는 굉음에 몸을 움츠리며 나는 직감했다. 말의 등짝이 후끈 달아오르며 무섭게 날뛰는 틈바구니 안에서 나 역시 얼마 견디지 못하고 바닥으로 추락할 것이라는 사실을.

살인사건의 진범을 검거했고, 이상도 어른이 약속을 지킨다면 머지않아 오랜 동무이자 동경의 대상이던 연지와 혼례를 치르게 될 텐데, 하필 이 순간 목숨을 위협받고 있다니. 말의 차진 몸이 요동치는 동안 멀리서 다시 벼락이 떨어졌다. 그 불빛에 의지해 나는 부드러운 개흙이 펴져 있는 도랑을 향해 몸을 날렸다. 성공한다는 보장도 없고, 또 운이 나쁘면 정신을 잃어 도랑물에 익사할 수도 있다. 하지만 거친 돌 틈에 떨어져 말발굽에 자근자근 밟히는 것보다야 나을 거라는 생각이 들었다.

한 치 앞도 내다볼 수 없는 어둠 속이지만 뺨을 스치는 부드러운 흙이 느껴졌고, 허리를 두 동강 내듯 강렬한 통증과 함께 개울물 소리가 들렸다. 몹시 피곤했다. 피곤하지 않았더라도 의식을 곤두세울 수 없을 정도로 몸이 상한 것 같았다. 만약 허리가 부러지기라도 했다면 평생을 누워 지내야 할 수도 있다. 아주 짧은 동안 지난 이십 년의 세월이 스쳐갔고, 그걸 음미할 틈도 없이 깊은 잠에 빠지듯 의식을 잃었다.

정신을 차린 건 사고가 난 사흘 뒤였다. 귀가 먼저 열렸다. 눈을 뜨고 싶었지만 눈곱 때문인지 영 쉽지가 않았다. 옆에 누군가 있다는 걸 직감했다.

"함 소장이 이대로 산송장이 된다면 어쩌실 셈입니까?"

송일영의 목소리였다. 광에 갇혀 있거나 죄인으로 물고를 치러야 할 인물이 버젓이 입을 놀리고 있다는 사실이 놀라웠다.

"어쩌다니, 뭘 어쩐단 말입니까? 함 소장님은 그렇게 나약한 사람이 아닙니다. 그저 무사히 눈을 뜨기만을 바랄 뿐입니다."

연지의 목소리였다.

"정성이 대단하십니다. 꼬박 사흘 동안 잠 한숨 이루지 못하고 간병이라니. 하인들이 수군대기라도 하면 어쩌시려고."

무례하기 짝이 없는 말이었다. 연지가 송일영의 뺨이라도 후려치길 바랐지만 아무 소리도 나지 않았다.

"물, 물을 좀 주시겠소."

혀가 굳어 몇 번이나 우물댄 끝에 처음 한 말이었다.

"함 소장님, 정신이 드십니까? 제가 보이십니까?"

아무리 애를 써도 보이는 거라고는 눈꺼풀에 말라붙은 싯누런 눈곱뿐이지만 나는 고개를 끄덕였다. 손끝과 발끝도 움직여 보았다. 다행히 사지가 마비되지 않은 모양이었다. 입술 사이로 따뜻한 물이 조금씩 새어들었다. 목을 흠뻑 축이기엔 적은 양이었지만 한결 갈증이 잦아들었다.

지금 내 모습은 볼썽사나울 것이 뻔했다. 지게미 같은 눈곱이 눈가를 덮고 입가에는 침 말라붙은 자리가 허옇게 번져 있을 것도 짐작할 수 있었다. 더구나 그간 대소변을 본 기억이 없으니 사흘 내내 곁에 붙어 있던 연지의 손을 빌려 해결하기라도 했다면 죽는 게 나았을지도 모른다. 몸을 움직일 수 있으니 기력을 차려 직접 소세를 하고 싶었지만 연지의 나긋나긋한 손이 자리에서 일으키려던 어깨를 다시 눌렀다.

"그대로 계시지요. 아직 몸을 추스르기 힘들 것입니다."

연지가 물을 묻힌 천을 눈가에 갖다 대는지 물기가 느껴졌다. 잠시 뜸을 들여 눈곱을 불려내더니 부드럽게 눈가를 문질러 닦아주었다. 그제야 조심스럽게 눈을 뜰 수 있었다. 검역소가 아닌 낯선 천장이 보였다. 의식을 잃은 사이, 나는 몇 번이나 연지와 혼례 치르는 꿈을 꾸었는지 모른다. 꿈속에서 나는 그게 꿈인가 싶어 볼을 꼬집어보았지만 통감을 느끼지 못해 실망하고 복사꽃처럼 어여쁜 연지의 얼굴을 하염없이 바라보곤 했다.

"다행입니다. 의원이 가까운 감영으로 모셨습니다."

연지가 코 먹은 소리로 낮게 속닥였다.

"저자가 어째서 여기에 있소? 누가 풀어주었단 말입니까?"

눈을 뜨자마자 능청스럽게 미소 지으며 나를 들여다보는 송일영을 향해 소리 질렀다. 그는 여전히 싱글거렸다. 연지가 당혹스러운 표정을 짓더니 살그머니 일어나 방에서 나갔다.

"함 소장이 무사히 깨어나실 줄 알았습니다."

방금 전까지만 해도 연지에게 내가 산송장이 되면 어쩌겠느냐고 묻던 자가 의뭉스럽기 그지없이 내 걱정을 하고 있었다.

"내가 혼절한 사이 무슨 거짓말로 위기를 모면했소? 당장 이상도 어른에게 가봐야겠소."

송일영의 얼굴에서 웃음기를 싹 지워버리고 싶은 마음뿐이었다.

"그럴 것 없네."

문이 열리고 이상도 어른이 방으로 들어섰다. 관복을 입은 걸

보니 내가 깨어났다는 소식에 다급히 행차한 것 같았다.

"어르신, 확실한 단서를 잡았습니다. 그걸로 실토만 받아내면 됩니다. 이자의 말을 믿으시면 안 됩니다."

노박이 누워 있을 수 없어 혼신의 힘을 다해 겨우 몸을 일으켜 앉았다.

"지금 체면이나 격식을 차릴 때가 아니니, 그냥 누워 있게나."

이상도 어른의 눈빛이며 목소리에서 나를 염려하고 걱정하는 진심이 느껴졌다.

"어사께서는 나가셔도 좋소. 내가 이야기하리다."

어사? 낙뢰 때문에 귀에 이상이라도 생긴 걸까? 아니면 개흙이나 도랑물이 들어가 말썽을 피우기라도 한 걸까? 송일영이 점 잖은 미소를 띠고 자리에서 일어나 방을 나섰다.

"방금 나간 분은 암행어사시네."

암행어사

이상도 어른의 말에 따르면 송일영은 마치 암행어사들 사이에서 유행이라도 하듯 지나가는 과객으로 위장해 제주에 왔다고 했다. 맨 먼저 찾아간 곳은 감영이지만 청렴하기로 소문난 이상도 어른의 성품에 감동해 스스로 마패를 꺼내 자신의 정체를 밝히고 지도편찬원 행세를 하며 하급기관 몇 곳을 더 시찰하겠으니 도와달라고 청했단다. 그래서 추천한 곳이 신문물검역소였다.

"송 어사는 처녀 살인사건을 자네와 별도로 은밀히 수사해왔네. 그리고 자네가 사고를 당한 날 낮에 용의자를 검거했다네."

나는 여전히 송일영을 믿을 수 없었다. 그가 살인자라고 가정한다면 마패 따위야 얼마든지 가공해낼 수 있을 터이니 말이다. 하지만 용의자가 검거되었다는데 딱히 반박하고 나설 명분이 없었다.

"자백은 받아내셨습니까?"

"아직 자백을 하지 않고 있어. 사흘째 물 한 모금 입에 대지 않고 스스로를 말려가고 있네."

"그자가 누구입니까?"

"이단분에게는 정인이 있었네. 상대는 향교의 훈도, 남태오라는 자였어. 서책을 빌리러 드나들다 연분이 싹텄겠지. 허나 남태오에게는 처자가 있었고, 때문에 명문가의 고명딸인 이단분의 혼례 소식을 듣고도 어쩔 도리가 없었던 모양이야. 남태오의 행동이 이중적이고 사생활이 수상쩍다며 함께 근무하던 훈도가 밀고했다는군."

이단분이 써놓은 시를 떠올렸다. 정인과 헤어져 낯선 남자를 남편으로 맞아야 하는 야속한 운명 앞에서 그녀는 비단 손수건으로 눈물을 찍어내며 그 시를 지었을 것이다. 하지만 여전히 풀리지 않은 매듭이 있었다. 남태오가 이루어질 수 없는 사랑 앞에 몸부림치다 이단분을 꾀어내 살해했다고 가정한다 쳐도 어째서 그녀가 시계를 쥐고 있었을까? 그건 송일영의 손이 닿았다는 증거다. 나는 무릎을 짚고 몸을 일으켜 의걸이에 걸어놓은 도포에서 시계를 꺼냈다.

"이건 서양의 시계입니다. 아직 어떻게 보고 읽는지는 알 수 없지만, 이단분의 염습을 하던 노파에게 넘겨받은 증거물이지요. 이 시계는 본래 박연의 것으로 후에 한섭에게 전해졌다 노름으로 송일영에게 넘어갔습니다. 헌데 이 물건이 이단분에게서 나왔다는 건 아무래도 송일영이 깊이 개입된 것이 아닐까, 하는 추측입니다."

쉰도 되지 않았지만 노안이 왔는지 이상도 어른이 시계를 또
렷이 보기 위해 고개를 조금 뒤로 젖혔다.

"의심할 만하지만 자네가 직접 어사를 취조할 수는 없네."

이상도 어른이 침울한 표정이 되어 나를 한참 내려다보고는
자리에서 일어섰다.

"남태오가 입을 열 때까지 자네는 이 사건에서 손을 떼게나."

며칠이나 굶은 데다 기력이 쇠한 탓에 어지러웠다. 잠시 후,
여종 하나가 작은 소반에 쌀죽과 간장을 담아 들여왔다. 입맛이
당기지는 않았지만 빨리 몸을 추스르기 위해 쓴입을 벌려 밍밍
한 죽을 남김없이 먹어치웠다.

오후가 되자 한섭과 영보가 박연을 이끌고 찾아왔다. 마치 자
신들이 중죄인인 양 고개도 들지 못하고 윗목에 앉아 바닥만 바
라보았다.

"나는 괜찮다. 의원이 그러는데 뼈나 내장이 상하지는 않았다
는구나. 내일이면 다시 검역소로 출근을 할 수 있을 터이니 너희
들도 어서 박연 선생을 모시고 돌아가거라."

곡기가 들어가자 무거웠던 몸이 조금씩 가벼워지고 허리를
후비듯 타고 오르던 통증도 잦아들었다.

"시계 말입니다. 박연 선생이 그 시계에 대해 드릴 말씀이 있
답니다."

한섭이 눈짓을 보내자 박연이 내 쪽으로 조금 다가와 이부자
리 곁에 놓인 시계를 집어 들었다. 그러고는 시계에서 유독 톡

불거져 나온 작은 막대를 돌려보았다. 그러더니 머리를 긁적이며 손바닥에 툭툭 쳐보기도 하고 귓가에 바짝 대보기도 하며 한참이나 애를 썼다.

"시계가 죽어서 시체가 되었습니다."

시계가 죽다니.

"막말로 고장 났다는 뜻인가 봅니다. 상분이 년이 괜한 말을 알려줘서 아무 때나 죽었다고 하니 원."

영보의 말대로 시계는 아무 소리도 내지 않았다.

"시계를 죽이려면 때려야 합니다."

박연이 시계를 바닥에 내던지는 시늉을 해 보였다. 그의 몸짓대로 시계가 고장 나려면 뭔가 큰 충격을 받아야 한다는 것이고, 어쩌면 이단분이 변을 당하던 순간에 시간은 멎어 있었는지 모른다. 시계의 짧은 바늘이 9라는 글자와 가까웠고 긴 바늘은 6이라는 글자와 가까웠다. 박연이 알려준 대로라면 9는 九를, 6은 六을 뜻한다. 새로운 사실이 밝혀졌음에도 신문물의 사용법을 모르니 암담할 뿐이었다. 그때 한섭이 시계를 그려놓은 종이 한 장을 품에서 꺼냈다.

"박연 선생이 그린 것입니다. 시계의 11이라는 글자부터 1이라는 글자 사이를 자시(子時)라고 썼고, 그다음 1부터 3까지는 축시(丑時)라고 표기했습니다. 이렇게 두 글자를 건너뛰어 두 바퀴를 돌면 하루가 됩니다. 검역소 안에 있는 시계로 사용법을 익혀왔는데, 이단분이 변고를 당한 시각은 대략 술시였습니다. 저녁을 먹고 잠자리에 들 시간이었단 말입니다."

시계라는 물건은 생각보다 편리하고 우리의 시 개념보다 좀 더 복잡하고 세밀하게 나뉘어 있는 것 같았다. 어쨌거나 시계가 이단분이 살해당한 시간에 멎었다면 남태오가 그 시각, 집에 있었는지만 확인하면 될 일이었다. 투옥된 남태오의 식솔을 찾아가 물으면 금방 나올 대답이었다. 나는 급한 마음에 자리에서 일어나 의걸이에 걸린 도포를 꺼내 걸쳐 입었다. 뼈와 근육이 놀란 탓인지 두 다리가 바닥을 짚자 다시 통증이 허리를 타고 올라 뒷목까지 들쑤셨다.

"그 몸으로 어딜 가시려고요? 막말로 다시 넘어지기라도 하시면 우리 검역소는 어쩝니까?"

영보가 내 겨드랑이 사이로 손을 밀어 넣어 몸을 부축했다.

"걱정 말거라. 사건을 해결할 중요한 단서를 찾았으니 그냥 누워 있을 수만은 없지 않느냐. 영보는 박연 선생을 모시고 검역소로 돌아가고, 한섭이 너는 나와 함께 가자."

감영과 향교는 같은 담을 쓰고 있었다. 열 살 남짓한 소년들이 수학을 마치고 집에 돌아가는 길인지 감영 앞은 한 무리의 새 떼가 내려앉은 것처럼 번잡했다. 엽전만 한 엿을 빨며 가댁질을 하는 소년 둘에게 다가갔다.

"너희들, 남태오 훈도를 알지?"

"알다마다요. 얼마나 자애로우신 어른인지 모릅니다."

"남태오 훈도의 집을 알려다오."

"임금님이 보내신 사신이신가요? 아마도 상을 내리시는 거겠지요? 그렇다면 이리 따라오십시오."

소년들의 빠른 걸음을 당해낼 재간이 없었다. 한섭에게 몸을 의지하고 지척거리며 뒤를 따르는 탓에 소년들과의 거리는 점점 멀어졌다. 다행히 그의 집은 감영에서 멀지 않았다. 집에 도착하자 한섭이 엽전 두 닢을 꺼내 소년들에게 한 개씩 나누어주었다. 스승에게 임금의 상을 전하러 온 것만도 기꺼운데 엽전까지 받았다며 뛸 듯이 기뻐하던 아이들이 꾸벅 인사를 하고 사라졌다. 만약 남태오의 처가 그 시각 제 서방의 행방을 알고 있다면 그는 범인이 아닐 것이고, 묘연했다고 말한다면 개운하지는 않지만 어쨌든 건공대매로 범인 취급할 수는 없었다. 휘청거리는 다리 때문에 나를 부축하던 한섭의 얼굴과 목줄기에 굵은 땀이 맺혔다.

"영보네 초가집만도 못한데요?"

한섭의 말대로 남태오의 집은 묵은 이엉이 시커멓게 퇴색되고 담이 무너진 초라한 꼴이었다. 훈도라는 것이 나라의 녹을 먹는 관리이긴 하지만 박봉이었다. 조, 쌀, 콩, 밀 같은 곡류 몇 섬과 베 몇 필, 그리고 닥종이로 만든 화폐인 저화 한 장이 살림의 전부였다. 그걸 내다 팔아 끼니를 이어가야 하니 넉넉지 않은 것도 당연하지만 사람이 살고 있음에도 집은 폐가처럼 버려진 모양새였다.

한섭이 먼저 집 앞에서 기웃거리다 '게 누구 없소' 하고 주인을 불렀다. 잠시 후, 방문이 열리더니 언뜻 붉은 댕기 머리 처녀 하나가 문가에 비쳤다. 그러더니 이내 못 볼 것을 본 사람처럼 소스라치게 놀라며 몸을 납작 엎드렸고, 그 뒤로 또 다른 여인이 어둠 속에 유령처럼 도사리고 있었다. 댕기 머리는 당연히 남태오의 아내가 아닐 터였다. 하지만 처녀는 그의 여식이라 하기에는 과년해 보였다. 방문은 다시 닫혔다.

얼마간 시간이 지나 두 다리가 뻣뻣하게 저릴 즈음 한섭의 부름에 다시 방문이 열렸다. 처녀는 보이지 않고 숱 없는 머리를 겨우 말아 쪽 진 젊은 부인이 파리한 얼굴로 우리를 맞았다. 이목구비가 단정한 미인인 데다 옷태가 고왔지만 궁핍한 살림 때문인지 주접이 들어 있었다. 어둠 속에 도사리던 유령이 살아 나오는 것만 같았다.

"포도청에서 나오셨는지요?"

기워 입은 의복과 버선이 남루하기 그지없고 기아의 흔적이 역력한 얼굴이지만 목소리만큼은 청아했다.

"저는 감영에서 나온 함복배라고 합니다."

"감영이나 포도청이나 생사람 잡아들인 곳이 무에 다르단 말입니까?"

당돌한 말투에 여인답지 않은 기백이 묻어났다.

"한 가지 여쭈러 왔소이다. 잠시 집 안에 들어도 되겠습니까?"

순간, 남태오 처의 얼굴에 당황한 기색이 역력했다. 그녀는 조금 열린 방문을 닫고는 짚신을 신고 우리가 서 있는 마당께로 걸어 나왔다.

"하실 말씀이 있거든 예서 하시지요."

"사건이 일어나던 날 남태오가 사라진 시각이 언제였습니까? 우린 그것만 알면 돌아가겠소."

그녀는 얼핏 서른 살 안팎으로 보였지만 가난을 씻고 본다면 그보다 한참 어릴지도 모른다.

"저녁을 드시고 해시가 넘어서까지 서책을 읽고 계셨습니다."

해시라. 그렇다면 이단분이 살해된 시각에 집에 있었다는 이야기다. 하지만 그걸 증명할 사람이 자식을 낳고 한 이불을 쓰는 아내의 대답이라는 게 영 미심쩍었다.

"그걸 확인해줄 사람이 부인 말고 누가 또 있습니까? 아까 잠시 본 낭자와 대면할 수 있습니까?"

"송화는, 그 애는 제 여동생입니다. 남편이 투옥되고 제가 몸져눕자 친정에서 약초 달인 물을 들고 잠시 들렀을 뿐, 그날은 함께 있지 않았습니다. 더 물을 것이 없으시면 그만 돌아가주십시오."

남태오의 처는 우리의 대답은 듣지도 않고 먼저 돌아서 방문을 열고 들어가버렸다.

"이상한 일입니다."

"뭐가 말이냐?"

"집 안에는 남태오의 아내와 송화라는 처녀 둘이 있는데 신은 한 켤레뿐이었습니다."

한섭의 눈이 날로 예리해지고 있었다. 송화라는 처녀가 그곳에 있다는 걸 숨기려 했단 말인가? 우리가 방문할 줄 안 것도 아닐 텐데, 어째서 그녀의 존재를 숨기려는지 감이 잡히지 않았다.

"거짓말을 한다기보다는 뭔가 다른 걸 숨기고 있다는 느낌이 드는구나. 네 생각은 어떠냐?"

"소장님만 허락하신다면 근처에서 잠복을 해보겠습니다. 수상한 자와 내통하고 있는 게 아닌지, 그리고 송화라는 처녀의 정체가 진짜 동생인지 캐내야겠습니다."

한섭의 눈이 사명감으로 빛났다. 처음 그의 부친인 김 진사가 나를 찾아왔을 때, 그는 독남인 한섭을 내게 맡기며 눈물을 숨기지 않았다.

"노름과 계집질에는 이골이 난 놈이오. 전답을 모두 팔아먹고 그것도 모자라 대들보라도 팔아 유흥 밑천을 마련해보겠다고 설치기에 제 어미가 아들의 바짓가랑이에 매달려 울고 사정도 해보았지만 주름진 손에 하나 남아 있던 옥가락지까지 내다 판 무뢰배라오. 거두어만 준다면 내 이 백발로 신이라도 지어주고 싶소."

처음 며칠은 그 버르장머리를 버리지 못하고 노름판을 기웃거리고 기방에 드나들었으나, 그의 부모가 대문을 걸어 잠그고 내치기를 수십 번이었다. 그때마다 한섭을 검역소로 데려와 어르고 달래고 윽박지르며 보낸 시간이 새삼 옛일 같아 대견스러웠다.

"오냐, 네 뜻이 그렇다면 여기 남거라."

나는 한섭의 부축을 마다하고 버려진 부지깽이를 지팡이 삼아 절룩거리며 감영으로 돌아왔다. 마음 같아서는 검역소에 돌아가고 싶었지만 다시 말을 탔다가는 허리를 영영 못 쓰게 될 것 같은 생각에 며칠 더 신세를 지기로 마음먹었다. 감영에 돌아오자 영보가 마당을 가로질러 달려오며 반색을 했다.

"나리, 남태오가 자백을 했습니다."

"뭐라, 자백?"

한섭과 내가 그의 집에 다녀오는 사이, 남태오는 장문의 편지를 남기고 제 입으로 손목을 물어뜯어 목숨을 끊었다고 했다.

"그 편지는 지금 어디 있느냐?"

"이상도 어른이 집무실에서 기다리고 계십니다. 막말로 편지의 내용이 끔찍하기 이를 데 없다는 소문입니다."

끊어질 듯 에던 허리의 통증도 잊은 채, 이상도 어른의 집무실로 달려갔다. 그는 포도대장과 함께 있다 내가 왔다는 기별에 곧 포도대장을 내보내고 나를 들였다.

"편지와 남태오의 자살 소식을 들었습니다."

들창이 없어 밤이나 낮이나 호롱불을 켜두는 집무실 안에서 이상도 어른이 쓸쓸한 표정으로 나를 맞았다.

"그렇게 되었네. 급자기 지필묵을 달라기에 내주었더니 편지를 남겼더군. 유언장이 된 셈이지. 내용은 예상한 것과 다르지 않았네. 남태오는 자신이 이단분과 이미 그 전에 발생한 살인사건의 범인이라고 글로 실토했어. 향교에 정기적으로 드나들던 이단분을 남몰래 연모하던 남태오가 시를 써 건넸고, 이단분이 답시를 보낸 게 단초였다는군. 허나, 이단분의 혼례를 계기로 둘 사이가 멀어졌고 결국 질투심에 불타던 남태오는 마지막 만남을 빙자해 이단분을 불러냈다네. 거기서 이단분을 물에 빠뜨려 익사시켰지만 그래도 분이 풀리지 않아 미리 준비한 칼로 목을 자르고, 그 피로 산짐승을 꿰어 자신이 보는 앞에서 뜯어 먹도록 했다지. 그 전에 저지른 사건의 피해자 역시 향교에 드나들다 남태오와 정분을 나눴다고 주장하더군."

"하지만 시계 이야기가 빠져 있지 않습니까? 남태오가 범인이라면 어째서 송일영의 손에 있어야 할 시계가 이단분에게서 나왔단 말입니까?"

이상도 어른의 얼굴 위로 호롱불이 어른거리며 작은 아지랑이를 만들었다.

"젊은 날이었네. 부랑자 행색의 사내가 내 앞에 엎드려 열 냥이면 죽어가는 자식을 살릴 명의를 구할 수 있다고 읍소했다네. 나 역시 녹봉으로 먹고사는 처지인 데다 당시 기근이 심해 남을 돕는다는 게 그리 쉬운 일은 아니었네. 더구나 열 냥이면 쌀이 다섯 가마니이니 가난한 사람에게는 일 년을 배불리 먹고살 거금이었지. 한여름에도 고름 같은 코를 흘리며 바닥을 기는 사내와 그의 죄 없는 자식이 가여워서 나는 가지고 있던 공금 열 냥을 내주었네. 하지만 며칠 지나지 않아 그 사내가 각 도를 돌며 부자와 벼슬아치만 골라 거짓으로 돈을 뜯어내는 파렴치한이라는 걸 알게 되었지. 그 배신감이 얼마나 컸는지 그 후 나는 어떤 일이 있어도 남에게 한 푼의 엽전도 내주지 않는 구두쇠가 되었다네. 세월이 지나고 보니 나처럼 미련한 사람이 없더군. 거짓말로 호주머니를 턴 건 그 사내 하나인데 고작 엽전 열 냥에 수십 년간 마음의 문을 닫고 살았던 게야. 나를 찾아온 사람들 중에는 진짜 자식이 병으로 죽어가는 사람도 있었을 텐데 말이야. 나를 무정하게 만든 건 그 사기꾼이 아니라, 이해와 용서를 배우지 않은 내 무식의 소치였다네."

"그 말씀은?"

"자네, 송 어사가 싫지? 그래서 그가 시계를 잃어버렸다는 말
도 믿고 싶은 않은 거고. 그래, 어디 한구석 흠 잡을 데 없는 사
람이니까. 인물도 훤하고 사람 마음을 잘도 주물러대지. 더구나
암행어사라는 벼슬에 조부는 정이품의 송희찬 영감이라고 하더
군. 송 어사의 부친과 함 소장의 부친은 젊어서 친교를 나눈 걸
로 알고 있네. 송 어사의 성품이 다소 거만한 건 사실이지만 그
럴 만한 지위와 환경을 누리며 살아온 사람이네. 지금 마음의 문
을 닫으면 자네의 인생에 부침이 많을 게야. 송 어사를 동지로
맞이하면 아마도 입신양명의 꿈이 좀더 쉬워질 것이네. 나는 자
네가 그를 이해하고 받아들였으면 좋겠어. 나중에 후회하지 않
도록 말이네."

문득 잊고 있던 허리 통증이 되살아났다. 몸을 가눌 수 없을
만큼 사지가 저리고 정신이 혼곤해졌다. 나는 정말 송일영의 무
엇 하나 빠지지 않는 완벽함에 투기를 하고 있는 걸까? 그의 거
만한 태도를 이해하지 못해 억지를 쓰며 범인으로 몰아가려 한
걸까? 도포 속에 묻어두었던 시계가 무겁게 느껴졌다. 이상도
어른의 충고처럼 한 번의 실수로 평생을 후회하며 살 수는 없다.
하지만 나는 여전히 송일영을 동지로 맞이할 마음은 없었다.

"지난번에 사건을 해결하면 연지와의 혼례를 생각해보겠다
는 약속 말이네."

이야기를 마치고 돌아서려던 이상도 어른이 알 듯 모를 듯 미

소 띤 얼굴로 나를 내려다봤다. 나는 지난 며칠간의 고단함으로 연지와의 혼례에 대해 잠시 잊고 있었다. 그런데 이상도 어른이 그 이야기를 먼저 꺼내다니. 기꺼운 마음에 퍼뜩 앉음새를 고치고 머리를 조아렸다. 비록 사건을 해결하지 못한 것은 사실이지만 검역소 일도 마다하고 전력을 다해 투신한 점만은 기특하게 여겨주길 간절히 기원했다.

"그건 시간을 두고 더 생각해봄세. 사건을 해결해야 한다는 단서를 지키지 못했으니 자네도 불만은 없을 게야. 연지가 과년하니 올해를 넘기기 전에 좋은 신랑감이 있으면 굳이 자네가 아니더라도 짝을 지어줄 생각이네."

어린아이에게 시고 떫은 개복숭아를 천도복숭아라 속여 줘여주고는 그걸 한입 베어 물기만을 기다리는 짓궂은 이웃 소년 같은 표정의 이상도 어른이 좌절감에 어룽거리는 내 눈을 훔쳐보는 게 느껴졌다. 나는 아무 대꾸도 하지 못한 채 잠시 고개를 숙이고 있다 이상도 어른에게 내일 검역소로 떠날 생각이며 무례한 줄 아나 가마와 가마꾼을 마련해달라고 부탁한 뒤 집무실을 나왔다.

귓가에서 모기가 앵앵거렸지만 그걸 쫓아낼 힘도 없었다. 모기가 물어 양 볼에 연지를 찍은 것처럼 동그랗고 빨간 자국이 생기는 줄도 모르고 그간의 후회를 한꺼번에 몰아 하며 걸었다. 연지와의 혼례가 무산된 건 짐작만으로 사건을 해결하려 든 물러터진 나의 성격 탓이다. 어쩌면 연지와 나는 평생 맺어질 수 없는 인연인지도 모른다. 그걸 억지로 이어가기 위해 발버둥 쳤기 때문에 점점 그녀에게 사내답지 못한 모습만 보이게 되는 것이고, 이제는 부부의 연이 아닌 동무의 우정을 바라는 일조차도 주제에 맞지 않는 호사라 여겨졌다.

상념에 젖어 하냥 걷는 사이 나는 감영에 딸린 이상도 어른의 사택으로 걸음을 옮겼다. 무성하게 자란 해당화 나무에 진홍색 꽃이 만개했다. 그 향기에 이끌려 벌들이 잉잉거리는 소리에 간간이 연지의 웃음소리가 섞였다. 아주 오랜만에 듣는 기분 좋은 울림이었다.

연지는 여간해서는 웃지 않았다. 간혹 웃어야 할 일이 있을 때에도 이조차 드러내지 않고 입꼬리만 조금 올렸다 내릴 뿐이었다. 새하얀 이를 다 드러내며 웃는 모습을 본 건 어린 시절 내가 헛발을 짚어 고꾸라질 뻔했을 때인데, 그 모습이 보기 좋아 천치처럼 연지 앞에서 몇 번이고 고꾸라지는 척을 한 적도 있었다. 그런 연지가 소리를 내어 웃다니. 이단분 사건이 해결되었기 때문일까?

"어머나, 송 어사님은 어디서 그런 우스갯소리를 배우셨습니까?"

'어머나, 함 소장님은 어디서 그런 흰소리만 배우셨습니까?' 하고 퉁명스럽게 묻던 말투와는 사뭇 다른 목소리였다. 인정하고 싶지 않지만 지금 이 목소리에는 교태가 배어 있었다. 어린 고양이를 희롱할 때, 막 걸음마를 시작하는 아이를 독려할 때, 봄날 민들레 홀씨를 뜯어 낮잠이 든 동무의 코끝을 간질일 때, 사춘기 시절의 내가 연지의 고아한 옆모습에 반해 첨벙, 고인 흙탕물에 자빠지면서도 히죽일 때처럼 그녀의 '어머나' 소리에는 세상의 모든 귀엽고 대견하고 장난스럽고 아찔한 순간이 깃든 것만 같았다.

"조선 팔도 안 다녀본 곳이 없으니 그럴 수밖에요. 연지 낭자, 내 별칭이 무언 줄 아시오?"

"별칭도 있으신가요?"

"있다마다요. 바로 알나리깔나리라오."

알나리깔나리라는 말이 떨어지자 연지의 웃음소리가 더욱 커졌다. 알나리깔나리라니, 분통하다. 삼 개 국어를 자유로이 할 수 있는 나조차 모르는 말인데, 송일영은 이 얄궂은 말 한마디로 연지를 공중에 붕 띄워 삼 개국의 하늘에 들었다 났다 하고 있었다.

"알나리라는 게, 일찍 벼슬에 오른 아이를 뜻하는 말이지요. 아이나리가 알나리가 된 겁니다. 일찍 급제를 했으니 동문수학한 아이들이 질투심에 지어 붙인 별칭입니다."

"그럼 깔나리는요?"

"그냥 알나리라고만 하면 너무 고상하지 않습니까?"

송일영의 넌덕스러운 대답에 다시 연지의 웃음이 터졌다. 허리조차 곧게 펼 수 없어 버려진 부지깽이나 짚고 다니는 나로서는 상대가 되지 않는 자의 여유로운 유희였다.

"한양에는 언제쯤 돌아가십니까?"

내가 궁금한 것을 연지가 대신 물어주었다.

"오늘 그간의 업무를 정리해 한양으로 보냈습니다. 보름쯤 더 머물 생각입니다. 물 좋고 바람 좋고, 게다가 한양에서는 볼 수 없는 제주 가인이 있으니 발이 떨어지질 않습니다."

제주 가인이라니, 능글맞은 작자 같으니라고. 임금의 수족이 되어 배고프고 헐벗은 백성들을 보살펴야 할 책무를 지닌 자가 이토록 무책임한 발언을 하다니. 도성에 입성해 뜻을 펼칠 날이 오면 지금 송일영의 말을 한마디도 빼놓지 않고 임금께 고해 그 죄를 물으리라.

"그렇게 한가로워도 괜찮으십니까?"

"지나가는 과객이 다 그렇지 않소이까?"

다시 연지의 웃음이 터졌다. 불쾌한 마음으로 방문을 노려보는데 불현듯 그 문이 벌컥 열리고 다과상을 든 여종 그리고 연지, 송일영이 걸어 나왔다.

"함 소장의 건강이 염려되기도 하고 머물던 곳이라 검역소가 마음이 편합니다. 낭자께서도 자주 들르시니 외로울 틈이야 있겠습니까? 저는 이만 함 소장이나 들여다보러 가야겠습니다."

초라한 몰골을 들키고 싶지 않아 해당화 나무 옆에 바짝 붙어 섰지만 주책없는 여종이 나를 발견했다.

"거기, 함 소장님 아니십니까?"

연지와 송일영의 시선이 내게 모아졌다.

"그 몸으로 거동하셔도 괜찮으십니까?"

짐짓 나를 염려하는 말투로 송일영이 다가왔다.

"벌써 쾌차했습니다. 산책 중이었는데, 여기서 뵐 줄이야."

"부지깽이를 짚고 산책이라니. 내 녹봉을 털어서라도 호두나무 지팡이 하나 마련해드려야겠군요. 농입니다, 농."

나를 제외한 모두가 웃었다.

"내일 이상도 어른이 가마를 내주시기로 했습니다. 아직 풀어야 할 검역물도 남아 있고 해서 돌아갈 참입니다."

마냥 웃음거리가 되기 싫어 자리를 뜨고 싶었지만 연지에게 절룩이는 모습을 들키고 싶지 않아 화제를 돌렸다.

"단분이 일에 애써주신 일은 뼛속 깊이 새기고 잊지 않겠습니다. 그럼, 내일 살펴 가시지요."

연지가 고개를 숙여 내게 감사를 표했다. 나는 마주 고개를 숙이고 둘이 남은 대화를 나누는 동안 해당화 가지를 끌어다 향내를 맡는 시늉도 하고, 불에 타 시커멓게 변색된 부지깽이로 흙에 그림을 그리기도 했다. 드디어 연지가 제 방으로 돌아가자 송일영이 거만한 팔자걸음으로 다가왔다.

"제 어깨를 짚으시지요."

"됐습니다. 갈 길 가십시오. 저는 여기서 좀더 꽃 감상이나 할 참이었습니다."

"아직 일이 끝난 게 아닙니다. 체력을 비축하셔야 할 겝니다. 속단할 수는 없지만 이단분 살인사건의 진범은 따로 있습니다. 그걸 캐낼 때까지 저는 여길 떠날 수 없습니다. 지금 제가 한 얘기는 어느 누구에게도 해서는 안 됩니다. 소장께선 평소처럼 신문물을 살피고 검역소를 꾸리시기만 하면 됩니다."

웃음이 싹 가신 얼굴로 송일영이 귓가에 속삭였다. 범인은 벌써 남태오라는 게 밝혀지지 않았는가. 내가 무어라 대꾸하려 했지만 송일영이 손가락을 세워 입을 다물라는 표시를 했다.

"해당화가 왜 정원화로 드문 줄 아십니까? 바로 가시가 있어서지요. 함 소장도 저처럼 가시 있는 꽃을 좋아하는 모양입니다 그려. 허허허."

송일영이 호탕하게 웃으며 자리를 떴다. 보란 듯이 허리춤에 내건 마패가 찰캉찰캉 소리를 냈다. 그 자리에 서서 송일영이 남긴 말이 무슨 뜻인지 헤아리려 노력해보았지만 당장으로서는 아무것도 유추할 수 없었다. 연지가 머무는 방에 들리도록 호탕한 웃음이나마 남기고 싶었지만 아무리 애를 써도 먹먹한 가슴에서는 아무 소리도 나오지 않았다.

코길이

무양시계 (無陽時計)

해 없이도 시를 가늠할 수 있는 시계로 무게는 한 관이요, 크기는 세 되 정도입니다. 나무와 쇠를 가공해 기품 있게 제작되었으며 동력으로는 사용인이 작은 막대를 돌리면 바늘이 움직여 시간을 표시합니다. 조선에서는 하루를 열둘로 나누어 십이지신의 이름을 따 부르지만 서양에서는 1, 2, 3, 4, 5, 6, 7, 8, 9, 10, 11, 12라는 숫자로 표기하였습니다. 긴 바늘이 중앙의 둥근 판을 반 바퀴 돌면 한 식경이고 한 바퀴를 돌 때마다 작은 바늘이 움직입니다.

휴대가 간편하고 모양이 유려해, 장식품으로도 손색이 없으므로 서양의 숫자를 우리에게 맞게 고쳐 제작한다면 누구나 쉽게 시간을 읽고 약속을 정할 수 있을 것이라 생각됩니다.

검역소에 돌아와 나흘을 내리 앓았다. 고상분이 의원에서 지어 온 탕약을 마시고 영보가 넓적한 돌을 끓는 물에 담가 데운 뒤 등허리를 지져주었지만 통증은 꽤 오래갔다. 가장 슬픈 것은 그간 내 발이 되어준 애마가 사고 당일 죽었다는 사실이다. 날이 밝기를 기다려 송일영을 고발하려 했다면 지금의 불상사는 빚어지지 않았을 것이다. 하지만 같은 순간이 온다 해도 내 결정에는 변함이 없다. 범인으로 확신한 자가 눈앞에 있는데, 바다가 가로막고 있다 한들 겁낼쏜가.

빈 마간을 들여다볼 때마다 마음이 저렸다. 이상도 어른이 길이 잘 든 말 한 필과 용하다는 침구사를 보내 위로했지만 매일 아침 손수 밥을 먹이고 그 반들거리는 등짝을 쓰다듬으며 속내를 털어놓던 정든 말을 잃은 시름은 쉽게 가시지 않았다.

남태오의 집 근처에서 잠복하던 한섭도 남태오에게 딸과 어린 아들이 있다는 것 외에 별다른 수확물 없이 돌아왔다. 송화라는 처녀 역시 집 밖으로 나오지 않았다는 게 조금 의문이었지만 더 물고 늘어질 마음은 없었다. 한섭은 남편이 죽었다고 하는데 집 안에서는 곡소리조차 들리지 않았다며 매정한 부인을 흉봤다. 믿음직한 한섭에게 송일영이 한 말을 꺼내놓고 싶었지만 나역시 앞으로 벌어질 일에 대해 조금도 아는 바가 없는 터라 입을 다물고 말았다.

송일영은 어딜 쏘다니는지, 아침에 나가 밤에 돌아오기 일쑤여서 대면하기가 쉽지 않았다. 분명 감영에 들러 연지에게 시답잖은 농지거리나 흘리고 돌아오는 것 같아 더욱 눈을 흘기게 됐다.

영보나 한섭에게는 그의 정체가 어사라는 걸 말하지 않았기 때문에 그들은 송일영이 풀려난 이유가 궁금해 틈만 나면 그의 곁에 모여들었다. 나는 입을 닫아버렸고 송일영은 진범은 따로 있으니 풀려난 것이 아니냐고 헛웃음을 지을 뿐이어서 영보와 한섭은 김빠진다는 표정으로 곧 흥미를 잃고 말았다. 해 없이도 돌아가는 시계에 대한 보고문을 쓴 날 아침, 오랜만에 송일영이 겸상을 청했다. 송일영은 말끔하게 수염을 다듬고 짚신이 아닌 검은 태사혜를 신어 한껏 멋을 내고 자신의 처소에서 나왔다.

"함 소장, 코길이를 아십니까?"

코길이라면 왜국의 국왕이 임금에게 진상한 동물로 그 크기와 무게가 배 한 척과 맞먹고 코가 흉측할 정도로 긴 데다 그 끝이 누에 꽁무니처럼 생겼다고 들었다.

"본 적은 없습니다만."

"사복시(司僕寺)에서 기르고 있다 해서 한양에 있을 때 구경한 일이 있지요. 그 크기가 작은 기와집만 한 데다 몸뚱이에는 털이 적고 재색이었습니다. 거구에 맞지 않게 눈은 마고자 단추만 하고 종잇장처럼 얇은 귀에 나귀 같은 꼬리를 지닌 괴상한 모양새였지요. 그런데 그 코길이란 놈이 사고를 쳤답니다."

"사고라뇨?"

"살인을 저질렀다지 뭡니까? 공조판서 한 분이 코길이의 흉한 몰골을 비웃고 침을 뱉었는데, 이 영물이 격분해서 공조판서를 코로 말아 바닥에 내리쳐 죽였다고 합니다."

"이런 변고가."

고상분이 그릇에 밥을 소복이 담아, 내가 아닌 송일영 쪽에 먼저 놓아주었다. 살인사건 해결 이후 송일영을 바라보는 고상분의 눈에 존경이 담뿍 든 것이 영 마음에 들지 않았다.

"당장에 사형을 시켜도 모자라지만 친선의 뜻으로 받은 귀한 선물이고 이미 명나라에서 선물 받은 낙타 쉰 마리를 굶겨 죽인 전력이 있는 터라 목숨만은 살려두기로 했답니다. 목숨을 부지하는 대가로 코길이란 놈을 귀양 보내기로 결정했다는 소식을 몇 달 전에 듣기는 했습니다만, 제주에 온다는 건 어제야 알게 되었습니다."

놀라운 소식이었다. 이야기를 마친 송일영이 거드름 피우듯 고개를 뻣뻣이 들고 달큰한 호박 된장국을 떠먹으며 희희낙락했다. 음식을 먹으며 이야기를 나눌 수 없어 나는 궁금한 마음을 누르고 재빨리 그릇을 비워냈다.

"그 코길이라는 동물이 제주 어디로 온답니까?"

제주 인근 해역에는 유배지로 쓸 만한 빈 섬이 많았다. 나는 삼복더위에 펄펄 끓는 숭늉을 내온 고상분을 흘겨보며 송일영에게 물었다.

"어디긴요. 여기 검역소지요."

검역소의 소장은 나다. 그런데 코길이가 검역소에 온다는 소식을 어째서 송일영에게 처음으로 들어야 하는가. 더구나 사람을 죽인 대역 죄수를 왜 하등 연관이 없는 신문물검역소로 보낸단 말인가. 믿을 수 없는 이야기였다.

"저는 아무 기별도 받지 못했습니다. 흉포하기 그지없는 코길이가 어째서 우리 차지란 말입니까?"

"기별은 어제 제가 받았다니까요. 함 소장 앞으로 서찰이 왔는데 출타 중이시기에 열어보았지요. 지난밤 술이 과한 탓에 이제야 말씀드리는 겁니다."

송일영의 저 번들거리는 낯짝에 뜨거운 숭늉을 퍼부을 수만 있다면 일 년쯤 허리가 더 아파도 참을 수 있을 것 같았다. 화가 머리끝까지 치솟았지만 어사라는 직위가 말없이 나를 찍어 누르고 있었다.

"신문물검역소에 오는 거야 당연한 일이지요. 코길이가 조선 땅에서 자생하는 동물이 아닌 만큼 신문물에 속하는 게 틀림없지 않습니까? 서찰을 읽어보니, 코길이를 다루는 방법과 새로운 용처를 보고문으로 작성하라더군요."

송일영이 도포 안에서 서찰을 꺼내 내밀고는 코길이를 맞으러 항구에 가겠다며 검역소를 나섰다. 서찰에는 새로운 사실이 더 있었다. 제주가 코길이의 첫 귀양지가 아니었던 것이다. 송일영의 활약으로 여흥에서 소탕한 탐관오리에게 임금은 파직 대신 코길이를 내렸다고 했다. 멸족을 해야 마땅할 탐관오리에게 어째서 코길이를 내렸는지는 몇 줄 읽지 않아 밝혀졌다. 일 년에 수백 섬의 곡식을 먹여야 명을 부지할 수 있는 코길이가 탐관오리의 가산을 모조리 탕진시켜 종래에는 딸을 팔고 구걸을 하는 폐인으로 전락하고 말았던 것이다. 참으로 황당한 형벌이었다. 그리고 다시 귀양지를 찾던 중, 송일영의 천거로 코길이가 신문물검역소로 보내진다는 글이 짤막하게 보태진 대목에서는 부아가 치밀어 견딜 수가 없었다.

군이 외국의 동물이라면 코길이보다 더 신기하고 놀라운 것들이 얼마든지 있을 것이다. 가령 날개가 달린 돼지라든가, 머리가 두 개인 개구리라든가. 그런 것들은 사람을 내리쳐 죽이지도 못할 뿐더러 일 년에 수백 섬의 곡식을 축내지도 않을 텐데, 어쩌자고 코길이 따위를 검역해야 하는가. 그걸 선물이랍시고 보낸 얼굴도 모르는 왜국의 국왕에게 욕이라도 퍼부어주고 싶은 심정이었다.

검역소의 살림살이는 빠듯했다. 일 년에 한 번 내려오는 운영비와 녹봉은 이미 검역소를 개소하며 상당 부분을 지출했다. 그때 나는 서너 달 정도면 궤짝 안의 모든 신문물을 검역하고 한양에 올라가리라는 확신에 찬 희망을 품었기 때문이다. 주저앉기 직전의 아궁이를 개비하고, 후임자로 올 누군가가 불편함 없이 사용하길 바라며 낡은 집기를 모두 새것으로 교체했다. 검역소와 맞붙은 한 필지가량의 토지 역시 자식이 열셋이나 되는 옹기장수에게 무상으로 소작을 주어 지금은 들깨밭이 되었다. 그런 마당에 코길이가 검역소에 들어온다면 커다란 몸뚱이에 맞는 축사를 지어야 하고 수백 섬에 달하는 곡식을 구하기 위해 동분서주하느라 신문물 따위는 들여다볼 틈도 없을 게 뻔했다.

"나리, 연지 아씨 오셨습니다."

감영에서 송일영과 농을 주고받던 모습을 끝으로 한동안 대면하지 못했던 반가운 얼굴이었다. 하지만 코길이라는 재앙 앞에 나는 돋자마자 서리 만난 죽순처럼 풀이 죽어 연지의 곱다란 얼굴을 반갑게 맞이할 수 없었다. 검역소 마당을 가로지르는 연지의 걸음이 잔잔한 물 위를 가르는 작은 나룻배처럼 흔들림 없이 반듯하고 우아했다.

"그간 평안하셨습니까?"

"예, 격조했습니다."

연지가 장옷을 내리고 합죽선을 든 손을 모아 내게 고개 숙여 인사했다. 만약 지난 살인사건이 내 뜻대로 풀려주기만 했더라면 지금쯤 나는 연지의 약혼자로서 조금 더 다정하게 그녀를 맞이할 수도 있었을 터였다. 울적한 마음에 평소보다 더 깊이 목례를 하는 사이 동그랗게 모아 쥔 연지의 손가락에 붉은 가락지가 눈에 띄었다. 홍비취인 듯했다. 그녀의 손에 반지가 끼워진 모습은 태어나서 처음 보는 것 같았다. 그사이 정인이 생기기라도 한 걸까?

"박연 선생은 처소에 있을 겁니다. 상분아, 박연 선생 방에 다과상을 준비해라."

당혹스러운 마음에 연지를 더는 쳐다볼 수 없었다. 그녀의 손가락을 더듬어 반지를 끼워줬을지 모를 정체불명의 사내가 한없이 부러웠다. 더 이상 질투가 솟구치지 않는 게 신기했다. 그저 허세와 겉멋에 전 송일영 같은 사내가 아니기만을 바랄 뿐이었다.

"저어, 송 어사님은 제주항으로 출발하셨습니까?"

부리가 새카맣고 깃이 눈처럼 흰 저어새도 아닌, 함 소장님의 건강이 저어되어 들렀습니다, 하는 염려의 인사말도 아닌 그냥 '저어'라니. 그건 연지답지 않았다. 그 말투는 분명 꺼내기 힘든 말을 시작하기에 앞서 고민 끝에 붙이는 수줍고 초조한 표현이었다. 송 어사의 행방이 궁금해 '저어'라고 뜸을 들이는 걸 보면 연지가 검역소에 방문한 목적이 그를 만나기 위함이란 말인가? 연지의 손가락에 붉은 비취가락지를 끼워준 사내가 혹시 송일영?

"아녀자가 간섭할 일이 아니오."

얼결에 내뱉은 말이지만 연지의 눈동자가 횃불에 사로잡힌 노루처럼 크고 겁게 번득였다.

"소녀, 주제넘었습니다. 박연 선생께는 용무가 있어 차일 다시 들른다고 전해주셨으면 좋겠습니다."

평소의 연지답지 않은 모습 일색이었다. 그녀는 내게 인사를 하고 고상분에게 서찰로 보이는 것을 전한 뒤 검역소를 떠났다. 연지에게는 아무 잘못이 없었다. 나 홀로 싹틔운 연정이고, 그 책임 또한 내게 있건만 나와 뜻이 같지 않기로 소갈머리 없이 알량한 속내를 드러낸 것 같아 부끄러웠다.

연지를 배웅하고 돌아온 고상분이 품 안의 서찰을 송일영의 처소 문을 열고 들여놓았다. 서찰을 써 내려갔을 연지의 섬섬옥수, 그리움과 설렘이 깃든 숨결, 예까지 그걸 품고 왔을 두근대는 가슴을 생각하자 괜스레 눈가가 뜨뜻해졌다. 코길이를 어디에서 어떻게 기르고 연구해야 할지에 대한 고민 같은 건 이미 눈에 보이지 않는 티끌이 되어 푸른 제주 앞바다로 둥실 날아간 것 같았다. 하지만 이튿날 오후가 되었을 때, 제주 앞바다로 날아간 티끌이 거대한 해일이 되어 검역소로 몰아닥치고야 말았다. 송일영의 진두지휘 아래 꼬박 하루 반나절을 끌고 온 코길이는 그야말로 보잘것없는 검역소를 집어삼킬 듯한 위용이었다.

"코길이를 실어 나를 마차가 없어 이 느린 걸음을 참아가며 달래고 얼러 데려왔습니다."

그의 등 뒤로 개미 떼처럼 새카만 긴 줄이 이어졌다. 코길이가 당분간 먹을 곡식이 담긴 수레였다.

"아니, 코길이야 그렇다 치지만 이 많은 곡식을 어디에 쌓아둔단 말이오?"

짐을 부릴 곳이 마땅치 않아 땀에 젖은 사내들이 불평을 늘어놓으며 수레 곁에 주저앉았다.

"일단 광에 오십 섬 정도가 들어갈 것 같고 낡은 궤짝 하나뿐인 검역소에 백 섬, 나머지는 영보네 집 헛간에 부리면 되겠소."

영악한 송일영은 검역소로 오는 하룻밤 동안 느긋이 곡식 수레에 누워 어떻게 하면 검역소를 좀먹을 수 있을지를 고민한 듯, 내 허락도 없이 일꾼들을 부려 곡식을 쌓아갔다. 순식간에 검역소는 거대한 곡물 창고가 되었다. 코길이는 그사이에도 두 관이나 되는 참외를 우적거리며 씹어 삼켰고, 연지가 아끼던 참나리 군락에 바위만 한 똥을 누어 파리를 들끓게 했다.

"줄도 매지 않은 코길이를 계속 마당에 방치할 셈이시오? 이러다 사람에게 덤비기라도 하면 어떡한단 말이오?"

시끄러운 소리에 밖으로 나온 박연이 이 광경을 지켜보며 겁 많고 호들갑스러운 고상분의 등을 도닥거렸다.

"막말로 저 발길에 차이는 날에는 병풍 뒤에서 향냄새 맡는 건 유도 아니겠습니다요."

호기심과 두려움에 몸을 사리던 영보가 내 곁에 바짝 붙어 서서 속닥거렸다.

"생각보다 유순한 동물이니 줄 없이도 다룰 수 있습니다. 너무 겁내실 필요 없습니다."

코길이의 큰 덩치에 가려 보이지 않았으나 낯선 여자의 목소리였다.

"인사드리게. 신문물검역소의 함복배 소장이시네."

코길이의 거대한 몸 뒤에서 걸어 나온 건 초립을 쓴 여자였다.

"처음 뵙겠습니다. 강미호라고 하옵니다."

강미호라고 자신을 소개한 여자는 한눈에 봐도 미모였다. 키가 한섭 정도로 컸고 호리호리한 몸에 가무잡잡한 피부, 짙은 눈썹과 가늘고 요요하게 빛나는 눈은 남자처럼 박력이 넘쳤으나 동그스름한 콧방울과 작은 듯한 입술이 제주에서 내로라하는 기생들보다 고혹적이었다.

"본래 이 아이는 가시버시남사당패의 여자 꼭두쇠였다고 합니다. 거기서 잔나비를 데리고 다니며 사람처럼 먹이고 입혀 훈련시킨 솜씨가 끌끔하기로 소문이 나, 남사당패가 해체된 후에 사복시로 흘러들게 되었지요. 지난 가을 사복시에 들렀다가 이아이의 총명하고 대범한 모습에 반해버렸지 뭡니까. 백수의 왕호랑이가 코길이를 제 새끼처럼 돌본다니 참으로 신기한 일 아니오?"

송일영의 말을 들어보니 강미호의 호는 호랑이 호(虎) 자를 쓰는 모양이었다. 가시버시남사당패라면 한양에 살던 시절 잔나비가 있다는 소문에 어머니 몰래 삿갓을 쓰고 구경 갔다가 엽전 닷푼이 든 주머니를 날치기당한 험한 기억이 있었다. 호랑이를 닮은 미호가 코길이의 코를 겁 없이 손으로 쓸어내리고 진흙 묻은 발을 닦아주었다.

"앉으시오."

미호가 코길이를 향해 말을 걸고 자신이 먼저 무릎을 꿇어앉는 시늉을 해 보였다. 코길이는 호박단추만 한 눈을 희번덕거리다 관절염을 앓는 노파처럼 '키이힝' 낮게 신음하더니 네 다리를 접어 검역소 뜰에 다소곳이 앉았다.

"고맙습니다."

이 역시 자신의 청에 따라준 코길이에게 건넨 미호의 말이었다. 그 광경을 지켜보던 검역소 식구들의 입이 떡 벌어진 건 당연한 일이고, 박연을 시작으로 박수까지 쳐 미호의 마술 같은 조련에 답례했다.

"보셨소? 그리 겁낼 일이 아니란 말입니다."

송일영이 마치 자신이 코길이를 강아지처럼 주무르기라도 한 듯 거들먹거렸다.

"이럴 게 아니라 우리 축배라도 듭니다. 애, 상분아. 숨겨놓은 탁주가 있거든 아끼지 말고 내오너라. 평생 코길이가 뭔지도 모르고 죽는 사람이 천지인 조선땅에서 우린 선택받은 사람들이란 말이다."

이미 술 한잔 걸친 사람처럼 송일영이 두 팔을 벌려 코길이를 끌어안을 듯 허풍을 부렸다.

"탁주야 몇 주전자 있겠지만, 혹시 제가 저 미호라는 계집과 한방을 써야 하는 건 아니겠지요, 나리?"

박연 곁에 서 있던 고상분이 내 앞에 다가와 심란한 표정을 지었다.

"당분간 네가 이해해라. 우리 중 누구 하나 코길이를 다룰 줄 아는 사람이 없으니 어쩌겠느냐. 네가 동무처럼 잘 돌봐주어라."

잔뜩 심통이 난 고상분이 미호에게 다가가 '뻣정다리는 아닌 것 같으니 상 차리는 것 좀 도우소' 하며 손목을 잡아끌었다. 그 사이 송일영은 자신의 처소에 들어갔다 연지의 서찰을 보았는지 한참 만에야 다시 나왔다.

"오늘의 축배는 차일로 미뤄야겠습니다. 아무래도 가봐야 할 곳이 있습니다."

해시에 가까운, 화란 식으로 계산하면 10시가 다 된 시각이었다. 아무리 연정에 몸이 달았다 해도 정인을 불러내기에는 야심했다. 혹, 엉큼하기 그지없는 송일영이 연지를 찾아가 몹쓸 수작이라도 부리는 건 아닌가 염려스러웠다. 그러나 송일영은 내가 말릴 새도 없이 마간에서 꾸벅꾸벅 졸고 있던 내 말을 들깨워 이미 고샅길을 달리고 있었다.

"모두 들어가 쉬시게나. 보아하니 코길이도 여행이 고됐는지 코가 축 늘어졌고 나도 머리가 지끈거리네."

막 상을 들고 나오던 고상분이 구시렁거리며 다시 부엌으로 돌아갔다.

"나리, 막말로 저는 수수와 조 사이에서 다리도 못 뻗게 되었습니다."

영보의 좁아터진 집에 곡식까지 들어찼으니 처지가 알 만했다.

"코길이가 먹는 것을 보니 곧 네 집도 다시 넓어질 것이다. 뭣하면 한섭이에게 신세를 지려무나."

"한섭 도련님은 아까 코길이를 보자마자 귀찮은 일 떠맡을까봐 집으로 돌아가셨습니다. 상것으로 태어난 죄로 궂은일은 다제 차지지요."

영보가 바위만 한 코길이의 똥을 삼태기에 담아 텃밭에 던지며 신세 한탄을 늘어놓았다. 코길이 역시 유배지에 끌려온 제 신세가 한스러운 듯, 작은 눈을 슬며시 뜨고 영보의 무거운 발걸음을 애틋하게 바라보았다.

선풍기

코길이도 코길이지만 더운 날씨가 문제였다. 검역소를 가득 채운 곡식은 코길이의 엄청난 먹새에도 불구하고 쉽게 줄어들지 않았다. 어느새 바구미가 슬어 온 천지에 그 성충이 날아다녔다. 특히 박연이 그 바구미 성충을 몹시 싫어해서 고상분이 나무틀에 베를 씌워 만들어준 벌레잡기를 손에 들고서야 집 안을 돌아다닐 수 있었다. 더구나 아무리 멀리 내버려도 코길이의 똥에서 나는 냄새와 들끓는 쇠파리 때문에 숨 한 번 크게 쉬기도 힘들었고, 연지도 달포째 발길을 끊었다.

"코끼리 벌레 무섭습니다. 방법 찾아야 합니다."

박연은 코길이를 코끼리라 발음 나는 대로 불렀다. 방법이야 나도 찾고 싶었다. 하지만 저절로 기온이 떨어지든지, 코길이에 대한 보고서를 하루빨리 작성해야 가능한 일이어서 며칠 만에 해결될 문제가 아니었다.

"미안하게 되었소. 미호에게 코길이의 습생을 기록하도록 시켰고, 그게 끝나면 농작에 이용할 수 있을지를 연구해볼 참이오. 우선 남은 신문물 검역이 먼저니 양해 바라오."

검역소에 들어찬 곡식 때문에 우리는 탁자를 빼내고 돗자리를 깐 뒤 바닥에 앉아 연구를 했다.

"한섭아, 궤짝 안에 물건이 몇 가지나 남았느냐?"

옹색한 틈에서 한섭이 궤짝에 몸을 처박고 수를 헤아렸다.

"네 가지가 더 남았습니다. 제일 부피가 큰 것부터 연구하시는 게 어떤지요?"

한섭이 꺼내 온 것은 배를 움직일 때 쓰는 노(櫓) 같기도 하고 잠자리 날개 같기도 한, 부채가 다섯 개 달린 기구였다. 모양이 잠자리 날개일 뿐이지 그 크기가 누워 있는 갓난아기 정도였고, 힘주어 밀면 정 가운데를 중심으로 다섯 날개가 휘휘 돌아갔다. 그중 두 개의 날개에는 각각 기다란 끈이 이어져 있었는데 그 끝에는 납으로 빚은 듯한 크기가 다른 두 개의 추가 매달려 있었다.

"의견을 개진해보아라."

"막말로 여우가 사람을 홀릴 때 아홉 꼬랑지를 빙빙 돌려서 눈을 뒤집는다고 하지 않습니까? 이것도 휘휘 돌아가는 모양새가 범인에게 자백을 받아낼 때 정신을 쏙 빼는 기구가 아닐까요? 저는 이걸 쳐다보고 있자니 혼백이 멀리 도망가는지 졸음이 쏟아지고 자꾸 혼전만전 떠들고만 싶어집니다."

식곤증을 신문물의 탓으로 돌리려는 영보의 얕은수가 뻔히 보였다.

"당치 않은 소리지요. 세상에 사람 혼을 빼먹는 기계가 있다는 게 말이 됩니까? 영보 이놈은 사람이 들어앉아 노래 부르고 춤추는 궤짝도 있다고 할 놈입니다. 제 생각입니다만, 이건 야바위꾼이 쓸 법하다 싶습니다. 이렇게 들고 있으면 여기 붙은 추 때문에 날개가 기울어 저절로 돌아가지 않습니까. 종이에 갑을병정무기경신임계 십천간을 써놓고 그중 하나에 돈을 거는 거지요. 그리고 추가 딱 멈추는 자리에 돈을 건 사람이 두 배씩 가져가는 것이고요. 어어, 그런데 왜 이게 안 멈춘대?"

한동안 한섭이 밥값을 한다며 내심 기특해했지만 지금의 추측은 영보만도 못했다. 우리 대화를 진중한 표정으로 듣고 있던 박연이 한섭에게서 기계를 가져와 가슴팍까지 들어 올렸다. 그러자 긴 끈에 매달린 추가 불알처럼 대롱거리는 통에 볼썽사나운 모양새가 되었다.

"영보, 여기에 묶으시오."

박연이 가리킨 것은 영보가 주전부리로 고상분에게 얻어 온 여름 무였다. 아리기만 하고 맛이 없어 영보 아니면 거들떠보지 않는 무를 무게가 적은 쪽 추에 묶으라고 박연이 지시했다. 그러자 영보는 썩 내키지 않는 듯, 무를 크게 한입 베어 물더니 느려터진 동작으로 박연을 향해 다가섰다. 끈은 동아를 꼬아 만든 듯 거칠고 두툼해서 묶기가 수월치 않았는데, 그나마 끝에 추가 달려 있어 한참을 고전한 끝에야 겨우 반 토막 난 무의 허리춤에 엉성하게나마 묶을 수 있었다. 무를 묶자 무릎까지 내려왔던 반대편 추의 끈이 조금 달려 올라가 정말 불알이 있어야 할 자리에서 대롱거렸다.

"박연 선생은 이 신문물을 저울이라고 가늠한 모양이구려. 허나 조선에도 이미 저울이 있소. 이 신문물보다 훨씬 정확하고 간편하게 고안되었다오. 더구나 양쪽 끝에 무게가 다른 추가 묶여 있으니 저울로 쓰기는 무리가 아니겠소? 내 생각에는 다른 쓰임이 있을 듯하오."

나는 말린 수수가 가득 든 자루를 밟고 올라가 천장 서까래에 끈을 걸어 고리를 만들었다. 그리고 멋쩍어하는 박연에게서 신문물을 넘겨받아 그 고리 사이로 밀어 넣고 떨어지지 않게 중심을 잡아 다시 한 번 끈으로 새로운 고리를 만들어 단단히 묶었다. 그러자 두 개의 추 중 무게가 무거운 쪽으로 날개가 기우는 모양새가 되었다. 내가 기운 쪽 날개 하나를 힘주어 밀자 아래에 위치한 추가 위로 올라가고 다시 위에 위치했던 추가 힘을 얻어 아래로 내려오며 날개가 저절로 빙빙 돌기 시작했다. 그렇게 잠자리 날개 같은 것이 동시에 움직였다. 아래 앉은 셋의 입에서 탄성이 터져 나왔다. 에멜무지로 한 일인데 결과는 놀라웠다. 잠자리 날개가 쉬지 않고 돌아가며 비좁은 검역소 안에 선선한 바람을 일으킨 것이다. 물론 추가 돌아가는 힘이 점점 약해져 가끔 사람이 날개를 돌려주어야 했지만 그 정도의 불편쯤은 충분히 감수할 만큼 획기적인 신문물이었다.

"저절로 돌아가는 부채에서 바람이 나온다. 부채 선(扇) 자에 바람 풍(風), 틀 기(機) 자를 써 선풍기라 부르면 되겠구나."

지금껏 한섭이나 영보, 박연에게 실마리를 얻어 신문물을 검역해왔는데 이번처럼 내가 주체가 되어 명쾌하게 해결한 물건은 선풍기가 처음이었다. 더구나 저 선풍기만 있다면 벌레를 쫓는 데 큰 도움을 얻으리라는 기대가 생겼다.

"감동입니다, 소장님."

"막말로 천재라는 소문이 거짓부렁이 아니었네요."

"Oh, Dank You!"

나는 찬란한 빛이 쏟아지는 것 같은 기쁨에, 잠시 선풍기를 향해 고개를 들어 시원한 바람을 쏘이며 벅찬 감동을 만끽했다. 하지만 기쁨의 순간은 오래가지 못했다. 선풍기 아래 모여 있던 우리들 한가운데로 코길이의 엉덩이가 들이닥친 것이다. 우지직, 검역소의 문이 힘없이 부서졌다. 눈부신 빛과 함께 코길이가 뒷걸음치며 자칫 한 자만 문에 다가 앉았더라면 한섭의 정강이가 두 동강 날 만한 위치에 코길이의 엉덩이가 주저앉았다.

"다치신 데는 없습니까?"

놀라서 헐레벌떡 들이닥친 미호가 코길이의 목에 매달린 끈을 붙잡고 사색이 되어 벌렁 드러누운 한섭을 걱정 어린 눈으로 내려다봤다.

"무슨 연유로 순하다던 코길이가 난동을 부리는 것이오?"

나는 코길이의 앞발과 몸통 사이, 그러니까 겨드랑이 아래로 겨우 얼굴을 빼고 미호에게 소리쳤다.

"말씀드리기 부끄럽사오나, 발정이 온 듯합니다. 작년에 사복시에서도 발정을 일으킨 적이 있는데 수컷이 없으니 곧 증상이 가라앉을 것이라 사료되옵니다."

영보가 코길이의 아랫도리를 손가락으로 가리키기에 슬쩍 훔쳐보니 음부로 추정되는 부분이 벌겋게 성이 나 있었다. 아무리 짐승의 몸이라지만 암컷의 생식기를 찬찬히 훑어보는 것이 남부끄러워 나는 흠칫 놀란 체도 못 하고 고개를 돌렸다.

"발정기에는 식욕이 줄고 간혹 난폭해지는 일이 있으므로 코길이 앞에서 말과 행동을 조심해야 합니다."

여자란 이처럼 종을 떠나 모든 일에 조심스러운 생물이다. 양반가의 여인들은 논어(論語)를 뗀 뒤 보정(保精)이라는 책을 통해 장차 혼례 후 치러질 남녀 간의 운우지정에 대해 배우게 되지만 남자들은 일찍 성(性)에 눈을 뜬 조숙한 아이들의 음담을 엿듣거나 춘화를 보며 상상의 나래를 펴는 것 외에 딱히 방사(房事)의 방법이나 기술 등속을 익힐 만한 교본이 없었다. 물론 보정 역시 방사에 직접적으로 간여하는 것이 아닌, 부부간의 예나 정숙을 강조한 내용이니 결국 사람 사는 이치며 낙을 배우는 건 실전이 아니면 불가능하다시피 했다.

때문에 같은 인간이지만 혼례를 치르기 전까지 여자와 남자는 서로에 대해 아는 바 없이 데면데면한 관계로 살아야 하는 게 조선의 암묵적 규율이다. 그러나 가을날 벌어진 밤송이에, 밥상에 오른 홍합탕에, 사이좋게 나란히 묻힌 부부의 봉긋한 쌍묘 앞에서 얼굴이 붉어지는 건 비단 나뿐이 아닐 터였다. 부지불식간에 찾아드는 요망한 상념을 혹여 누가 훔쳐보기라도 할까 얼굴이 붉어지는 것 또한 내 허물만은 아니란 것이다.

보다 못한 미호가 코길이 앞에 잘 익은 수박을 조각내어 두어

걸음마다 한 쪽씩 놓아주었다. 석상처럼 움직이지 않던 코길이가 검역소의 부서진 문을 통해 조금씩 조촘거리며 수박에 홀려 걸어 나갔다. 그러자 망나니가 쪼개놓은 듯 을씨년스러운 꼴로 흩어진 문의 잔해가 드러나 가뜩이나 보잘것없이 비좁아진 검역소를 더욱 초라하게 만들었다.

영보와 한섭이 싸리 빗자루로 검역소를 쓸어내고 목수를 찾아가 새 문을 만들어 붙이겠다고 했지만 그 비용이 물경 스무 냥이라 결국 그만두고 말았다. 대신 고상분이 자투리 천을 이어 붙여 만든 주접스러운 주렴을 거는 걸로 문을 대신하자는 데 뜻을 모았다.

선풍기(扇風機)

주물로 만든 원형 틀에 노(櫓)를 닮은 오동나무 막대 다섯 개가 붙어 있고, 그중 두 곳에 쌀 한 되와 한 되 반가량 무게의 추가 달려 있는 물건으로 천장 서까래에 중심을 맞춰 걸어놓으니 저절로 돌아가며 바람을 일으켰습니다. 고급 목재를 사용하지 않고 그 크기를 줄인다면 저렴한 값에 보급이 가능하며 여름철 곡식을 보관할 때나 연회 시에 각광받는 신문물입니다. 다만 바람의 세기나 영역을 조절하는 데는 한계가 있으므로 추후 우수한 발명 인재를 동원하여 보완한다면 조선의 명물로 손색이 없으리라 판단됩니다.

"잠시 들어가도 되겠습니까."

선풍기 보고문을 쓰고 있자니, 문밖에서 미호의 목소리가 들렸다. 이미 영보와 한섭은 퇴근했고 고주망태가 되어 돌아온 송일영도 곯아떨어진 늦은 시각이었다. 나 역시 의복을 벗어놓고 속바지에 속적삼만 걸친 터라 문을 열어주기 곤란했다.

"급한 일이시오?"

나는 혹시나 하는 마음에 슬금슬금 겉옷을 걸치며 대꾸했다.

"급한 일은 아니오나 고상분이 오미자 화채와 자리끼를 올리라기에."

"그런 일이라면 문 아래 놓고 가시오."

미호의 그림자가 창호지에 어른거렸다.

"곤란하게 해드린 건 아닌지 모르겠습니다. 소녀, 이만 물러가옵니다."

미호가 검역소의 식구가 된 후, 고상분은 그간 밀린 잡일을 모두 그녀에게 떠넘겼다. 땀에 전 이불을 빨게 했고, 다섯 말이나 되는 콩 중에서 쭉정이와 벌레 먹은 것을 골라내게 했으며, 버선이며 터진 속바지까지 모두 미호의 손에 맡겨 바느질하게 했다. 때문에 낮에는 천방지축인 코길이를 먹이고 훈련시키느라, 밤에는 밀린 집안일과 부엌살림을 돕느라 며칠 사이 까칠해진 미호가 안쓰러운 참이었다. 낯선 땅에서 제 몸의 수백 배에 달하는 짐승을 다루는 것도 쉬운 일이 아닐 텐데, 한참 곤한 잠에 빠져야 할 시간에 물이며 주전부리 심부름까지 하는 걸 보니 뭔가 답례라도 하고 싶은 마음이 일었다. 때마침 미호가 들고 온 오미자 화채라면 갈증을 식히고 더위에 지친 몸을 살피기에 특효라는

데 생각이 미쳤다.

"괜찮으시다면 오미자 화채는 낭자가 드시지요."

"소장님의 말씀 고맙사오나, 언감생심 아니 될 일입니다. 더구나 고상분의 눈에 띄기라도 하면……."

미호의 낮은 목소리가 잔뜩 주눅 들어 있었다.

"잠시 안으로 드시지요."

고상분의 텃세가 녹록지 않은 모양이었다. 나는 미호에게 화채 한 그릇을 대접할 마음으로 마고자를 걸치고 문을 열어주었다. 처음 본 날, 초립에 남복을 한 모습과는 사뭇 다르게 숱 많은 검은 머리를 댕기 들이고 연자주색 끝단을 댄 치마저고리의 미호가 고개를 숙이고 방으로 들어왔다.

"연구에 방해가 되면 어찌합니까?"

"마침 보고문을 모두 완성했소. 그리 앉으시오."

여전히 고개를 들지 못한 미호가 서탁 맞은편에 조금 거리를 두고 앉았다.

"상분이는 이미 코를 골고 있을 테니, 그 화채나 시원하게 마시고 돌아가시지요."

복록이 가득 담긴 정갈하고 봉곳한 이마 아래로 검은 눈동자가 당황한 듯 흔들리고 있었다.

"자시래도."

내 독촉에 미호는 제가 들고 온 쟁반에 놓인 화채 그릇을 들어 몇 모금 마시고는 분홍빛이 남은 입술을 옷고름으로 닦아냈다.

"그래, 코길이의 그것은 끝났습니까?"

'그것'이라면 발정을 뜻했다. 아무리 양반가의 규수가 아니라도 함부로 대하는 건 사내 된 도리가 아니었다.

"그것이라면?"

"그것 말이오. 그, 그것."

한 번에 '그것'이 발정을 뜻한다는 걸 깨닫지 못하던 미호가 내 말더듬에 겨우 눈치를 챘는지 표시 나지 않게 수줍은 미소를 살며시 띠었다.

"며칠 사이 이웃의 채마밭을 망치고 병아리 네 마리를 밟아 죽인 탓에 면목이 없었는데, 곧 나아질 테지요."

"어서 그것이 끝나야 할 텐데."

자꾸 '그것'을 입에 올리자니 내 얼굴도 오미자 화채처럼 붉어지는 걸 느낄 수 있었다.

"한 가지 여쭙고 싶은 게 있습니다."

미호가 고개를 들었다. 그간 새색시처럼 숨기고 있던 수줍은 낯에 거침없는 자신감이 깃들어 있었다.

"궁금한 게 뭐요?"

"기수영이란 자를 아시는지요?"

기수영이라면 제주에서 가장 큰 기방의 주인 이름이었다. 그는 제주 토박이가 아님에도 재력을 이용해 평양과 광주에서 이름난 기생과 창부를 데려왔고, 한양에서 대목장을 불러 청나라식 이층 기방을 차려 돈푼깨나 있다는 작자들의 호주머니를 털었다. 기방은 날로 번창했고 이제는 몰락한 양반 중 인물이 반반한 처녀들까지 제 몸뚱이를 팔지 못해 안달이 날 지경으로 성장

했다. 하지만 기수영에 대해 정확히 아는 사람은 드물었다. 사투리를 쓰지 않아 고향이 어디인지도 불분명했고, 사내임에도 곱상한 외모와 희고 부드러운 피부는 나이를 가늠하기 힘들게 했다. 누군가는 기수영이 왜국의 고관대작 애인이었다고도 했고, 또 누군가는 그 고관대작 부인의 애인이었다고도 했다.

"일면식은 없지만 소문이 자자한 인물이지요. 그런데 뭍에서 온 사람이 그자를 어떻게 아시오?"

미호의 눈동자 위로 호롱불이 흔들렸다. 빛을 피하지 않는 눈을 가진 여인 앞에서 나방 한 마리가 호롱불에 스스로 제 몸을 던져 바지직, 날개가 타 떨어졌다.

"기수영은 본래 가시버시남사당패의 꼭두쇠였습니다. 정묘호란에 부모를 잃고 지짓기리에서 방황하던 저를 거둔 사람도 기수영이고요. 가시버시남사당패는 대대로 여자를 꼭두쇠로 앉혔는데, 계집아이를 구하던 차에 저를 발견한 것이지요."

"여자를 꼭두쇠로 앉히는 남사당패에서 기수영이 꼭두쇠였다는 건?"

그가 여자란 말인가?

"코길이를 돌보고 조련하는 일도 중하지만 저는 반드시 기수영을 찾아야 합니다. 그 기방이 어디에 있는지 알려주십시오."

"낭자가 알고 있는 기수영과 내가 아는 기수영은 다른 사람인가 보오. 그는 계집 좋아하기로 소문 난 사내인데, 어찌."

"알려주십시오. 더 묻지 마시고 알려주십시오."

허나, 그리 간단한 일이 아니었다. 그의 기방에 드나들려면 양반 호패를 지녔거나 그런 자와 친분이 있어 동행을 해야 가능했다. 기수영의 기방이 이처럼 유명해진 것도 그 안에서 벌어지는 기기묘묘한 볼거리 때문이다. 나 역시 한 번도 구경을 해본 적도 없고, 구경을 한 사실이 발각이라도 되면 이상도 어른과 연지에게 치명적인 오점으로 영영 기억될지 모른다는 생각에 기방 근처는 일부러 피해 다니곤 했다.

소문에 따르면 기수영의 기방은 별천지였다. 마소 대신 벌거벗은 창부가 입에 재갈을 물고 연자방아를 돌리는데 그 방아에서는 향기로운 술이 넘쳐나 그걸 마신 사내들이 자신이 점찍은 창부와 말놀이를 즐긴다 했다. 그 말을 전한 사람은 한섭이고, 나는 차마 그 말놀이라는 게 무엇인지 묻지 못하고 상상만 한 적이 있다.

"당치 않은 소리요. 여인은 엄금인 데다 양반이나 양반의 동무만 입장할 수 있는 곳이니 낭자의 부탁은 들어줄 수 없소."

"소녀, 간청하옵니다. 이미 준비해 온 남복이 있고 소장님이 동무로 나서주신다면 평생의 소원을 이룰 수 있습니다. 만약 그 청을 거절하신다면 이 자리에서 자결하겠습니다."

미호가 허리춤에서 하얗게 빛나는 은장도를 꺼내 제 가슴팍을 향해 겨누었다. 대체 이 젊은 여인이 무슨 이유로 목숨까지 내걸면서 기수영 같은 자를 만나야 하는지 알 수 없었다.

은장도를 거머쥔 미호의 손이 눈에 띄게 떨리고 있었다. 파르스름하게 살 위로 돋은 핏줄이 그녀의 심장이 뛸 때마다 솟구쳤다. 당장이라도 달처럼 스스로 빛을 뿜는 칼날에 자신의 가슴팍을 내맡길 태세였다.

"어서 그 칼을 거두시오. 기수영을 만날 수 있게 도와볼 테니 목숨만은 아끼시오."

나는 미호의 목숨 때문에 그녀의 청을 받아들였을까? 기수영을 만날 수 있게 돕겠다는 말을 하며 나도 모르게 마소처럼 뜨거운 김을 뿜으며 연자방아를 돌리는 나신의 창부를 떠올렸다. 그 아래 발정 난 코길이도 한자리를 차지했고, 칼을 떨어뜨린 채 흐느끼는 미호의 얼굴도 언뜻 스치는 것 같았다. 이 불경스러운 상상이 현실로 이루어질지 모른다는 생각이 들자 남의 주머니에서 엽전 닷푼을 훔쳐 달아나는 소년의 메마른 손등처럼 부끄러움에 귓불이 달아오르고 어깨가 오그라들었다.

"지체할 겨를이 없습니다. 반드시 달이 기울기 전에 그 약조를 지켜주십시오."

미호는 곧 평상심을 되찾은 듯 고요한 표정이 되어 오미자 화채를 그대로 두고 방을 나섰다. 나는 겉옷을 벗지도 못한 채 돗자리에 누워 천장을 바라보았다.

딱 한 번 기수영을 본 적이 있다. 지난 단옷날, 연지에게 줄 향낭을 구하기 위해 청국의 물건이 모여든다는 위 서방의 드팀전에 간 적이 있었다. 겉으로는 베나 비단, 광목 따위를 팔고 있었지만 두둑한 주머니만 보여주면 언제든 사향이나 귀한 송연먹, 동인당 등을 구할 수 있었다. 그때 나는 위 서방에게 가장 좋은 향낭 하나를 주문하며 손을 끌어다 도포 자락 위에 얹었다.

"고작 서 냥 가지고 최고급 향낭은 어림도 없습니다. 사향 없는 향주머니만 사신다면 모를까. 열 냥은 주셔야겠는뎁쇼."

신출내기 관리에게 열 냥은 입이 벌어져 무릎에 닿을 액수였다. 결국 향낭 대신 난초 향이 흠뻑 밴 분첩 하나를 깎고 깎아 두 냥 닷푼에 사 들고 털레털레 점포를 나서는데 얼굴이 백분처럼 희고 몸이 버드나무처럼 낭창낭창한 사내가 곁을 지나쳤다. 그가 점포에 들어서자 위 서방의 얼굴이 봄날 나팔꽃처럼 활짝 피더니 곱사등이처럼 허리를 구부리고 달려들어 아양을 떨었다.

"어르신 오셨습니까? 말씀하신 물건은 준비해놨습니다. 방금 어리바리한 선비 하나가 그걸 내달라기에 열 냥이라고 잘라 말하니 금세 꼬리를 내리고 돌아갔지요."

꼬리를 내리고 돌아가던 나는 점포 앞에 서서 위 서방의 온갖 역겨운 아부를 엿들으며 이를 갈았다.

"필요하다고 하면 내주지 그랬나? 향낭이 어디 임자 있는 물건이던가."

연분홍색 입술을 달싹이며 부드럽게 위 서방을 타이르는 사내의 목소리가 솜씨 좋은 기녀의 노랫가락처럼 높고 가늘었다.

"기수영 나리가 특별히 주문하신 사향인데 어중이떠중이한테 함부로 내줄 수야 없지요. 이건 곤룡포를 만들 때 쓰는 능(綾)으로 만든 향낭인데 늘 애용해주시는 게 고마워서 덤으로 드립지요."

어리바리한 어중이떠중이가 엿듣고 있는 줄도 모르고 위 서방은 신이 나서 포목 속에 숨겨놓은 붉은 향낭을 기수영에게 내밀었다.

"그냥 받을 수야 없지. 내 이것까지 셈해서 백 냥 줌세."

맑은 침이 흐르는 줄도 모르고 위 서방과 내 입이 동시에 벌어졌다. 위 서방은 기수영에게 어른 주먹 두 개만 한 상자를 비단 보자기에 싸 임금 앞에 진상하듯 내놓았고, 나는 그걸 집어 들고 백 냥이라는 어마어마한 거금을 애들 용돈 주듯 구겨진 포목 위에 던지는 기수영의 대범함에 혀를 내둘렀다. 한 치의 오차도 없이 자로 재어 그려놓은 듯, 이목구비가 잘 정돈된 미남자 기수영이 연청색 도포 자락을 휘날리며 점포를 떠날 때까지 위 서방은 수십 번이나 허리를 숙였고, 나는 초라하기 그지없는 분첩을 쥐락펴락하고 있었다.

기수영을 만나기까지 나의 주된 관심사는 신문물검역소와 연지였다. 연상 순위로 치자면 연지가 신문물검역소보다 늘 조금씩 앞서 있었는데, 기수영을 만난 그날만큼은 기묘할 정도로 아름다운 사내가 떠오르며 치통처럼 무시로 욱신거리는 열패감에 잠을 이루지 못했다.

그를 다시 만나야 한다니, 더구나 정염의 소굴로 이름 높은 그의 기방에 남장 여자를 데리고 가야 한다니. 들창이 밝아오도록 기수영과 기방, 그리고 미호에 대한 생각으로 연지는 생전 처음 연상 순위 삼 위 안에 들지 못했다.

미호

미호는 신문물검역소에서 누구보다 부지런했다. 그녀는 매일 아침 가장 먼저 일어나 물을 긷고 마당을 쓸었다. 그 잰 손놀림 앞에 빛을 잃었던 장독에서 윤이 났고, 기울었던 현관이 어깨를 펴고 바로 걸렸다. 생선이나 고기를 입에 대지 않는 미호는 이웃의 밭을 매주고 얻어 온 채소를 얇게 저며 볕에 바짝 말렸다가 오돌오돌하게 볶아 상에 올렸다. 고상분과 다를 바 없는 재료로 찬을 만들더라도 미호가 차려낸 밥상은 맛과 향이 색달랐다. 재료가 보잘것없는 나물 한 가지뿐이더라도 잎은 된장을 풀어 국을 끓이고, 줄기는 밥에 넣어 향을 낸 뒤 건져내어 양념한 간장과 함께 상에 올렸다. 소금에 절이거나 데쳐서 무치는 게 전부이던 고상분에게 미호의 조리법은 일대 혁신이었다. 그러나 그걸 본보기 삼아 발전의 전기로 맞아들일 고상분이 아니었다.

"박연 나리께서는 미호의 음식이 입에 맞으십니까?"

볕 아래서 해진 버선을 꿰매던 고상분이 곁에 앉아 고양이를 어르던 박연에게 물었다. 혼트를 잃고 침울해하던 박연에게 얼마 전 고상분은 새끼 고양이 한 마리를 얻어다 주었다. 아직 입에서 젖내가 풍기는 고양이는 잠시라도 품에서 내려놓으면 어미를 찾느라 목이 쉬었다.

"나는 고상분 반찬 맛있습니다. 장원급제 맛입니다."

시원스러운 대답이었지만, 요즘 박연은 고상분이 차려낸 밥보다 밀을 곱게 가루 내어 물과 누룩을 섞어 반죽한 뒤 넓적하게 펼쳐 화로에 구워 먹기를 즐겼다. 브로트라 부르며 내게도 권했지만 밀전병만 못한 맛에 박연이 보지 않는 사이 뱉어낸 적이 있다.

"들으셨지요, 나리? 박연 선생께서는 제가 한 음식이 더 맛있다고 하시잖습니까?"

어제저녁 지져 올린 장떡이 하도 짜기에 한 점 집어 먹었다가 도저히 삼키지 못할 것 같아 뱉고 미호가 끓인 맑은 장국으로 입을 가신 게 내내 서운한 모양이었다.

"오냐, 장떡만 아니면 뭘 올려도 달지."

박연이 킬킬, 소리 내어 웃었다. 그 모습에 약이 오른 고상분이 발을 동동 굴렀다.

"코끼리 등 아픕니다. 소 껍질로 만드세요."

그가 말하는 소 껍질이란 쇠가죽을 말할 터였다. 박연이 고양이를 길들이고 있는 곁에서 나는 코길이 훈련용으로 쓰일 방향계를 만들고 있었다. 그러나 아직 실용화될지도 가늠할 수 없는 상황에서 코길이가 아플 걸 염려해 무턱대고 귀한 쇠가죽을 사용할 수는 없었다. 나는 코길이 안장으로 가볍고 견고한 자작나무를 선택했다. 기본적으로 모양은 말안장과 흡사하지만 그 크기가 열 배 이상 차이 났고, 대나무를 불로 연마해 더듬이처럼 길게 뽑은 방향계가 코길이의 귀 옆을 지나 시야에 닿게 만드는 것이 목표였다.

"다 만든 후에는 부드러운 천을 덧댈 생각입니다."

말은 그렇게 했지만 언제 완성될지조차 미지수였다. 보통 영물이 아닌 코길이가 더듬이 방향대로 달려줄지도 염려스러웠고, 달려준다 치더라도 더듬이가 정면만을 바라보고 있으므로 방향계라는 이름과는 어울리지 않았다. 완만한 호선으로 뻗은 더듬이는 방향을 바꾸고 싶을 때 뽑아내어 재조립을 할 수 있게 구상 중이지만 실현이 가능할지, 이 또한 알 수 없었다. 달리는 코길이 등에서 더듬이를 뽑아 들고 허둥대다 고랑에 내동댕이쳐지는 내 모습이 그려졌다.

"나의 아버지 목수입니다. 나도 목수 잘합니다."

더듬이를 안장에 달 것이 아니라 조종하는 사람의 갓에 연결해 나아가고자 하는 방향으로 고개를 틀도록 하는 건 어떨까, 고민하던 찰나였다.

"나무를 다룰 줄 안단 말이오?"

박연은 지금껏 내가 고민해온 것을 단숨에 해결했다. 밋밋한 안장에 세심한 문양을 새기고 손잡이를 만들어 타는 사람이 떨어지지 않도록 배려했다. 또 안장 앞머리에 여러 개의 홈을 만든

다음 그것과 맞물리는 홈을 연결한 뒤 작은 구멍을 뚫고 낡아 쓰지 않던 붓대를 가져와 대나무를 끼워 연결했다. 붓대와 대나무 사이의 헐거운 부분에는 진흙을 넣어 마무리하고 필요에 따라 붓대만 움직이면 방향이 바뀌는 형태로 개조되었다. 또 밭이나 논을 갈 수 있게 꽁무니에 쟁기를 연결해 실용성을 더했다. 곁에 선 나는 박연 대신 고양이를 어르고 그가 마실 물과 조청 바른 인절미를 간식으로 내놓으며 물 흐르듯 유연한 손놀림에 감탄하는 걸 소일 삼았다.

고양이와 함께 봉당에 앉아 졸고 있던 나를 박연이 깨웠다. 어느새 묽은 황토를 발라 은은한 색까지 낸 방향계가 코길이 앞에 완성되어 있었다.

"제가 씌워보겠습니다."

미호가 머릿수건을 벗고 안장 아래로 손을 넣어 들었다.

"아니 되오. 방향계가 거북하여 코길이가 성이라도 난다면 몸을 상할 수도 있소. 사내인 내가 올라가는 편이 낫겠소."

자신에게 안장을 씌우려는 줄 모르는 코길이는 풋감 하나를 입에 넣고 우물거리며 졸린 듯 눈을 껌뻑거렸다.

"그래도 익숙한 제게 맡기심이."

다시 미호가 내 앞을 가로막고 섰다.

"네 이년, 어디 나리 하시는 일에 쌍지팡이를 짚고 나서느냐? 심심해서 몸이 뒤틀리거든 어르신들 일에 참견 말고 저녁쌀이나 씻어."

부엌에서 숭어 배를 따던 고상분이 미호에게 눈을 흘겼다.

"어허, 낭자. 걱정 말래도."

미호가 안심할 수 없다는 표정으로 고개를 숙였다.

"나리는 왜 저한테만 상분이라 부르며 하대하십니까?"

고상분이 숭어가 든 함지를 밀어내고는 샐쭉한 표정을 지었다.

"상분 낭자, 노하셨소?"

내 농담이 싫지 않다는 듯 고상분이 이내 배시시 웃었다. 비록 검역소에 배속된 비라 할지라도 이제는 피붙이처럼 정이 든 터라, 때로 서운함을 토로하는 영보나 고상분의 심정을 조금은 이해할 것 같았다. 영원한 신분의 굴레 안에서 그들은 주인의 아주 작은 배려에도 마음을 열고 충심을 다한다.

"우선 코길이에게 나리가 해칠 마음이 없다는 걸 알리십시오."

미호가 야무진 목소리로 코길이를 자리에 앉혔다. 나는 코길이의 긴 코를 부드럽게 쓰다듬었다. 회색 몸을 성글게 뒤덮은 가느다란 털이 까슬까슬 손바닥 아래로 느껴졌다. 말이 통한다면 고향이 어디이며 부모 형제의 생김이며 성품을 묻고 싶었다. 또 풍류를 즐길 줄 안다면 탁주 한 사발을 사이에 두고 구성진 가락을 뽑아도 좋을 것 같은 밤이었다.

"코길이 선생, 선생은 한양에서 중죄를 짓고 낯선 제주로 유배를 오셨습니다. 유배란 것이 본디 상실과 외로움의 형벌인데 선생께서는 이렇듯 많은 수족을 거느리며 안락한 생활을 누리고 계십니다. 이는 자비로우신 임금님의 선처이니 반성과 자숙의 계기로 삼으시어 조선에 보탬이 될 수 있는 큰 일꾼으로 거듭나시기를 바라외다. 그런 뜻으로 나와 박연 선생이 보탬에 일조하고자 도구를 만들어보았습니다. 불편하더라도 임금님의 은혜에 보답하는 마음으로 흔쾌히 착용해주셨으면 합니다."

코길이는 내 말을 알아듣기라도 한 듯 긴 코를 늘어뜨리고 무릎을 굽혔다. 그 틈을 놓치지 않고 박연과 미호, 내가 합세해 코길이의 등에 안장을 얹었다. 아무리 가벼운 자작나무로 만들었다고는 하지만 그 크기가 산소의 봉분을 덮을 만큼 큰 탓에 수월치 않은 작업이었다. 터무니없이 작은 건 아닌가 조마조마했지만 다행히 빠듯하게 코길이의 등을 감쌀 정도는 되었다.

나는 크게 한 번 심호흡을 하고 박연의 손에 의지해 안장에 올라앉았다. 역시 안장은 박연의 지적대로 가죽이나 천을 덧대지 않으면 장시간 버티기 힘들 정도로 불편하고 위태로웠다. 이는 코길이의 등이 말과 달리 평평하지 않을뿐더러 보기보다 그 넓이가 더 광대해 가랑이를 한껏 벌려야 앉을 만했다. 그렇게 겨우 몸의 중심을 잡는가 싶던 때에 코길이가 접었던 앞다리를 펴고 몸을 일으켰다. 고개를 돌려 나를 흘끔 한 번 쳐다본 코길이는 코를 뻗어 내 발목을 낚아채고 천천히 한 걸음을 뗐다. 박연이 코길이를 향해 '배은망덕 동물이오!' 하고 고함을 쳤지만 코길이는 거기서 멈추지 않았다.

등 한가운데 불쑥 솟아난 척추에 안장이 들썩거리고 걸음을 옮길 때마다 다리 사이로 충격이 퍼져 이루 말할 수 없는 통증이 아랫도리를 쥐어짰다. 미호가 지켜보고 있었지만 나는 어린 애처럼 비명을 지르며 '코길이 선생, 고정하시오'를 연발했다. 발정이 극에 달한 코길이에게 안장을 채운 것부터가 잘못인지 모른다. 발목을 붙잡은 코길이의 코에 힘이 들어갔다. 바닥에 내동댕이쳐져도 할 수 없으니 나는 제발 이 순간이 빨리 끝나기만을 바랐다. 코길이가 뜨거운 숨이 뿜어져 나오는 긴 코를 번쩍 들어 올리고 발을 굴러 쇠파리처럼 달라붙은 나를 자신의 등에서 떼어내려 했다. 그 포달스러운 몸짓에 나는 눈 한 번 깜짝할 사이 공중에 붕 떠올랐다. 이대로 바닥에 떨어진다면 망신은 물론이거니와 운이 나쁘면 뼈가 부러질지도 모를 노릇이었다. 가동질하는 아기처럼 사지를 벌리고 바닥으로 곤두박질하는 위기의 순간에 내 몸과 부딪힌 건 흙바닥이 아닌 따뜻하고 보드라운 미호의 품이었다. 그녀는 코길이 발에 발등이 찍힐지도 모를 위험한 상황에서도 뜻밖의 낙상을 대비해 곁을 떠나지 않았던 것이다.

미호와 나는 서로를 부둥켜안고 우물가에 나자빠졌다. 먼 산에서 지금의 상황을 놀리기라도 하듯 쪽박새가 쪽박바꿔주우, 촐랑 맞게 울어댔다.

"소장님, 코에서 피가 오십니다."

박연의 지적대로 내 코에서 흘러나온 피가 미호의 붉은 입술 위로 연지처럼 떨어졌다.

"이거 큰 실례를 했소."

나는 미호의 입술을 닦아주려 했지만 혈육도 아닌 여인의 몸을 함부로 만질 수 없기에 움직이던 손을 멈췄다. 박연이 나를 일으켜 세우고 자신의 소매로 코피를 닦아주었다. 몸을 일으킨 미호가 부엌으로 도망치듯 허둥지둥 사라졌다. 간밤에 자신의 목숨을 담보로 기방에 함께 가자던 당찬 모습은 사라지고 수줍은 소녀 같은 모습이었다.

"소장님, 얼굴 빨갛습니다."

박연이 한쪽 눈을 질끈 감아 보였다.

"그건…… 코에서 피, 피가 났기 때문 아니겠소."

내 얼굴이 새빨개진 것은 느닷없이 터진 코피 때문이라고 설명하고 싶었지만 이미 박연은 사라진 뒤였고, 코길이만 남아 게슴츠레한 눈으로 나를 흘길 뿐이었다.

떨어진 충격으로 두 동강 난 방향계를 보고 있자니, 코길이를 길들이겠다는 발상 자체가 무모한 것은 아닌가 염려스러웠다. 미호가 코길이 다루는 모습을 관찰해보면 조금의 강제성도 찾아볼 수 없었다. 단호한 목소리로 '앉으시오'라고 말하지만 먼저 앉는 쪽은 항상 미호였다. 먹이를 줄 때도 마소에게 하듯 그릇에 먹이를 흩뿌리는 것이 아니라 하나하나 행주로 닦아 한 번 먹을 만큼씩 입에 물려주었다. 성긴 털이나마 한 올씩 정성껏 빗어주고, 무더운 날이면 하루 몇 차례나 코길이의 등목을 시켜주었다. 등에 올라타는 일이 잦은 건 아니었지만 피부가 짓무르거나 진드기가 꼬이지는 않았는지 몸 상태를 점검해야 할 때는 단번에 날렵하게 뛰어올라 꼼꼼히 살폈고, 코가 닿지 않는 등허리는 손톱을 세워 긁어주기도 했다. 그런 노력과 정성이 있었기에 코길이는 미호를 신뢰했고, 자신의 몸을 의심 없이 맡겨온 것이다.

발정은 왔는데 사내가 없어 분통이 터지는 판에 만난 지 며칠 되지도 않은 낯선 인간이 딱딱한 안장을 등에 올리고 몇 번이나 헛발을 짚어 살갗을 쓰리게 하는 행동은 코길이 입장에서 심사가 뒤틀릴 수 있는 도발이었으리라. 사람과 사람이 만나 벗이 되는 일도 쉽지 않거늘, 종이 다른 동물이 마음을 트기까지는 오랜 시간이 필요할 터였다. 때로는 연지와 나처럼 오랜 세월이 흘러도 발전하지 않는 관계도 있는데 하물며 짐승과 인간은 오죽할까. 두 동강 난 안장을 헛간으로 치우고 코길이를 향해 사과의 몇 마디를 건넸다. 등 뒤에서 '진지 드시지요' 하는 미호의 목소리가 들려왔다.

코길이가 온 다음부터 아침이면 이웃의 농민들이 검역소를 찾아왔다. 그들이 원하는 것은 코길이의 똥이었다. 저마다 더 큰 똥을 가져가려는 욕심에 새벽부터 찾아와 지게로 똥을 실어 날랐다. 미호는 그때마다 싫은 내색 없이 코길이의 똥을 선뜻 내어주고, 연로해서 거동이 불편한 농민에게는 직접 똥을 가져다주기까지 했다. 덕분에 코길이는 자신의 똥으로 만든 질 좋은 거름에서 자란 참외며 수박, 호박을 그것도 머드러기만 골라가며 맛볼 수 있었다. 모두 미호의 정성 덕분이었다.

"분 사세요, 홍화연지 있습니다. 먹감경대 팔아요."

제주에는 드문 매분구의 목소리였다. 매분구는 여인들의 화장용구를 들고 다니며 파는 아낙으로 한양에 살던 시절 어머니가 종종 이용하시곤 했다. 그간 검역소와 코길이를 위해 애쓴 미호가 고맙고 안쓰러운 데다 지난번 낙상 사고 때 몸을 던져 나를 구한 그녀에게 작은 선물을 주기로 했다.

마침 박연과 한섭, 영보는 영보의 집에 코길이 먹이로 쓸 곡식을 가지러 갔고, 고상분과 미호도 저녁상에 올릴 찬거리를 사러 집을 비웠다. 좋은 기회였다.

"여기 보시오."

어쩐지 부끄러운 마음에 괜히 마당만 서성이다, 매분구가 집 앞을 한참 지나쳐서야 뒤늦게 목소리를 높였다.

"에구머니, 젊은 나리시네."

머리에 바구니를 인 매분구가 대문 밖으로 고개를 내민 나를 보곤 헤실헤실 웃으며 강중강중 뛰어왔다. 서른 살 안팎의 매분구는 뽀얗게 화장을 하고 싸구려지만 요란스러운 머리장식에, 여러 개의 노리개를 치렁치렁 흔들며 마당으로 들어섰다.

"뭘 구경하시렵니까? 화장품이며 경대며 노리개에 가락지까지 없는 게 없습니다요. 아이고, 어머니!"

매분구가 말끝에 비명을 달고 바구니를 인 채 주저앉았다. 코길이 때문이었다.

"놀라실 것 없습니다. 몸집만 크지, 순하디순한 짐승입니다."

코길이의 코끝이 매분구의 치마 속으로 파고들어 풍덩거렸다. 그러나 이미 크게 놀란 매분구는 바구니는 팽개치고 벌벌 기어 마루 밑으로 들어가버렸다.

"나리, 그저 목숨만 살려주십시오. 제발, 목숨만."

당혹스럽기는 나도 마찬가지였다.

"놀라지 말고 나와보시오. 목에 줄을 매어놓았으니 아무 해도 끼치지 못합니다. 보다시피 나도 멀쩡하지 않소."

언제 사람들이 들이닥칠지 모르는데, 매분구는 호들갑을 떨며 마루 밑으로 점점 깊이 들어갔다.

"아무리 서방 없는 계집이기로 바위에서 좆이 나와 치마 속을 파고드는데 어찌 새새대고만 있겠습니까. 딸린 새끼가 셋이니 살려만 주십시오."

"글쎄, 괜찮대도 그러시오. 게다가 저 짐승은 암컷이니 조, 조, 어험. 그러니까 자네가 염려할 만한 그런 걸 내놓고 말고 할 것도 없는 계집이란 말이오."

마루 밑에서 엉덩이만 들썩거리던 매분구가 고개를 틀어 빠끔 마당을 돌아보았다.

"무슨 짐승이 저리도 크고 징그럽단 말입니까?"

"외국에서 온 짐승이라 그러니 자네가 이해해주시게나."

코길이는 자신의 용모를 크고 징그럽다 말하는 낯선 사람에게 흥미를 잃었는지, 담을 타고 핀 능소화를 뜯어내기에 여념이 없었다. 매분구가 살금살금 마루 밑에서 기어 나와 내 뒤로 몸을 숨겼다.

"나리, 그 바구니 좀 주워주시면 안 될깝쇼?"

마당 한가운데 매분구가 이고 온 바구니에서 갖가지 물건이 쏟아져 나와 있었다. 나는 아직 경계를 풀지 못한 매분구를 대신해 바구니 안에 물건을 그러담아 마루로 올라섰다.

"내 시간과 안목이 없어 그러하니, 자네가 물건을 좀 골라주시게."

옷에 붙은 흙먼지를 털어낼 겨를도 없이 코길이 눈치를 살피며 매분구도 헐레벌떡 마루로 올라왔다.

"나리가 사용하실 리는 없고, 저 추물이 쓸 걸 찾으십니까?"

매분구의 손이 코길이를 가리켰다.

"그럴 리 있겠나? 그저 신세를 갚아야 할 사람이 있네."

바구니 속 물건을 뒤적거리던 매분구가 히죽 웃었다.

"그럼 여인의 나이와 용모를 말씀해주시지요."

시간이 없었다. 금방이라도 고상분과 미호가 들이닥칠 것만 같았다.

"어째서 그런 것이 궁금한가? 쓸모 있는 걸로 자네가 그냥 아무거나……."

매분구가 지싯댔다.

"나리께서 뭘 모르시네요. 여인의 나이와 용모를 알아야 그에 맞는 물건을 고르지요. 시집도 안 간 처녀에게 비녀를 줄 순 없지 않습니까?"

매분구는 언제 코길이 때문에 혼비백산했느냐 싶게 능청을 떨었다.

"처녀일세. 용모는, 글쎄 뭐라고 해야 하나. 옳지! 저기 저 짐승이 뜯고 있는 능소화 같다네."

아슬아슬한 담벼락을 질긴 생명으로 거슬러 올라가는 곱디고운 능소화가 미호를 연상시켰다.

"능소화를 닮은 처녀에게 줄 물건이라. 어디 보자."

매분구가 생글거리며 물건을 꺼내놓았다.

"매분구 심씨 아니시오?"

비그덕, 대문이 열렸다. 매분구를 알아본 것은 고상분이었다.

그녀의 곁에는 푸성귀가 잔뜩 든 바구니를 옆구리에 낀 미호가
서 있었다.

"버, 벌써 왔느냐?"

이유 없이 말이 목구멍에 걸렸다.

"연지 아씨도 오셨답니다."

고상분과 미호의 뒤로 연기처럼 홀연히 연지가 들어섰다.

"무고하셨는지요."

날짜를 헤아려보니 연지가 다녀간 지도 사나흘째였다.

"나, 낭자도 오시었소?"

고상분과 연지가 고개를 조아리자 연지가 둘을 뒤로하고 나
와 매분구가 앉은 마루를 향해 걸어왔다.

"제가 온 것이 영 마뜩잖은 목소리십니다."

부정을 저지른 것도 아니면서 나는 아무 대답도 하지 못하고
허둥거렸다.

"세 아가씨 중에 어느 분이 능소화를 닮은 여인이십니까?"

매분구가 눈치 없이 끼어들었다.

"능소화를 닮은 여인이라니요?"

연지의 등 뒤로 미호와 눈이 마주쳤다. 그러나 미호 쪽에서 먼
저 고개를 떨어뜨려 내 눈길을 외면했다.

"그게 말이오, 매분구가 지나가기에 어머니께 드릴 분을 고르
고 있었습니다."

"나리도 차암! 처녀라면서요?"

매분구가 느티나무 경대며 참빗 따위를 덥석덥석 꺼내놓았

다. 미호에게 줄 선물이라고 밝히자니 연지에게 미안했고, 연지에게 주자니 미호에게 보답할 기회를 잃게 생겼다.

"실은, 실은 말이오. 상분이에게 그간 소홀했던 것이 내내 마음에 걸려 분이라도 사주려고."

어쩌자고 그런 말이 튀어나왔는지 모를 일이었다. 말이 떨어지기 무섭게 고상분이 번개처럼 부엌에서 튀어나와 몸을 배배 꼬며 발그레한 볼을 손바닥으로 가리고 어쩔 줄 몰라 했다. 연지는 그런 고상분을 말끄러미 바라보다 말없이 박연의 처소로 향했고, 본래 선물의 주인이었어야 할 미호는 분을 찍어 바르는 고상분 곁에서 어딘가 쓸쓸한 미소를 지어 보였다.

"나리께서 쇤네를 그리 생각하시는 줄은 미처 몰랐습니다. 간밤에 코길이 똥을 밟고 자빠지는 꿈을 꿨는데, 그게 기막힌 길몽인 모양입니다."

코길이 콧김에 능소화 잎사귀 한 장이 미호의 머리 위로 천천히 원을 그리며 떨어졌다.

로손

연지와 미호에 대한 미안함 때문이기도 했지만, 어느덧 미호와 약속한 날이 코앞으로 다가왔기에 이지러진 달을 바라보던 나는 긴 한숨이 절로 나왔다. 그 부담으로 잠을 설친 이튿날, 대꾼한 눈을 한 사람은 나뿐이 아니었다. 밤새 골패 노름을 했는지, 과음을 했는지 한섭과 영보가 개개풀린 눈으로 나를 맞았다. 마당에서는 미호가 퉁퉁 부은 눈으로 코길이에게 밀과 쌀을 섞은 조반을 먹였고, 고상분은 붉게 충혈된 눈으로 누룽지를 넣고 있었다.

"박연 선생은 어디 계시냐?"

영보가 반쯤 감긴 눈을 곤추떴다.

"나리, 상분이 년 혼꾸멍 좀 내주십시오."

"박연 선생이 어디 갔는지를 묻는데, 왜 상분이 타령이냐?"

영보가 저고리 아래로 허연 살을 내놓고 누룽지를 펼치는 고상분을 주렴 사이로 쏘아보더니 내 귀에 제 입술을 가까이 댔다.

"아무래도 고상분이랑 박연 선생이 정분난 듯싶습니다."

기가 찰 소리였다. 고상분이 노비 출신으로 배운 것 없고 사리 분별에 어둡다 하나, 코길이보다 털이 무성하고 말도 통하지 않는 데다 출신 성분 또한 알 길 없는 외국인 선비와 눈이 맞다니. 영보의 억측이 고상분의 귀에 들어갈까 염려스러웠다. 게다가 올가을쯤, 영보와 고상분을 맺어주려고 마음먹었는데 이 무슨 가당찮은 소리란 말인가.

"행여 없는 소리 지어내지 말거라. 상분이 듣겠다."

"없는 소리가 아닙니다요. 막말로 며칠 전에도 부엌에서 둘이 입을 맞붙이고 있는 걸 똑똑히 봤다니까요!"

그건 예삿일이 아니었다. 외국인과 백년가약 맺는 일이 아주 없는 것은 아니나, 왜국이나 청국에 첩으로 팔리다시피 가거나 늙은이의 뒷방애기로 들어가는 게 전부일 뿐이었다. 그런데 허락받지 못한 이국의 청춘 남녀가 한집에 살며 입을 맞붙인다는 건 어느 모로 보나 가벼이 넘길 문제가 아니었다. 화란국의 사신이나 다름없는 박연이 노비인 고상분과 혼례를 치를 수나 있을까? 그러려면 일단 박연이 조선인으로 귀화해야 한다. 그건 여자 때문에 자신의 조국인 화란을 배반하는 일이다. 더구나 둘 사이에 아이가 생긴다면 그 모습이 어떨지도 장담할 수 없다. 코길이의 부모가 코길이처럼 생겼으리라는 보장은 없다. 거대한 바위의 이끼 긴 작은 구멍에 어느 날 멧돼지 한 마리가 실수로 방사를 해 코길이가 탄생했는지도 모를 일이다. 이 모든 경우의 수와 인간의 도리를 비틀고 나열하고 다시 비틀기를 반복해보았지만 둘의 만남을 넋 놓고 축복할 수만은 없었다.

"상분이 눈이 왜 저렇게 시뻘겋겠습니까? 박연 선생은 아직까지 기침도 못하셨습니다. 필시 요새 무슨 일이 생긴 게 틀림없습니다. 막말로 말입니다."

내심 고상분을 제 짝으로 여겨왔을 영보가 땅이 꺼지게 한숨을 내쉬었다.

"너는 간섭하지 말거라. 내가 박연 선생의 의중을 떠보고 네 말이 사실이면 일침을 가할 테니. 한섭이는 자느냐?"

꾸벅거리던 한섭이 번쩍 눈을 뜨고 화급히 자세를 고쳐 앉았다.

"한섭이는 신문물을 가져오너라."

궤짝에 들어 있는 물건 중 가장 모양이 복잡하고 연구가 어려운 순서로 검역을 해왔기 때문에 남은 것은 그 모양이 단순하고 유추가 쉬운 것뿐이었다. 이번에 한섭이 가져온 신문물은 한 손에 들어올 만한 작은 나무 상자였다. 한섭이 조심스레 상자를 열었다. 그 안에는 빛깔이 거무죽죽하고 네 귀퉁이가 반듯이 잘려나간 나무토막 같은 것이 한 장 들어 있었다. 무게는 어린아이도 번쩍 들어 올릴 만큼 가볍고 미끈한 표면에 비릿한 냄새가 섞여 있었다.

"서양 두부 같은 게 아닐까요?"

영보가 침을 한 번 꿀꺽 삼키고 손가락으로 신문물을 찍어보았다. 손가락 자국이 남지 않는 것으로 보아 두부는 아닌 모양이다.

"네 입버릇처럼 막말로 이게 두부라면 벌써 썩어 문드러졌을 게다."

한섭의 한마디에 영보가 머쓱한 듯 엉덩이를 들썩여 뒤로 물러앉았다. 입가에 마른 침 자국도 지우지 못한 박연이 뒤늦게 검역에 합류해 신문물을 들여다봤다. 그 역시 이 신물에 대해서는 아는 바가 없는지, 코에 가까이 대고 냄새를 맡아보더니 고개를 갸웃거리기만 했다. 그런 박연의 옆모습을 보고 있자니, 고상분과 맞추었을 입술이며 그의 존재를 아는 사람마다 코쟁이라고 수군대는 높다란 콧날이 새삼 낯설게 느껴졌다.

"박연 선생, 연상되는 용처가 있으시오?"

연상, 용처 따위의 뜻을 알 리 없는 박연이 호기심 가득한 눈길로 신문물을 꼼꼼히 살피다 손끝에 침을 발라 표면을 문질렀다. 혹여 신문물이 으깨지는 건 아닐까 염려스러웠지만 신기하게도 박연의 손끝이 미끄러지듯 유연하게 움직이며 포말처럼 작고 하얀 거품을 만들었다. 그는 다시 손끝을 제 입에 가져다 대더니 몹시 괴로운 표정을 지어 보였다.

"맵습니다. 못 먹습니다."

맵다는 말에 어쩌면 향신료의 일종이 아닌가 싶어 나도 하얀 거품을 찍어 혀에 대보았다.

"이런 맛은 매운 게 아니라 쓰다고 하는 겁니다."

박연의 말대로 그건 먹을 수 있는 것이 아니었다. 몹시 쓴 데다 닿자마자 혀끝이 아렸고 구역질까지 밀려와 참고 견딜 재간이 없었다. 거품이 닿았던 손끝은 형언할 수 없을 만큼 미끈거렸는데, 마치 다시마의 끈적이는 진액처럼 느껴졌다. 용기를 내어 침을 잔뜩 바른 손끝을 신문물에 갖다 대자 방금 전보다 훨씬 풍성한 거품이 일며 문지른 자리가 미세하게나마 오목하게 꺼진 것처럼 느껴졌다.

"소장님, 인체에 해로울지 모르니 어서 손을 닦으시는 게 좋지 않겠습니까?"

한섭의 말대로 혀가 아릴 정도로 독한 물건이라면 장시간 많은 양에 노출되면 피부가 녹아내릴지도 모른다. 영보가 우물에서 두레박으로 물을 길어 올려 대야에 쏟았다. 거기에 거품 묻은 손을 담그고 휘휘 젓자, 이내 맑던 물이 희부옇게 흐려지는 것 같았다. 게다가 다시마 진액처럼 손끝에 겉돌던 미끈거림이 깨끗이 사라진 데다 태어나서 처음으로 느낀 상쾌함은 소피를 보고 난 직후처럼 심신을 개운하게 했다.

"무탈하십니까?"

"신통한 물건이다. 사람 몸은 기름이 한 말이라고 하던데 그 신문물을 발라 손을 닦고 보니 텁텁한 기름이 걷히고 새살이 나온 것만 같구나. 영보야, 신문물을 가져오너라."

내친김에 남은 한쪽 손도 신문물을 묻혀 닦아보기로 했다. 예상대로 손톱 아래 긴 때까지 말끔하게 벗겨진 것이 평생 구름 위에서 세상 풍파 모르고 살아온 신선의 손 같았다.

"이 신문물은 날 비(飛) 자에 더러울 루(陋) 자를 써 비루라고 부르기로 하자."

나는 허옇게 살비듬이 일어난 팔뚝과 대비되어 더욱 희고 맑게 빛나는 오른손에 승리의 깃발처럼 비루를 높이 치켜들었다. 그러자 비루를 둘러싼 박연, 한섭, 영보가 기쁨의 탄성을 지르며 박수를 치기 시작했다.

"오늘 저녁은 긴히 출타할 일이 있으니 지금 바로 보고문을 작성하러 가야겠다."

썩 내키지는 않지만 미호와 기방에 가야 하는 일 때문에 나는 비루에 대한 보고문이 작성되는 대로 출타 준비를 하려 마음먹 었다. 비루를 상자에 다시 넣기 위해 자랑스레 치켜든 손을 막 거두려던 그때, 거친 살결 한 뭉텅이가 내 손을 콧물처럼 끈적한 액체로 적셔놓았다. 히뜩 놀라 고개를 들어보니 거친 살 뭉텅이 의 주인은 코길이였다. 더구나 끈적한 액체 역시 진짜 코길이 코 에서 흐르는 콧물이었고, 대롱처럼 동그랗고 축축한 콧구멍 속 으로 이미 비루의 매끄러운 몸체가 넘어가버린 뒤였다.

"이보시오, 코길이 선생. 그건 우리에게 몹시 귀중한 물건이라 오. 선생은 한양에서 임금님을 알현하지 않았소? 그분의 허락 없 이 물건을 훼손하면 유배보다 더한 엄벌을 받게 될지도 모르오."

코길이가 발정을 시작하며 행동이 거칠어지자 검역소의 식구 들은 모두 예를 갖추려 애썼다. 이미 자신의 추한 외모를 비웃었 다는 이유로 사람의 목숨을 앗은 전력이 있으니 개나 돼지처럼 함부로 다루었다가 무슨 봉변을 당할지 모른다는 생각 때문이 었다. 그러나 코길이는 내 말은 들은 체도 하지 않고 고개를 쳐 들어 콧구멍 속에 밀려 들어갔던 비루를 입으로 옮겨 가 우적거 렸다. 금세 입에서 하얀 거품이 뭉글뭉글 비어져 나왔다.

"미호 낭자, 어떻게 좀 해보시오. 제발."

이미 비루가 코길이의 입속에 남아 있지 않다는 걸 알면서도 나는 넋 나간 사람처럼 거품 흐르는 입을 바라보며 미호의 소매를 흔들었다.

"비루도 문제지만 코길이가 그 독한 걸 먹었으니 목숨을 부지할 수 있으려나 모르겠습니다."

깜빡 잊고 있었지만 코길이 역시 신문물의 하나였다. 만약 비루에 독이라도 들었다면 우리는 오늘 두 가지의 신문물을 잃게 되는 셈이었다. 퉁명스럽고 본데없긴 하나 눈치 빠른 고상분이 조반을 해먹고 남은 더운물에 소금을 탄 바가지를 들고 뛰어나왔다.

"게워내는 덴 미지근한 소금물만 한 게 없습니다."

미호가 고상분에게 바가지를 넘겨받았다.

"앉으시오."

단호한 미호의 말에 어리둥절한 표정의 코길이가 무릎을 굽혀 앉았다. 미호 역시 코길이 앞에 무릎을 굽히고 눈을 맞추었다. 그녀는 마치 외줄을 타는 광대처럼 두려운 기색 하나 없이 신중하고 정확한 동작으로 코길이의 무릎에 올라가 거품과 침이 줄줄 흐르는 입을 벌렸다. 그러고는 바가지의 미지근한 물을 사레들지 않게 조금씩 천천히 흘려보냈다. 몇 모금 소금물을 맛본 코길이가 그 짜디짠 맛에 체머리를 흔들어댔다. 곁에서 숨죽이고 지켜보던 우리들의 의복이며 얼굴에 오물이 튀고 미호의 몸이 가랑잎처럼 가벼이 우물가로 내동댕이쳐졌다. 하지만 미호는 포기하지 않았다. 고상분을 시켜 미지근한 소금물을 더 부탁하고 몇 번이나 흙바닥에 뒹굴었다. 결국 갖은 노력 끝에 코길이는 아침으로 먹은 늙은 호박 몇 덩이와 수수가 섞인 붉은 죽, 그리고 구름처럼 크고 풍성한 거품을 차례로 토해냈다. 자신이 토해낸 토사물 더미를 멀뚱멀뚱 쳐다보는 코길이가 땀에 젖어 헐떡이는 미호의 허리에 자신의 코를 부드럽게 감았다.

"목숨은 구한 듯합니다."

그나마 천만다행이었다. 하지만 비루를 잃은 것은 크나큰 낭패가 아닐 수 없었다. 이미 내 실수로 쓸모가 바뀐 만앙경만으로도 임금 앞에 고개를 들 수 없는 처지인데 귀한 비루까지 코길이의 먹이가 되어버리다니.

"막말로 그까짓 거 하나 만들면 되지 않겠습니까, 나리?"

영보가 다정스레 내 곁에 다가와 웃어 보였다.

"생전 처음 보는 비루를 어찌 만든단 말이냐?"

"찌든 때를 벗겨내기만 하면 되는 일 아닙니까?"

비록 내가 상관이지만 영보는 다섯 살이나 많은, 나이로는 형님뻘이었다. 무식한 데다 식탐이 많고 덜렁대는 성격이 늘 마뜩잖은데 이런 위급한 순간, 영보가 든든한 기둥이 되어준다는 사실에 눈물이 날 지경이었다.

"녹두는 해독 작용이 뛰어나고 피부에도 자극이 없으니 그걸 이용해보는 게 어떨까요?"

한섭이 영보를 돕고 나섰다.

"염소젖은 맛있습니다."

고관대작의 부인들이 짐승의 젖으로 얼굴을 닦아 윤을 낸다는 이야기도 얼핏 들은 기억이 났다. 박연의 착안도 쓸 만했다.

"다들 고맙소. 내 면목이 없소이다. 우리 힘닿는 데까지 해봅시다."

조금 전의 막막함과 두려움이 믿음직한 세 사람 때문에 잔잔히 가라앉았다.

"비루가 독한 건 아무래도 잿물이 들어가서일 겁니다. 양잿물 내놓은 게 어디 있을 텐데?"

처마 아래서 초조하게 상황을 지켜보던 고상분도 거들고 나섰다. 박연은 이웃에 찾아가 염소젖 한 대접을 얻어 왔고 미호와 고상분은 마른 녹두를 맷돌에 갈았다. 영보는 잿물보다 갓난아기의 오줌이 때를 빼는 데 즉효라며 금줄 건 집을 찾아 나섰다. 한섭은 비루를 만들 사각형 틀을 준비했고, 나는 선풍기 아래 앉아 그들이 가져온 녹두분과 잿물, 염소젖, 아기 오줌을 배합하여 새로운 비루를 연구했다. 그러나 비율을 아무리 조절해봐도 우리가 가진 재료는 한데 섞여 단단히 굳지 않았다. 틀에서 빼기만 하면 멀건 죽처럼 퍼져버리다 보니 힘들게 구한 재료만 버린 셈이 되었다.

"갓난아기의 오줌은 빼십시오. 냄새도 고약하고, 그거 때문에 더 묽어지는 것 같은데."

"아니지요. 녹두분이 곱지 않아서 그리 되는 겁니다. 분꽃을 꺾어 올깝쇼?"

"막말로 틀이 변변찮아 이런지도 모릅니다."

"이제 염소젖 끝났습니다."

코길이만이 한가롭게 마당의 구절초를 뿌리째 뽑아 입에 넣으며 우리의 소동을 흘끔거렸다.

"초를 만드는 밀랍, 그걸 섞어보면 어떨까?"

생각해보니 초와 비루의 질감이 비슷했다.

"나리, 그건 아니지요. 초는 불에나 녹지, 사람 손에는 까딱도 하지 않잖습니까?"

고상분이 우물가에 앉아 엉덩이를 들썩이며 저녁쌀을 씻고 있었다.

"그렇지, 초는 사람 손에 녹지 않지."

하지만 단단한 기름이라면 손에 녹을 만했다. 드물지만 제주에는 간혹 죽은 고래가 떠밀려 오곤 했는데 그 고기의 맛이 소나 돼지와 흡사했고, 살점에 희고 탄력 있는 비계가 붙어 있기도 했다. 고래 고기를 파는 여인의 손이 윤기 나는 것도 다 그 때문이라는 소리를 주워들었다.

"한섭이는 고래 고기 집에 달려가 기름을 구해 오너라."

한섭을 보내놓고 나는 비루를 만들 때 쓸 만한 재료가 더 없는지 신문물 궤짝을 들여다보았다. 그리고 궤짝 한 귀퉁이에서 비루 상자보다 조금 더 작고 진보라색 광택이 도는 천으로 감싼 상자를 찾아냈다. 상자 안에는 청국에서도 구하기 힘든 화려한 문양의 유리병이 들어 있었다. 유리병 안에는 노란 물이 가득 들어 있었는데 술이나 기름이 아닐까 추측됐다. 기름 종류라면 비루를 만드는 데 유용할지 모른다는 생각에 병을 덮고 있는 나무 마개를 힘주어 비틀었다. 마개는 아무리 힘을 주어도 열리지 않았다.

"제가 하겠습니다."

박연이 내게서 유리병을 넘겨받아 마개 아래를 감싸고 있던 밀랍을 손톱으로 긁어내고 그 아래 한 번 더 감겨 있던 가느다란 노끈 같은 것을 벗겨냈다. 그리고 마개를 왼쪽에서 오른쪽으로 여러 번 돌리자, 곧 유리병의 입구가 열렸다. 박연이 천진한 표정으로 유리병 입구를 내 코 아래 갖다 댔다. 술이나 기름일 거라고 막연히 생각했던 내 추측은 이번에도 틀린 것 같았다. 유리병 안에 든 노란 물은 마치 수만 송이의 들꽃을 가득 담아놓은 우물처럼 코가 아리게 향기로웠다.

"선생, 이건 꽃향기가 아니오?"

"여자들이 좋아합니다."

박연이 병을 기울여 손끝에 아주 조금, 노란 물을 적셨다. 그걸 자신의 손목에 바르고는 깊이 숨을 들이켜 향기를 음미했다. 벌레 먹은 곡식과 코길이의 똥으로 늘 매캐하던 검역소 안에 꽃밭이 생긴 것 같았다. 그 향기는 마치 연지가 처음 신문물검역소에 찾아온 날, 오래전 남몰래 마음속 깊이 심어놓았던 각양각색의 꽃씨가 동시에 자라 올라 다투어 꽃망울을 터뜨리던 순간과 닮아 있었다.

'향기가 나는 물이라, 향수(香水)로구먼.'

한섭이 고래 기름을 구해 오자 고상분이 그걸 솥에 넣고 끓였다. 열이 닿자 기름은 금세 녹아내렸고 누린내 나는 검은 연기를 피웠다. 영보와 박연이 창호지 위에 녹은 기름을 부어 맑게 걸러낸 후, 다시 소량의 양잿물과 녹두분을 섞었다. 하지만 우유나 오줌과는 비교할 수 없을 만큼 냄새가 고약해서 향수 몇 방울을 떨어뜨리고 굳기를 기다렸다. 예상대로 고래 기름으로 만든 비루는 신문물 궤짝에서 나온 것과 흡사한 모양이 되어갔다. 코길이가 먹어버린 비루에 비해 향수를 넣은 신품에서는 은은한 꽃향기까지 피어올라 더욱 만족스러웠다. 이 한 장의 비루 대용품을 만들기까지 검역소의 모든 식구가 하루를 허비해 어느덧 석양이 깃들기 시작했다. 나는 완성된 비루 위에 물에 적신 손끝을 올려보았다. 물 때문인지, 따스한 살갗 때문인지 닿은 자리가 부드럽게 밀리며 조금 녹아내렸다.

"어서 비루로 손을 씻어보시지요."

오늘 밤 함께 출타하기로 약속한 미호의 재촉에 나는 비루를 여러 번 매만지고 우물에서 퍼 올린 물에 손을 담가 문질러보았다. 그리고 거품이 일기를 바라며 열심히 손을 씻어보았지만 점점 더 미끄러운 성질만 강해질 뿐, 신문물인 비루와 같은 상쾌함이 느껴지지 않았다.

"신비루 연구는 실패다."

손을 닦는 나를 숨죽이며 지켜보던 일원의 얼굴에 안타까움이 스쳤다. 천으로 닦아내거나 털지 않았음에도 손등의 물이 크게 방울져 후두둑, 떨어져 내렸다. 또 깨끗이 씻긴 것은 분명 아니나 살갗이 눈에 띄게 부드러워지고 윤기가 흘렀다. 고래 기름 때문인 듯했다.

"나리, 나리의 손에서 향기가 납니다."

고상분이 코를 벌름거리며 향을 음미하듯 눈을 가느스름하게 떴다. 처음에 목적한 것과는 사뭇 다르지만 이 비루에도 새로운 용처가 생긴 듯했다.

"닭은 물이 이슬처럼 떨어지더니 손이 더할 나위 없이 부드러워졌다. 이를 로(露) 자에 부드러운 손(巽) 자를 써 로손이라 부르자꾸나. 그러나 이 문물과 상관없이 비루를 잃은 건 전적으로 내가 우매한 탓이었으니 임금께 거짓 없이 보고할 작정이다."

망원경을 잃었을 때, 나는 허겁지겁 다른 용처를 지어내 만앙경이라 개명한 적이 있었다. 하지만 시간이 지나며 그때의 허물이 점점 몸피를 늘려 무겁게 마음을 짓누르는 걸 피할 수 없어 늘 괴로웠다. 출셋길이 막힌다 하더라도 비루를 잃은 사건만큼은 보고하는 것이 옳은 일이라 판단했다.

고상분은 고래 기름에 더러워진 솥을 닦고 저녁쌀을 안쳤다. 미호는 내 눈치를 살피며 코길이의 똥을 치웠고 영보와 한섬, 박연이 비루를 만드느라 어지른 마당을 분주히 오가며 정리했다. 그리고 고래 기름 냄새가 밴 자기 몫의 밥과 국을 묵묵히 떠먹은 후 겸연쩍은 표정을 감추며 내일을 기약했다.

기방 창

기수영이 운영하는 기방의 이름은 창(倡)이다. 창은 보통 미치광이, 기생 또는 여자 광대라는 뜻으로 쓰이지만 여기서의 창은 어딘가로 인도한다는 의미로 지은 듯했다. 그가 인도한다는 세계는 어디일까? 염라국일까, 아니면 극락일까.

출타 채비를 하는 손끝이 떨렸다. 나는 가지고 있는 네 벌의 도포 중 가장 깨끗하고 기운 자국이 없는 걸 골라 입었다. 손과 얼굴에는 로손을 발라 윤을 내고 이 사이가 깨끗한지도 꼼꼼히 확인했다. 평소처럼 입고 행동했다가는 기방 한 번 출입한 적 없는 샌님인 게 탄로 날까 봐 두려웠다. 내 정체만 탄로 난다면야 변통의 여지가 있지만 남장 여자인 미호까지 위험에 처하게 할 수는 없었다. 나는 최대한 한량처럼 보이기 위해 애쓰며 호패를 챙겼는지 몇 번이나 확인했다. 그러고는 깨끗이 닦은 갖신을 신고 미호가 기다릴 마을 어귀로 말을 타고 달려갔다. 약속 장소에 나온 미호는 어디에서 구했는지 몸에 딱 맞는 도포와 갓을 쓰고 있었다. 언뜻 기수영처럼 예쁘장한 사내로 보였다.

"오래 기다리셨소?"

"방금 나왔습니다."

나는 도포가 익숙지 않을 미호의 손을 잡아 말에 태웠다. 여자의 것이라고 믿어지지 않을 만큼 거친 손이었다. 고작 스무 살밖에 되지 않은 처녀의 삶이 대체 얼마나 신산하였기에 손이 이토록 마디 깊고 앙상하게 변했는지 나로서는 감히 상상할 수조차 없었다.

"불쾌할 수 있겠지만 내 허리를 꼭 잡으셔야 하오. 자칫 낙상하면 큰 낭패니 말이오."

"예."

미호가 내 등허리에 바짝 다가앉아 두 팔로 허리를 끌어안았다. 야윈 몸에 풍성한 도포까지 걸쳤지만 그 안에 숨은 따뜻하고 말랑한 살덩이가 등에 닿자, 소금물 마신 코길이처럼 속이 불편해지는 건 내 쪽이었다. 미호의 품에 등을 맡긴 채 나는 숨조차 쉴 수 없이 가슴이 죄어오는 걸 느끼며 기방이 있는 감영 방향으로 말을 몰았다. 감영에서 일 리 정도 더 들어가면 큰 저잣거리가 나오고, 그 길 끝에 기방 창이 있었다. 한참을 달려 연지가 잠들어 있을 감영의 사택 앞을 지날 때는 마치 대역 죄인이라도 된 듯 가슴이 철렁 내려앉았다. 곧장 저잣거리 방향으로 말을 틀어 달리자 시끌벅적한 낮과는 사뭇 다른 적막한 거리가 펼쳐졌다. 청국의 물건을 밀매하는 위 서방의 드팀점도 불이 꺼진 채 먹먹한 어둠 속에 깊이 잠들어 있었다.

저잣거리가 끝나갈 즈음, 커다란 불덩이처럼 빛나는 기방 창이 보였다. 노랗고 붉은 사초롱 수십 개가 창호지 대신 색색의 천으로 가려진 창문에 걸려 있고, 가야금 소리며 북소리가 퉁탕거리며 흘러나왔다. 가슴이 두방망이질 쳤다. 기방 앞에 말을 세우자, 늙은 하인 한 명이 달려와 말 옆에 납작 엎드렸다. 절을 하는 것인지, 구걸을 하는 것인지 알 수 없어 멀뚱히 지켜보자 미호가 먼저 그의 등을 밟고 말에서 내렸다. 나는 하인이기는 하나 이상도 어른과 연배가 비슷한 자의 등을 밟는 일이 편치 않아 안절부절못하다 결국 반대편으로 내리고야 말았다.

"벙어리일 겝니다. 이런 일이 아니라면 연명하기 힘든 처지겠지요."

미호가 도포 속에서 엽전 한 닢을 꺼내 엎드린 하인에게 던져주었다. 그는 미호의 추측대로 벙어리인지 배시시 웃으며 고개를 조아릴 뿐 말이 없었다. 우리가 등을 돌리자 늙은 하인이 손을 더듬어 말의 고삐를 쥐고 설렁설렁 뒤꼍으로 사라졌다.

"나리, 호패를 보여주십시오."

나보다 한 자는 키가 큰 젊은 사내가 기방의 대문을 가로막고 서 있었다. 공손하게 나리라 부르고는 있지만 작자의 태도는 자못 고압적이었다. 나는 허리춤에 매어놓았던 호패를 꺼내 내밀었다. 호패는 신분에 따라 재질이 달랐는데 나처럼 하급관리의 경우에는 자작나무, 관직이 높을수록 황양목이나 녹각 등을 사용하게 했다.

"이쪽 나리도 호패를."

"내 동무일세."

사내가 미호의 호패까지 반드시 확인하겠다고 달려들면 어쩌나 걱정했지만 쥐처럼 작고 찢어진 눈의 사내는 내 등 뒤의 미호를 흘끔 쳐다볼 뿐, 그다지 의심하는 기색이 아니었다.

"드시지요, 함복배 나리."

사내가 기방의 문을 열며 고개를 숙였다. 호패에 적힌 걸 기억했다 부르는 것이겠지만, 사내의 입에서 내 이름이 흘러나오자 수백 개의 침이 한꺼번에 뒤통수에 박히는 것처럼 뜨끔거렸다.

작은 뜰을 지나자 안채로 들어가는 문이 버티고 있었다. 내가 머뭇거리는 사이 미호가 그 문을 열었다. 안은 겉보기보다 훨씬 넓었고, 소문과 달리 건전해 보였다. 작은 복도를 가운데 두고 누각처럼 네 귀퉁이에 기둥만 선 마루가 각각 다섯 개씩 마주보며 길을 터주었다. 그 아래에는 사내 대여섯 명이 각자 누각에 들어앉아 술을 마시거나 기름에 지진 누름적을 뒤적이고 있었다. 사내들은 하나같이 잔뜩 술에 취한 듯, 얼굴이 팥처럼 붉었고 몸을 흐느적거렸는데 심한 주사를 부리거나 소리를 지르는 자는 없었다. 복도의 끝에는 비단 보료가 깔려 있고 그 위에서 서른을 훌쩍 넘겼을 성싶은 늙은 기녀가 가야금을 타는 모습이 어딘가 처량해 보였다.

한참 넋을 놓고 있자니, 가야금 타는 기녀의 병풍 뒤에서 청국 복장인 치파오를 입은 여자 하나가 물에 젖은 수건을 쟁반에 받쳐 들고 걸어 나왔다. 여자는 대뜸 내 손을 끌어당겨 시원한 물

수건으로 닦아주었다. 그 손놀림이 어찌나 정성스럽고 나긋나긋하던지 하루의 피로가 일순 풀리는 느낌이었다. 여자는 단순히 손을 닦아줄 뿐인데도 가슴이 심하게 요동치며 알 수 없는 열기가 온몸을 휘감았다.

"그만, 되었소."

여자에게 더 손을 맡기다가는 술에 취해 나동그라진 누각의 사내들처럼 얼굴이 팥빛으로 변할까 두려워 나는 다급히 손을 빼냈다.

"이렇게 여자처럼 보드랍고 기름을 바른 듯 윤기 있는 손은 처음 봅니다. 나리들께선 술을 드실 텝니까? 떡을 드실 텝니까?"

우리가 기방에 온 목적은 술이나 떡이 아닌 기수영을 만나기 위함이었다.

"우리는 만날 사람이 있어 왔소. 기수……."

"떡을, 떡을 주시오."

말을 맺지 못하게 미호가 끼어들었다. 여자가 눈초리에 살풋 웃음을 담고 '그러하오면 이층으로 뫼시지요' 하며 앞서 걸었다.

"예까지 온 게 뭣 때문인데 떡을 먹자시오?"

병풍 뒤로 돌아가니 이층으로 뻗어 올라간 층계가 보였다. 나는 여자가 듣지 못하도록 목소리를 낮춰 미호를 책망했다.

"만남을 청한다고 아무나 만나줄 자가 아닙니다. 이층 어딘가에 있을 테니 제 뜻에 따라주시지요."

이층에 올라서자 시끄럽지는 않았지만 많은 사람들이 뿜어내는 열기로 숨이 턱 막혔다. 실내는 화초등 수십 개를 밝혀 대낮

만큼 밝았는데 아래층과 달리 누각 같은 것은 보이지 않고 청국에서 들여온 붉은색 탁자와 의자 수십 개가 빼곡히 들어차 있었다. 탁자에는 한 명 또는 많아야 두 명 정도의 사내들이 앉아 전병을 안주 삼아 술잔을 기울였다. 둘이라 해도 서로 마주 보고 앉는 것이 아니라 한 방향으로 나란히 앉아 대화도 없이 술만 들이켜는 모습이 기괴하게 느껴졌다.

그들이 향한 방향은 한가운데 호화롭게 꾸민 연못이었다. 연못은 쇠를 녹여 만들었는지 커다랗고 네모진 가마솥처럼 생겼는데 그 안에는 멀리서도 코를 벌렁이게 하는 향기 나는 물이 출렁였다. 물 위에는 붉은 꽃과 비단 조각, 자개로 수놓은 견고한 조각배 몇 척이 떠다녔다. 실내에 연못이 있는 것도 신기했지만 무엇보다 그 연못의 한가운데에 섬처럼 성인 두어 명이 설 만한 편평한 마루가 놓인 게 이채로웠다. 마루에는 붉은 혀까지 산짐승처럼 빼문 곰의 가죽이 깔려 있고, 금칠을 한 의자가 주인 없이 놓여 있었다.

"처음 뵙는 분들이십니다. 향이 인사 올립니다."

우리를 이층으로 데려온 치파오 입은 여자가 어디론가 사라지자 이번에는 긴 머리를 풀어 헤친 앳된 여자가 나타나 인사를 건넸다. 풀어 헤친 머리에는 산호로 만든 떨잠과 밀화가 장식으로 얹혀 있었다. 특이한 것은 기방에서 일하면서도 여염집 처녀처럼 다홍빛 장옷을 걸친 것인데, 인사를 하며 벌어진 틈새로 설핏 맨살이 드러났다. 나는 시선을 어디에 둬야 할지 몰라 당황하면서도 어설프게 행동했다가는 놀림감이 될지도 모른다는 생각에 짐짓 태연한 척했다.

"나리는 무슨 땀을 그리 흘리십니까?"

여자가 빈 탁자에 의자를 빼서 자리를 만들어주며 내게 말을 붙였다. 표정이야 감출 수 있다 해도 흐르는 땀은 어쩔 수 없는 노릇이다.

"언제쯤 떡을 맛볼 수 있는가?"

남장을 한 미호가 굵고 낮은 목소리를 지어내 임기응변을 했다. 저녁을 배불리 먹은 터라 떡 생각은 손톱만치도 들지 않았는데 미호는 여자를 재촉했다.

"보기보다 호탕한 선비님들이시군요. 잔치를 해야 떡을 맛볼 수 있으니 조금만 더 기다리시지요. 한 자리만 더 채워지면 잔치가 시작됩니다."

우리가 연못을 향해 나란히 앉자 여자가 시선을 가로막고 서서 야릇한 미소를 짓더니 불쑥 장옷을 펼쳤다. 장옷 속에 속곳도 걸치지 않은 희고 풍만한 여체가 희롱하듯 눈길을 휘어잡았다. 여자가 유일하게 걸친 것이라고는 허리춤에 걸린 향낭뿐인데, 그건 단옷날 위 서방의 점포에서 기수영이 사 간 것과 같았다. 여자의 알몸을 실제로 본 건 이미 불귀의 객이 된 이단분 이후로 처음인 터라, 나는 촌뜨기처럼 작은 탄성을 지르고 말았다.

"어서 오시지요, 윤 생원 나리."

황급히 여자가 장옷을 여미고 뛰어간 곳에는 언젠가 감영에서 마주친 적이 있는 윤 생원이 서 있었다. 그는 이미 기방을 여러 차례 드나들었는지 치파오 입은 여자와 장옷 입은 여자를 양

옆구리에 끼고 자연스러운 태도로 우리 등 뒤에 앉았다.

"이제 자리가 채워졌으니 문을 걸겠습니다."

치파오 입은 여자가 윤 생원에게 속삭이고 층계를 내려갔다.

"이제 식상해."

장옷 입은 여자가 옷깃을 펼치려 하자 윤 생원이 손짓으로 여자를 물러나게 했다. 그 모양이 어찌나 능청스럽고 세련되던지, 시간을 돌릴 수만 있다면 따라 하고 싶을 지경이었다. 잠시 후, 장옷 입은 여자 몇 명이 탁자 사이를 오가며 술병과 잔, 새로운 전병을 내왔고 대낮처럼 실내를 밝힌 화초등을 끄기 시작했다.

"잔치가 시작되는가 봅니다."

연못 주위의 호롱불 몇 개만 남기고 실내가 어두워지자 미호가 숨을 죽이며 속삭였다. 나는 긴장을 풀기 위해 미호의 잔에 술을 따라주고 내 잔에도 술을 채워 들이켰다. 차가운 술이 목구멍으로 넘어가자 한여름인데도 몸에 오소소 한기가 돌았다. 그때 기수영이 나타났다. 그는 새것으로 보이는 비단 도포를 휘날리며 발이 젖는 것 따위는 괘념치 않는지 얕은 연못을 지나 섬에 올라섰다.

"오늘의 연회 제목은 동정녀(童貞女) 함락(陷落)으로 정했습니다. 부디 즐거운 잔치가 되길 앙망하나이다."

마치 들놀이 나온 선비처럼 편안하고 기분 좋은 표정의 기수영이 섬을 향한 수십 쌍의 눈동자를 둘러보며 만족스러운 미소를 지었다. 단정하고 사려 깊은 눈빛, 상냥하고 고혹적인 입술, 정갈하고 도도하게 자리 잡은 콧날, 기품 있고 우아한 걸음, 이 모든 것이 한데 어우러져 기수영이라는 제목의 그림 한 폭을 만들어낸 것 같았다. 그가 사뿐한 걸음으로 섬에서 내려오자 어디선가 거문고와 피리, 해금이 구슬픈 음색으로 연주되었다. 홀짝 또는 꿀꺽, 술이나 침을 삼키는 소리만이 넓은 실내 여기저기서 간헐적으로 들려왔다.

퉁퉁퉁, 북소리가 들리자 이층 한편에 있던 방문이 열리고 포승줄에 묶인 처녀 하나가 여자들에게 이끌려 섬으로 옮겨졌다. 재갈을 물린 것도 아닌데 처녀는 얼어붙은 듯, 신음 소리조차 흘리지 못하고 여자들의 지시에 따라 순순히 의자에 앉았다. 처녀의 행색은 기녀와는 사뭇 달랐다. 미인이라고 할 수는 없지만 곱상한 처녀의 나이는 열예닐곱 살로 보였다. 곱게 화장을 하고 빨간 댕기에 비단옷을 걸친 것도 기녀와는 달랐지만 앉음새며 두려움에 떠는 작은 동작에서조차 감출 수 없는 품위가 흘렀다.

처녀가 나온 방문이 다시 열렸다. 그 안에는 걸어 나온 자는 웃통을 벗고 속바지만 입은 사내로 얼굴에 눈구멍만 동그랗게 뚫은 복면을 뒤집어쓰고 있었다. 그는 성큼성큼 섬으로 걸어 올라가 자신과 처녀를 지켜보는 사람들을 향해 고개 숙여 인사를 했다. 그러고는 거침없이 처녀의 앞섶을 풀어 헤쳤다. 처녀는 사내의 거친 손길에 두 눈을 질끈 감고 입술이 하얘지도록 깨물며 고개를 외로 꼬았다. 사내의 손길이 어느덧 처녀의 치마에 가 닿았고 그마저도 벗겨내자 하얀 속치마와 그 아래 속곳이 드러났다. 사내는 잠시 숨을 고르는 듯, 동작을 멈추고 눈물로 범벅된 처녀의 턱에 손을 괴어 들어 올렸다. 처녀가 고개를 살래살래 저으며 조금 더 격렬하게 울음을 터뜨렸다. 사내가 손을 치켜올리더니 처녀의 볼을 세차게 내리쳤다. 붉은 손자국이 남은 처녀의 얼굴이 일그러지며 격한 오열이 터져 나왔다. 사내가 원하는 건 처녀의 격앙된 반응인 것 같았다.

순순히 자신의 몸을 맡기는 그녀가 그의 심기를 건드린 듯했다. 사내는 만족스러운지 다시 속치마를 벗기고 그 아래 속곳에까지 손을 댔다. 반라의 처녀는 생각보다 나이가 어린지 젖가슴이 남자처럼 밋밋하고 살결을 덮은 솜털이 반짝였다. 사내가 속곳을 벗겨내려 하자 그제야 처녀가 그를 향해 발길질을 했지만, 포승줄에 묶인 몸이 자유롭지 못한 탓에 바닥으로 나동그라질 뿐 그에게는 아무런 위협이 되지 못했다.

아직 소녀에 가까운 어린 처녀에게 이런 가혹한 일을 저지르다니. 부자들이 늙은 아버지에게 극진한 효도라는 이유로 열 살 전후의 어린 소녀를 데려다 수발을 들도록 하는 일이 종종 있었다. 물론 소녀가 하는 일이 노인의 등이나 긁어주고 다리나 주물러주는 데 머물지는 않는다. 어린 몸을 내맡겨 잃었던 방사 능력을 회복할 수 있게 돕는 역할, 그게 바로 뒷방애기의 임무였다. 그런 이야기조차 불쾌한 기억으로 남았는데, 눈앞에서 어린 처녀를 겁탈하는 장면을 봐야 하다니. 그다음에 벌어진 일은 실로 지옥 같은 광경이었다. 사내는 많은 사람이 보고 있는데도 아랑곳없이 도망가려는 처녀를 닭 잡는 여우처럼 날래게 달려들어 때리고 깨물더니 결국 입을 틀어막고 동정을 빼앗기에 이르렀다. 그 장면에서 눈을 질끈 감아버린 건 나와 미호뿐인 듯했다.

사내들은 마치 자신이 처녀를 겁탈한 것처럼 환호하며 감상하다 느닷없이 박수를 터뜨리고는 기분 좋게 옆 탁자의 사람들과 잔을 부딪쳤다. 끝내 혼절한 처녀는 여자들에 의해 섬 밖으로 업혀 나왔다. 이윽고 화초등이 하나둘 켜지고 사위가 다시 밝아오기 시작했다. 속상하고 불쾌한 마음에 새 술을 한 잔 따라 마시려는 찰나, 누군가 등을 손가락으로 찌르는 느낌이 들었다. 뒤를 돌아보니 윤 생원이 입가에 침을 흘리며 내게 건배를 청했다.

"안녕하셨습니까."

"이보시오. 우리는 모르는 사이외다. 여기서는 아무도 서로를 알지 못하니, 그저 술동무지요."

나는 그와 건배를 피하고 싶었다. 미호가 눈치 빠르게 나 대신 윤 생원과 잔을 부딪쳤다.

"즐깁시다그려."

윤 생원이 능글맞게 웃으며 술을 털어 넣었다. 그사이 섬에는 치파오 입은 여자가 서 있었다.

"떡값 흥정을 시작하겠습니다."

여자의 말이 끝나자 사내 몇이 손을 들었다.

"열 냥."

"난 열한 냥이오."

"그럼 난 열닷 냥."

떡값이라고 하기엔 지나치게 과한 금액이었다.

"스무 냥."

등 뒤에서 윤 생원의 목소리가 들렸다.

"나리도 떡 드시러 온 게 아니십니까?"

장옷 입은 여자가 내 잔에 술을 따르며 말을 붙였다.

"전병을 먹었더니 배가 부르오."

가져올 때와 마찬가지로 흠 없는 전병을 슬쩍 내려다본 여자가 새새거렸다.

"저는 서 냥도 괜찮습니다. 이쪽 나리가 싫으면 그쪽 분이라도."

여자가 내게서 시선을 옮겨 미호를 바라보았다. 미호의 두 볼이 술기운 때문인지 붉게 달아올랐다.

"술이나 따르고 가시게. 우린 그쪽과 볼일이 없으니."

미호의 퉁명한 목소리에 여자가 뾰로통한 표정을 지으며 미호의 술잔을 채우고는 다른 탁자로 옮겨 갔다.

"쉰 냥."

모든 사람의 시선이 맨 앞줄에 앉아 쉰 냥을 부른 사내에게 옮겨 갔다.

"더 부르실 분 안 계십니까?"

치파오를 입은 여자가 얼굴에 희색을 감추지 못했다.

"잘생긴 선비님께서 오늘 잔치의 주인이 되셨습니다."

어디선가 안타까운 탄성이 터졌다.

쉰 냥을 부른 사내가 자리에서 일어나 뒤에 앉은 낙오자들을 향해 꾸벅 인사를 했다.

"저자는!"

희희낙락하며 허리춤에서 돈뭉치를 꺼내 내미는 자는 다름 아닌 송일영이었다. 떡값이란 처녀를 사는 비용을 뜻하는 속어라는 걸 그제야 눈치챘다. 그는 셈이 끝나자 장옷 입은 여자를 따라 연못 뒤 방으로 사라졌다. 그러고는 방금 전 겁탈을 당해 혼절했던 처녀를 허리춤에 끼고 층계 쪽으로 걸어갔다.

"나는 잠시 볼일이 있으니, 기수영을 만나고 나오시오."

미호의 대답을 기다릴 겨를이 없었다. 장옷을 입은 여자들이 연못물을 작은 조롱박에 담아 탁자에 한 잔씩 돌리는 사이, 나는 송일영을 따라 층계를 내려갔다. 그가 비척거리는 처녀를 고쳐 안고 대문을 나서자 문간을 지키고 섰던 사내가 허리를 잔뜩 숙여 배웅했다.

"이 무슨 천인공노할 행동이오?"

나는 막 대문을 나서 자신의 말에 처녀를 태우는 송일영에게 일갈했다. 등 뒤에 서 있던 사내가 여차하면 달려들 태세로 내 일거수일투족을 유심히 지켜봤다. 송일영의 얼굴에 낭패의 기색이 역력했다. 연지와 정인이라는 걸 모르는 바가 아닌데, 그것도 모자라 겁탈당한 어린 처녀를 또다시 탐하려는 그의 더러운 욕정에 치가 떨렸다.

"함 소장이 나설 일이 아니오. 나중에 뵙겠소."

송일영이 늙은 하인의 등을 딛고 말에 올라타 동전 한 닢을 던져주고는 고삐를 당겼다.

"짐승만도 못하구려. 그러고도 탐관오리를 떳떳이 벌할 수 있소?"

나는 송일영을 향해 가래침을 힘껏 뱉었다. 그사이 등 뒤에 도사리고 있던 사내의 인내심도 바닥이 났다. 그는 내 팔을 꺾어

제압하고는 공깃돌처럼 바닥에 팽개쳤다. 그 모습을 지켜본 송일영은 떠나려다 말고 다시 동전 몇 닢을 사내에게 던져주었다.

"돌려보내라. 술이 과하신 탓이다. 함 소장도 당장 돌아가시오. 그리고 다시는 여기 오지 마시오. 내 말 명심해야 하오."

그를 태운 말이 내달리기 시작했다. 짚단처럼 기운 처녀의 몸이 위태롭게 흔들렸다.

"운 좋은 줄 아시오."

사내가 내 멱살을 움켜쥐고 인상을 구겼다.

"그 손 놓지 못할까?"

대문이 열리고 앙칼진 미호의 목소리가 밤거리에 쩌렁쩌렁 울렸다. 험악한 표정의 사내가 미호의 기개에 힘을 잃었는지 나를 얼른 놓아주었다. 그러고는 휘청이는 나를 세워 옷에 묻은 흙을 털어냈다.

"말에 오르시지요."

그사이 늙은 하인이 내 말을 끌고 뒤꼍에서 걸어 나와 그 아래 납작 엎드렸다. 나는 역시 그의 등을 밟을 마음이 생기지 않아 반대편에서 올라탔고, 미호만이 그의 등을 밟고 안착했다.

"복성 할배, 많이 늙으셨소."

잘못 들은 것일까? 방금 슬픈 목소리로 늙은 하인을 향해 미호가 속삭인 말에는 측은함을 넘어선 깊은 애정이 서려 있었다. 미호가 사람 좋게 웃어 보이는 그를 향해 작은 주머니를 던져주었다.

"가시지요."

말이 뛰기 시작하자 늙은 하인이 미호를 향해 고개를 숙였다.

"아는 노인네요?"

"늙어 눈도 어둡고 귀먹은 자가 사람을 구분하는 방법은 냄새지요. 사람마다 체취가 제각각이니까요."

알쏭달쏭한 대답이었다.

"기수영은 만나보았소?"

"바람 같은 사람입니다. 그자가 아직 살아 있고 거기 있다는 것을 확인했으니 일단은 그걸로 만족합니다. 곧 다시 만날 날이 올 겁니다. 소장님께 못 볼 꼴을 보인 것 같아 죄송합니다."

등이 축축하게 젖어들었다. 내게 얼굴을 기댄 미호의 얼굴도 젖었을 것이다. 여인보다 더 아름다운 사내, 기수영과 미호에게는 어떤 사연이 숨어 있는지 궁금했지만 더 캐물을 생각은 없었다. 달려도 달려도, 이지러진 하현달이 미호와 나를 끈질기게 따라 붙었다. 달빛과 상그러운 풀 냄새, 파도 소리가 어우러진 이 길이 기방에서 돌아오는 길만 아니었다면 참 좋았을 성싶었다.

여송화

송일영을 다시 만난 건 이튿날 오후였다. 그는 초췌한 몰골로 검역소에 돌아와 이렇다 할 말도 없이 자신의 처소로 들어가더니 밤이 이슥해지자 다시 출타했다. 송일영에게 처녀의 행방을 묻고 싶었지만 말을 섞는 것조차 불결하게 느껴져 아는 체하지 않았다. 방에서 이런저런 상념에 젖어 로손을 만지작거리고 있을 때, 영보가 헐레벌떡 뛰어 들어왔다.

"터졌습니다."

"뭐가 터졌단 말이냐?"

숨을 헐떡이느라 말을 잇지 못하는 영보가 보기 딱했다.

"살인사건 말입니다. 여 종사관 나리의 딸 여송화가 피살되었다고 합니다."

여 종사관이라면 부경사행(赴京使行)에서 근무하다 고향인 제주로 귀향한 여일재를 말했다. 그에게 딸이 있는 줄은 몰랐다.

"범인은 잡혔느냐?"

"막말로 범인이 잡혔으면 오밤중에 이렇게 달려왔겠습니까? 지난번 살인사건과 수법이 같다고 합니다. 결혼을 한 달 앞두고 알몸인 채 목이 잘려 나갔다고 합니다. 죽은 남태오의 귀신이 다시 사람을 죽이고 있는 게 아닌가 싶어 무섭습니다요."

역시 내 추측대로 남태오가 진범이 아니라는 증거였다.

"언제 범행이 일어났다더냐?"

"저녁 무렵에 시신이 화전터에서 발견됐고, 어제 늦은 시각까지 그 집 하인들이 여송화를 봤다고 합니다. 아마 밤사이 변을 당한 것 같습니다."

지난밤, 송일영은 집에 돌아오지 않았다. 그의 직분이 어사라 할지라도 돈을 주고 처녀를 살 만큼 썩어빠진 인간성이라면 그보다 더 극악무도한 짓도 얼마든지 벌일 수 있을 듯했다.

"이상도 어른이 급히 부르시니, 지금 감영으로 출발하셔야겠습니다."

말에 올라탔다. 연이틀, 밤마다 출타를 한 탓에 말은 피곤한 기색이 역력했다. 하지만 이번만큼은 파렴치한 송일영의 시커먼 속을 버선 속처럼 뒤집어 보여야 했다. 지난밤 미호와 함께 달렸던 길을 다시 거슬러 감영으로 향했다. 감영 안은 비상소집된 사람들로 북적였다. 사색이 된 사또와 그가 거느린 포졸이 나를 보더니 달려 나와 손을 잡았다.

"함 소장 오셨소? 지난번 남태오가 자살한 뒤에도 끝까지 그자가 범인이 아니라고 한 사람은 함 소장뿐이라는 말을 들었습니다. 그때 조금만 더 새겨듣고 수사를 계속했더라면 이런 변은 없었을 터인데."

서른 조금 넘은 젊은 사또가 발을 굴러가며 가슴을 쳤다.

"함 소장을 설득한 사람은 나니, 그 책임도 내게 있네. 자네가 자책할 일이 아니야."

이상도 어른의 집무실이 열리자 사또와 포졸들이 고개를 숙였다.

"들게."

이상도 어른의 눈이 붉게 충혈되었다.

"소식은 들었습니다."

여간해서는 속내를 드러내지 않는 이상도 어른이 힘주어 쥔 주먹을 가볍게 떨고 있었다.

"자네, 여송화를 본 적이 있지?"

여 종사관과는 일면식조차 없는 사이였다. 그러니 그의 딸 여송화를 본 적은 더더욱 없었다.

"저는 여송화를 모릅니다."

"기억하지 못하는구먼. 남태오의 집에 찾아갔을 때, 잠시 스친 걸로 아는데."

남태오의 처가 우리를 맞기 전 방문이 잠시 열렸을 때, 아주 잠깐 눈앞에 나타났다 사라진 처녀가 기억났다. 후에 남태오의 처가 '송화는, 송화는 제 여동생입니다'라고 정체를 설명했지만 거짓이었다. 하지만 남태오의 집에 찾아간 건 나와 한섭만 알고 있는 일이었다.

"미안하게 됐네. 자네를 의심했다기보다 아픈 몸으로 변이나 당하는 건 아닌가 염려돼 심복을 붙였네. 이해하게."

그런 줄은 꿈에도 모르고 있었다. 그날은 아픈 허리와 송일영에 대한 의심 때문에 주위를 살필 여력이 없었다.

"이해합니다. 그렇다면 남태오와 여송화가 이미 친분이 있었다는 뜻인데, 남태오의 처부터 잡아들여야겠습니다."

"늦었네. 남태오의 처가 오늘 아침 대들보에 목을 매 숨졌네. 자고 일어나 그 꼴을 본 딸이 젖먹이 동생을 업고 나타나 신고했다네."

사건을 푸는 데 결정적 증거를 가진 사람이 모두 죽었다니, 낭패였다.

"남태오의 딸이라도 만나봐야겠습니다. 지금 어디 있습니까?"

"연지가 데리고 있네. 많이 놀랐는지 아무도 만나려 들지 않는다네."

이상도 어른이 깊은 한숨을 내쉬었다. 하지만 남태오의 딸이 여송화를 기억하고, 범인이 그 사실을 간파하고 있다면 그 아이의 목숨까지 위태로울 수 있었다.

"꼭 남태오의 딸을 만나야겠습니다."

감영에 딸린 사택으로 걸음을 옮기자, 며칠 사이 시든 해당화가 먼저 눈에 띄었다. 겨우 꽃 몇 송이 진 것뿐인데, 밤이기 때문인지 집 안은 을씨년스러웠다. 연지의 방은 호롱불로 밝았고, 댓돌 위에는 고등어만 한 신 두 켤레가 단정히 놓여 있었다. 한 켤레는 연지의 것이고, 또 한 켤레는 남태오의 딸 것일 터다. 신의 크기가 비슷한 걸로 보아 남태오의 딸은 생각보다 어리지 않은 모양이었다.

"낭자, 함복배입니다. 잠시 뵐 것을 청합니다."

방에서는 아무 대답이 들리지 않았다. 연지의 옆모습이 호롱불이 움직일 때마다 일렁였다.

"잠시만 기다려주십시오."

연지의 그림자가 재빨리 머리를 매만지고 옷고름을 가다듬었다.

"드시지요."

방문을 열자, 정갈하게 단장한 연지가 눈물 그렁그렁한 눈으로 나를 맞았다. 언제나 당당하고 강인해 보이던 연지가 이런 연약한 모습을 보인 것은 처음이었다.

"많이 놀라셨을 게요. 남태오의 딸은 어디에 있습니까?"

연지가 대답 대신 손가락으로 아랫목의 이불을 가리켰다. 자그맣게 부푼 이불이 들썩였다.

"괜찮다. 겁낼 것 없느니라. 좋은 나리시다."

연지가 남태오의 딸을 달랬지만 이불은 꿈쩍도 하지 않았다. 그러나 이불 속이 갑갑했는지 곧 먹먹한 갓난아기의 울음소리가 터져 나왔다. 아기가 울자 할 수 없이 우는 제 동생을 달래기 위해 남태오의 딸이 이불을 걷었다. 갓난쟁이 동생이 있는 것치고 남태오의 딸은 뒤태에서 처녀티가 풍겼다.

"함복배 나리시다. 고개를 돌려 인사 올리거라."

등을 돌리고 아기를 달래던 남태오의 딸이 천천히 몸을 돌려 나를 바라보았다.

"남, 태 자, 오 자의 딸 인해라고 하옵니다."

남인해라고 자신을 소개한 처녀는 지난밤, 기방 창에서 복면 쓴 사내에게 겁탈당한 처녀였다. 아직도 그녀의 왼쪽 뺨에는 사내에게 맞은 자리가 벌겋게 부어 있었다. 그녀는 나를 알아보지 못하는 눈치였다.

"양친을 잃은 시름이 얼마나 깊겠소. 허나, 반드시 범인을 색출하여 엄벌할 터이니, 내게 아는 것을 소상히 말해보구려."

젖을 줄 어머니가 죽었다는 걸 알 리 없는 아기가 도통 울음을 그칠 줄 몰랐다.

"유모는 아직 못 구했느냐?"

연지가 방문을 열고 여종을 불렀다.

"구해서 방금 도착했으나 쌍둥이의 어미라 젖이 흔치는 않다고 합니다."

동냥젖이나마 배불리 먹을 수 없는 아기가 가여웠다. 곧 땅딸한 부인네가 방으로 들어와 젖을 먹이기 위해 아기를 받아 안고 돌아섰다.

"여송화를 아시오?"

아무리 지우려 해도 간밤에 벌어진 동정녀 함락이 떠올라 곤혹스러웠다. 마음을 추스를 새도 없이 부모를 잃은 남인해를 위해서라도 사건에 파고드는 걸 머뭇거릴 틈이 없었다.

"소녀의 집에 드나들며 아버지에게 언문을 배운 것으로 알고 있습니다."

"허나, 어머니는 여송화를 동생으로 소개하였소. 어느 쪽이 진실이란 말이오?"

"어머니는 송화 언니를 친자매 이상으로 귀애하셨습니다. 틀린 말이 아닙니다."

"여송화는 대갓집 규수로 어머니와 친분을 쌓기는 쉽지 않았을 터, 소상히 설명해보시오."

남인해의 표정이 일그러졌다. 종구품인 남태오와 혼인한 걸 보면 남인해의 모친 또한 몰락한 양반이거나 가난한 선비 혹은 양인의 여식으로 천출은 아닐 터지만 같은 양반이라 해도 차별이 없는 것은 아니니 내 말이 자존심을 건드렸는지도 모른다.

"비록 어머니는 노비이오나 어느 대갓집 규수 못지않게 학식이 뛰어나고 교양 있는 분이셨습니다. 실제로 아버지보다 어머니께서 송화 언니의 스승을 자처하여 학문의 터전이 되신 줄로 아옵니다."

뜻밖에도 남태오의 처는 노비 출신이었다. 그런 치명적 약점을 드러내기 싫어 남인해의 표정이 일그러진 거였다. 대답을 듣자, 괜한 질문을 한 것 같아 미안한 생각이 들었다.

"여송화를 언제 마지막으로 만났으며 범인으로 지목할 만한 자는 없는지 잘 생각해보시오."

"송화 언니가 혼례를 준비하며 발길이 뜸해졌습니다. 때문에 아버지가 돌아가신 후로는 얼굴을 본 적이 없습니다. 범인이 누구인지 전혀 짐작되지 않습니다. 무례하오나 더는 묻지 말아주십시오."

남인해의 눈물을 손수건으로 닦아주는 연지의 눈가도 젖어들었다. 간밤에 겁탈을 당하고, 밤새 어머니가 자살을 한 데다 이모나 다름없는 여송화가 잔인하게 살해당한 가련한 여인에게 더 이상 질문하는 것은 유린이나 다름없었다.

"범인이 잡힐 때까지는 바깥출입을 금하시오. 그건 연지 낭자도 마찬가지입니다."

꼴딱꼴딱 젖을 삼키던 아기가 잠이 든 것 같아 목소리를 낮췄다.

"가시렵니까?"

연지에게 송일영을 조심하라는 당부를 하고 싶었지만, 두 사람이 연인 사이라면 섣부른 간섭이 화를 부를 수 있다는 판단이 들었다.

"나오지 마시오."

방문을 나서자 연지가 따라 나왔다.

"소장님, 몸 조심하셔야 합니다."

오랜만에 마주한 얼굴이었다. 달빛 아래 차갑게 빛나는 연지의 얼굴에 두려움과 걱정이 옅은 그늘을 만들고 있었다.

"내 걱정은 마시오. 부디 당부나 잊지 마시고 범인을 잡을 때까지 외출을 삼가시오. 아시겠소?"

연지가 말없이 고개를 끄덕였다. 갓 잠이 든 아기와 부모를 잃고 겁탈당한 소녀, 시든 해당화가 소리 없이 울고 있는 사택을 벗어나자 사건 따위는 모두 잊고 연지의 손목을 이끌어 바다 건너 먼 나라로 도망치고 싶어졌다. 그게 왜국이어도, 화란이어도 상관없을 것 같았다. 외국에서 벗을 사귀고 말을 배우며 평생을 연지와 동무로 지낸다 하더라도 함께하고 싶은 마음뿐이었다. 내 답답한 속내처럼 초승달마저 구름이 가려 그림자조차 보이지 않는 밤이 깊어갔다.

기수영

사건은 해결될 기미가 보이지 않았다. 검역소의 업무를 봐야
마땅하겠지만 통 일이 손에 잡히지 않았다. 제주는 곰비임비 일
어난 처녀 살인사건으로 초저녁만 돼도 인적이 끊겼다. 혼례를
앞둔 처녀만 죽인다는 소문이 돌자, 과년한 처녀들의 혼사도 기
약 없이 미뤄져 원성이 커져갔다.

기방에 다녀온 후부터 미호는 말수가 적어졌다. 눈치 빠른 코
길이는 미호의 표정을 살피고는 긴 코를 들어 올려 쓰다듬듯 그
녀의 어깨를 감싸기도 했다. 송일영은 내내 집에 돌아오지 않았
고, 그의 행방을 아는 자도 없었다. 이상도 어른의 허락을 받아
송일영의 봇짐을 뒤졌지만 버선 몇 켤레와 약간의 여비, 질 좋은
두루마기 두 벌과 속바지 정도밖에 찾아낼 수 없었다. 가장 범
인으로 의심되는 송일영의 수배령을 요청했지만 이상도 어른은
고개를 저었다. 아무런 물증도 없이 암행어사를 취조할 수 없다

는 이유였다. 그를 체포하려거든 확실한 증거를 가지고 와야 한다는 뜻이었다. 하지만 차마 송일영이 거금을 주고 겁탈당한 남인해를 샀다는 것만큼은 털어놓을 수 없었다. 여자를 매수한 일은 이번 사건과 직접적인 연관이 없을뿐더러, 기방에 드나든 사실을 고백할 용기도 없었다. 송일영이 계속 나타나지 않으면 그를 찾기 위해서라도 다시 한 번 기방에 찾아갈 마음을 품었을 때, 뜻밖의 손님이 검역소에 찾아왔다.

코길이가 망쳐놓은 이웃의 채마밭을 대신 매주기 위해 미호가 외출한 어느 무더운 오후, 바람결에 짙은 사향 냄새가 풍겨왔다. 그때 나는 박연, 한섭, 영보와 함께 궤짝에서 언문 중 'ㄱ'자 모양의 신문물을 검역하던 참이었다. 기분이 야릇해지는 향내에 고개를 돌렸을 때, 기수영이 있었다. 그는 백옥같이 빛나는 얼굴에 함박웃음을 머금은 채 코길이의 코를 쓰다듬고 있었다.

"소문으로만 듣던 코길이군요. 상상했던 것보다 잘생겼는걸요."

어정어정 그에게 다가가자 인사도 없이 기수영이 말을 붙였다.

"무슨 용건으로 찾아오셨습니까?"

기수영이 빙그레 웃었다. 빈틈없이 꼭 들어찬 잇속이 보기 좋은 웃음이었다.

"코길이를 구경하러 왔지요. 게다가 구면이지요?"

그 많은 사람 중에서 나를 기억한다는 건 놀라운 일이었다. 행여 내가 기방에 드나든 사실을 다른 사람들 앞에서 발설이라도 할까 겁이 나서 방으로 들기를 권했다. 나를 따라 신을 벗고 방에 들어온 기수영이 우아하게 도포 자락을 펼치고 마주 앉았다. 긴 속눈썹 아래로 흑돌처럼 새카만 눈동자가 내 속을 꿰뚫어 보기라도 하듯 그윽하게 응시하자 말문이 턱 막히고 말았다. 고상분이 참외 몇 쪽과 매실차를 들여놓고 나갈 때까지, 나는 기수영에게 눈빛 하나만으로 제압당해 어쩔 줄 모르고 있었다.

"현판을 보니 신문물검역소라고 쓰였던데, 무슨 일을 하는 기관인지요?"

기수영이 먼저 입을 뗐다.

"서양에서 들어온 신문물, 그리고 함께 따라왔을지 모를 전염병을 검역해 임금께 보고하는 기관입니다."

"아주 흥미로운 임무를 수행하고 계셨군요. 몰라봬서 죄송합니다."

"그런데 무슨 용무로 오셨습니까?"

기수영이 선웃음을 지었다.

"왜 다시 안 오시는지 궁금했습니다."

그는 좌우가 완벽한 대칭을 이루는 얼굴이었다. 작은 점이나 얽은 자국 하나 없이 화장을 한 듯 고운 피부에 이목구비가 그린 듯 또렷해 사내지만 방금 미인도에서 걸어 나온 여인처럼 아름다웠다.

"바쁜 일이 많았습니다."

애써 태연한 척하며 찾아낸 구실이 겨우 바쁘다는 것이었다.

"그날도 진짜 흥겨운 잔치는 놓치고 가셨더군요. 혹시 동정녀 함락이 지루하셨다면 그보다 더 즐거운 잔치가 얼마든지 있습니다."

남인해의 겁에 질린 얼굴이 눈앞에 아른거렸다. 다시 생각해도 구역질이 나는 장면이지 즐거운 잔치라 포장할 수 없는 기억이었다. 그의 아름다움에 매료됐다는 사실을 부인할 수는 없지만 더러운 욕정을 해소하는 음란한 장소의 주인이라는 점은 여전히 역겨웠다.

"이만 돌아가주시지요. 업무가 밀렸습니다."

"방해가 되었다면 죄송합니다. 미호가 돌아오면 오늘 밤 다시한 번 기방에 들러달라고 전해주십시오. 원하는 걸 줄 수 있다고 말씀하시면 알 겁니다. 그리고 선비님도 꼭 동행해주세요. 송일영이라는 선달이 오늘 밤 모든 손님에게 술을 사겠다고 약조했습니다. 아주 드문 잔치지요."

꼭꼭 숨어버린 송일영이 기방에 출입하고 있을 거라는 생각은 전혀 하지 못했다. 그를 만나기만 한다면 확증을 찾아낼 수도 있을지 모른다는 희망이 생겼다.

"알겠소. 그리 전하겠소, 선생."

"저는 소장님이 썩 마음에 듭니다. 착하고 의로운 사람이라는 걸 단번에 눈치챘지요. 수십 명의 사내들 중에서 그날의 잔치를 즐기지 않는 유일한 사람이었으니까요. 다음부터는 나를 선생이라 부르지 마세요. 그냥 수영이라고 불러주는 편이 좋겠습니다."

기수영의 부드러운 손이 재빨리 내게 뻗어와 머뭇거리는 손을 잡아끌어 자신의 가슴께에 갖다 댔다. 풍성한 옷자락 아래로 봉긋한 가슴이 느껴졌다. 그건 사내의 가슴이 아니었다. 말을 타는 동안 내 등에 바짝 붙어 앉은 미호의 가슴보다 훨씬 육감적으로 느껴질 만큼 탐스러운 진짜 여인의 젖가슴이었다. 반사적으로 그의 가슴을 밀쳐내고 간단없이 떨리는 손을 거둬들였지만 몸이 사시나무 떨 듯했다. 기수영이 배웅을 사절하며 자리에서 일어섰다. 그러고는 숨이 막힐 지경으로 짙은 향내만 남기고 가벼우나 경망스럽지 않은 발걸음으로 문을 나섰다. 여자인지 남자인지 도무지 분간되지 않는 자, 기수영은 매화와 노루가 새겨진 화려한 가마를 타고 천천히 흐르는 구름처럼 멀어져갔다.

미호가 돌아오자 방으로 불러 기수영이 다녀간 사실을 털어놓았다.

"소장님, 한 번만 더 기방에 다녀오게 해주십시오. 부탁입니다."

"그리 부탁하지 않아도 다녀올 셈이네. 내게도 용무가 생겼으니까."

불안한지 손톱을 자근자근 물어뜯는 미호의 거친 손등이 애처로웠다.

"같은 시각, 같은 장소에서 뵙겠습니다."

"궁금한 게 있소."

막 방을 나가려던 미호를 말로 붙잡았다.

"말씀하시지요."

"기수영이라는 자의 성별이 대체 뭐요?"

잠시 머뭇거리던 미호가 다시 손톱을 자근거렸다.

"그자는 어지자지입니다. 여자인 동시에 남자지만, 그 어느

쪽에도 속하지 않는 요물이지요."

미호가 말을 마치고 황급히 방을 나섰다. 어지자지란 남녀추니라고도 불리는 희귀한 종류의 사람을 일컫는다. 그들은 태어날 때부터 남자와 여자의 성기가 한데 붙어 있다고 했다. 대부분은 성격이나 외모에 따라 여자 또는 남자를 택해 살아가지만 기수영처럼 양성의 매력을 모두 갖춘 자는 보기 드물다. 조선뿐 아니라 청국이나 왜국의 문헌에도 야사처럼 단 한두 줄 정도 남아 있을 만큼 드문 존재인 탓에 실제로 만난다는 건 머리 위로 유성이 떨어지는 것만큼이나 낮은 확률이었다. 여자의 유방과 성기 그리고 남자의 남근을 동시에 가진 사람과 마주했다는 사실이 믿어지지 않았다.

"다녀가신 선비는 뉘십니까? 대단한 미남자시던데."

영보가 홀린 듯, 기수영에 대해 물었다.

"알 것 없다. 그나저나 이 신문물의 용처는 파악했느냐?"

어차피 오늘 밤 다시 만나야 하지만 그때까지만이라도 기수영을 잊고 싶었다. 부러 화제를 신문물로 돌리고 꼼꼼히 살피는 척했다. 'ㄱ'자 모양의 신문물은 크기에 비해 무게가 꽤 나갔고, 끝의 한 부분에는 동그란 구멍이 뚫려 있는데 안을 들여다보니 끝이 막혀 있는 듯 빛이 깃들지 않았다.

"아무래도 조총을 줄여놓은 것 같은 모양입니다."

한섭이 말한 대로 신문물은 조총을 닮아 있었다. 조총은 임진왜란 당시 화염을 쏘는 무기로 사용되었다. 하지만 이 신문물보다 주둥이 부분이 훨씬 길고 혼자서는 들기 벅찰 만큼 무거웠다고 전해진다. 무엇보다 조총과 다른 점이라면 불을 붙이는 심지가 보이지 않았다. 대신 손가락 한 마디만 한 쇠 돌기가 솟아올라 있었는데 불이 붙을 것 같지는 않았다. 이것이 조총이라면 크기가 작을 뿐, 대단한 신문물이라 할 수 없었다. 조총의 파괴력이 높은 건 사실이지만 활보다 사정거리가 짧고, 그걸 다룰 줄 아는 사람도 많지 않아 곧 외면받은 비운의 무기다.

"조총보다는 짧지만 확실히 모양이 닮은 건 사실이구나."

"조총은 철갑 옷도 뚫는다는데 이건 길이가 한 뼘을 조금 넘으니 그 위력이 조총만 못하겠습니다. 한번 실험해볼까요?"

실험을 해보고 싶기는 했지만 위험한 살상무기를 함부로 다룰 수는 없었다. 감영에 보고를 하고 허락을 받은 뒤 인적이 뜸한 곳에 가서 한다면 모를까, 당장은 연구를 계속할 수 없었다.

"위험합니다. 잘못하면 시체가 됩니다. 전쟁은 나쁩니다."

"박연 선생의 말씀이 옳다. 이게 진짜 조총의 축소형이라면 뜻하지 않게 생명을 잃을 수도 있다. 적법한 절차를 거쳐 차일에 실험을 하는 걸로 매듭짓자꾸나. 그때까지 궤짝에 넣어두어라."

연지의 안부가 궁금할뿐더러 사건의 진척 사항도 확인할 겸 감영에 들르고 싶었으나, 오늘 밤은 기방에 가야 하므로 마음을 접고 고상분에게 이른 저녁상을 준비하라고 일렀다. 고상분이 국물과 양념이 넘치는 찬기를 아슬아슬하게 들고 들어오자, 박연이 자리에서 벌떡 일어나 상을 받았다. 근래 들어 고상분의 음식 솜씨가 형편없어졌다. 밥에 섞은 설익은 옥수수가 입안에서 휘휘 겉돌았고 간혹 돌이 씹히기도 했다. 심심하게 무친 푸성귀에서 풋내가 났고, 여름 배추로 담근 백김치는 맛이 지리고 썼다. 오직 박연만이 고상분의 무성의한 밥상 앞에서 쩝쩝 입맛을 다시며 그릇을 비웠다.

의관을 정대하고 지난번 미호와 만났던 마을 어귀의 느티나무 아래로 말을 달렸다. 미호가 말없이 올라타 내 허리를 감아 안았다. 그새 달이 기울어 그믐이 된 터라, 어둠 속에서 겁 많은 말은 몇 번이고 걸음을 멈추며 불안한 울음소리를 내질렀다.

"소장님, 기수영은 사람이 아닙니다."

긴 잠에서 깨어나 물을 찾는 사람처럼 미호의 목소리는 깊이 잠겨 있었다.

"사람이 아니면 귀신이라도 된단 말이오?"

"사람의 도리를 저버렸으니 귀신이지요. 그중에서도 가장 고약한 악귀지요."

미호의 단단한 두 팔이 내 허리를 강하게 죄어왔다. 말에서 떨어지지 않기 위함보다는 급작스레 나타난 천적 앞에 의지할 곳을 찾는 어린 짐승 같은 동작이었다. 바람결에 바다 비린내가 풍겨왔다. 생각해보면 미호에게서는 아무런 냄새도 나지 않았다. 연지에게서 늘 은은한 청포 향이 배어났고, 기방의 여자들은 암내처럼 진한 사향내를 풍겼지만 미호는 이른 새벽 길어 올린 정화수처럼 색깔도 향내도 없이 고요하고 낫낫하기만 했다. 어쩌면 지난번 기방에 들렀을 때, 늙은 하인은 그걸로 미호를 알아챘는지도 모른다. 그녀처럼 향취가 없는 사람은 드무니까. 기방에서 돌아온 후 미호는 늘 깊은 상념에 잠겨 코길이 외에는 눈을 맞추고 입을 터 대화를 나누는 사람이 없었다. 진짜 귀신처럼 변해가고 있는 건 그녀였다. 처음 보았을 때의 꺽지고 매혹적인 인상은 사라지고, 이렇게 점점 희미해지다 언젠가 공기 속으로 사라져버릴 것만 같았다.

어둠을 가르고 기방에 도착했을 때, 늙은 하인이 잰걸음으로 뛰어나와 말 앞에 엎드렸다. 이번에는 내가 먼저 그의 등을 밟고 말에서 내려 미호의 손을 잡아주었다. 한여름인데도 손등이 벌겋게 툭툭 터진 작고 가뭇한 손이었다. 나는 빙그레 미소 짓는 늙은 하인에게 염낭을 열어 한 냥을 쥐어주었다. 그리고 집을 나오기 전 갈무리해둔 종이에 싼 로손을 꺼냈다. 진작부터 미호에게 전해주고 싶은 물건이었다.

"향도 좋지만 거친 손을 달래는 데는 로손이 그만입니다."

기방을 향해 선걸음을 딛던 미호가 고개를 돌려 나와 로손을 번갈아 쳐다보았다.

"귀한 물건이니 받을 수 없습니다."

어쩐지 오늘 밤이 아니면 그걸 전할 길이 막막할 것 같은 예감이었다. 종이를 펼쳐 로손을 조금 떼어냈다. 밤공기 사이로 로손의 향이 퍼져 나갔다. 나는 도포 아래 숨은 미호의 손등을 끌어당겨 튼 살 위에 고르게 펴 발라주었다.

"고맙습니다. 소장님의 어진 마음 잊지 않겠사옵니다."

미호의 코끝이 발그름해지는가 싶더니, 이내 대찬 표정으로 이를 앙다물고 대문을 향해 앞장섰다. 문을 지키는 사내가 이번에는 우리를 보고도 고개 숙여 정중히 인사할 뿐 호패를 검사하려 들지 않았다. 사내가 열어준 대문으로 들어서자 일층은 텅 비어 있었다. 취객도 늙은 기생도 없을뿐더러 치파오를 입은 여자도 눈에 띄지 않았다. 이층에서 대금 소리가 들렸지만 사람의 목소리는 섞이지 않았다. 어쩌면 잔치가 벌써 시작됐는지도 모른다. 송일영이 술을 산다는 소문에 어중이떠중이까지 몰려들어 앉을 자리를 놓친 건 아닌가 걱정하며 우리는 이층으로 향했다.

예상대로 탁자는 만원이었다. 뒤늦게 우리를 발견한 치파오를 입은 여자가 반색을 하고 뛰어와 젖은 수건으로 손을 닦아주려고 했다.

"이번에는 되었소."

처음 여자에게 손을 맡겼을 때 느꼈던 야릇함을 다시 경험하고 싶지 않았다. 여자가 샐쭉한 표정을 짓고는 장옷 걸친 여자를 불렀다.

"향아, 두 나리를 거기로 모셔라."

장옷 걸친 여자가 탁자 사이를 지나 연못과 가장 가까운 자리로 우리를 안내했다.

"기 서방님이 두 분 앞으로 예약해두신 자리입니다."

여자가 탁자 앞에서 장옷을 펼칠 자세를 취했지만 나는 지난번 윤 생원이 그랬던 것처럼, 손짓으로 거절의 뜻을 표했다. 어느덧 구슬프게 울리던 대금 소리가 끊겼다. 연못 뒤 방문이 열리고 대금을 든 사내가 걸어 나왔다. 옅은 미소를 띠고 손님을 향해 가벼운 목례를 하며 연못 가운데 섬으로 사뿐히 뛰어 올라갔다. 송일영이었다.

"저는 한양에서 내려온 송일영이라고 합니다. 유람 삼아 내려온 제주에서 이런 별천지를 만나게 되다니, 아직도 꿈만 같습니다. 이런 천국으로 저를 이끌어준 벗들에게 감사의 인사를 드리고자 이 자리에 섰습니다. 모쪼록 달콤한 떡을 안주 삼아 향기로운 술에 취해봅시다."

인사를 마친 송일영의 눈이 나와 마주치는 걸 느꼈다. 허허허, 큰 소리로 웃고는 있지만 긴장한 기색이 역력한 눈빛이었다. 그가 섬에서 내려가자 연못 주위로 다리속곳만 걸친 반라의 여자 다섯이 가야금을 들고 방에서 걸어 나왔다. 여자들의 입술이 매화처럼 붉었다.

연주가 시작되자 이번에는 같은 차림의 여자 수십 명이 방에서 걸어 나왔다. 그녀들이 줄을 지어 연못 앞에 늘어서자, 치파오를 입은 여자가 요강보다 조금 큰 항아리를 들고 섬으로 올라갔다. 줄의 맨 앞에 선 여자가 연못을 지나 섬에 오르자 치파오를 입은 여자가 항아리의 뚜껑을 열고 작은 표주박에 내용물을 떠 살에 끼얹었다. 끈적이는 물을 뒤집어쓴 여자가 연못을 벗어나 바닥에 놓인 술병 하나를 집어 들고 탁자에 앉아 넋을 놓은 한 사내에게 다가갔다. 여자는 사내의 옆, 빈 의자에 앉는 것이 아니라 탁자 위에 올라앉아 사내의 무릎에 자신의 맨발을 올려놓았다. 그러고는 술병을 나발처럼 들어 올려 자신의 입을 가득 채웠다. 몸에 끈적이는 물을 바른 다른 여자들도 부러 느린 걸음으로 탁자 사이를 가로질러 저마다 빈자리에 올라앉았다.

"……시면 안 됩니다."

미호가 귓가에 무어라 속삭였지만 가야금 소리에 묻혀 잘 들리지 않았다. 무슨 말인지 다시 되물으려 했지만 우리 탁자 앞에도 끈적이는 물을 바른 여자가 올라앉아 입안에 술을 채우고 있었다. 여기저기에서 탐욕의 소리가 들려왔다. 탁자에 올라앉은 여자의 뒤로 송일영이 두 눈을 홉뜨고 나를 바라보는 게 엿보였다. 그사이 여자의 팔이 내 목을 휘어 감았다. 짙은 사향내와 달큰한 꿀 냄새가 뒤섞인 체취였다. 그리고 뿌리칠 틈도 없이 여자의 진홍빛 입술이 내 입술을 덮었다. 태어나서 처음으로 여자와 입을 맞춘 순간이었다.

수없이 많은 밤, 연지와 달빛 아래서 입을 맞추는 상상을 했지만 여자의 입술은 공상 속 연지의 입술만큼 따뜻하지도 보드랍지도 않았다. 어쩌면 다시는 예전의 당당한 모습으로 연지 앞에 설수 없을 거라는 생각에 마음이 무거웠다. 하지만 여자는 우악스럽게 휘어감은 팔을 풀어줄 기색 없이 내 입술을 혀로 벌리고 시큼한 혀를 밀어 넣으며 입안 가득 담긴 술을 천천히 넘겨 보냈다. 뜨겁고 쌉싸래한 술이 목구멍을 타고 넘어가기 시작하자, 옆에 앉은 미호의 손이 내 손목을 힘껏 쥐는 게 느껴졌다.

퍼뜩 조금 전 미호가 한 말이 '술을 마시면 안 됩니다'가 아니었을까, 하는 생각이 들었다. 여자의 몸에 손을 대는 일만큼은 피하고 싶었으나 상황을 모면할 방법이 없었다. 두 손을 펼쳐 여자를 힘껏 밀쳐냈다. 손에 미끈한 꿀과 살결이 닿더니, 여자가 바닥으로 나자빠졌다.

"나리, 어찌 이러십니까?"

여자가 술을 비워낸 입으로 앙칼지게 지껄였다. 그걸 본 미호의 표정이 굳어졌다. 그러나 몇 모금의 술 정도로 사리분별을 못할 만큼 주량이 적지 않았기에 나는 미호를 향해 입모양으로 걱정 말라며 안심시켰다. 미호의 표정은 여전히 굳어 있었고, 나자빠진 여자는 엉치께를 문지르며 불쾌하다는 듯 총총히 방으로 사라졌다. 다른 자리의 사내들은 소란에도 아랑곳없이 제 앞에 앉은 여자를 잔 삼아 술을 빠는 데 정신이 없었다. 그중에는 감영이나 향교에서 얼굴을 마주치거나 통성명까지 한 자도 섞여 있었다. 대부분 제주에서 이름난 유지거나 벼슬아치였다.

"제법 사내처럼 보이는군. 안고 싶을 만큼."

붉은 두루마기를 걸친 기수영이 우리가 앉은 탁자 앞으로 왔다. 미호를 바라보는 기수영의 눈빛이 맹수처럼 빛났다.

"오랜만입니다, 도꼭지님."

미호도 기수영의 기세에 꺾이지 않았다.

"먼 걸음 했는데, 여기서 회포를 풀 순 없지. 안 그런가? 나리께 실례가 되지 않는다면 미호와 잠시 이야기를 나누어도 괜찮겠습니까?"

기수영이 미호의 턱을 부드럽게 받쳐 들었다.

"소장님, 제가 돌아올 때까지 기다려주십시오. 먼저 가시면 아니 되옵니다."

미호가 기수영의 손을 손등으로 쳐내고는 의자에서 일어나 작고 애달픈 목소리로 외쳤다.

"약속하리다. 예서 기다리겠소."

"다시는 못 만날 사람들처럼 말씀하시는구려."

기수영이 강샘하듯 미호를 흘겨보며 먼저 방으로 향했다. 그 뒤를 따르는 미호의 어깨가 유난히 가냘프게 느껴졌다. 그 뒷모습을 일별하고 나니 술에 취한 것처럼 머리가 어지럽고 속이 메스꺼웠다.

"술이 더 필요하신 분은 이리로 나오시지요."

치파오를 입은 여자가 섬 위에 올라 목청을 돋웠다. 그녀 역시 술에 취한 듯 서 있기조차 힘들어 보였다. 만취한 사내 몇이 휘적휘적 연못을 향해 걸어 나가더니 도포 자락을 들추고 여자의 발치에 돈을 던졌다. 적게 잡아도 쉰 냥은 됨 직한 거금이었다. 장옷 입은 여자들이 술병을 옆구리에 끼고 나와 중심을 잡지 못해 흐느적거리는 사내들을 부축해 자리로 인도했다.

"술이 필요하거든 돈을 가져오시오. 돈이 없으면 그걸 내놓으시던가."

코가 땅에 닿을 지경으로 술에 취해 바닥에 주저앉은 자가 엉금엉금 무릎걸음으로 연못을 건너 섬에 서 있는 여자의 치맛자락을 붙잡았다.

"정녕 그걸 주면 술을 내놓겠소?"

"얼마든지요."

여자의 웃음소리가 기방 안을 유령처럼 떠돌았다. 송일영을 찾고 싶었지만 기방 어디에도 그의 모습은 보이지 않았다. 기수영을 따라 방에 들어간 미호 역시 돌아오지 않았다. 여자의 치맛

자락을 붙잡고 구걸하듯 술을 찾던 사내는 종이에 무어라 글을 적고는 새 술병을 넘겨받아 조갈 난 사람처럼 단숨에 들이켰다. 그 모습을 지켜보는데 난데없이 졸음이 쏟아졌다. 묵지근한 머리가 어지럽고 눈꺼풀이 무거워 뜰 수가 없었다. 술과 여자에 취한 사내들이 내지르는 고함 소리가 점점 멀어졌다. 어디선가 여자의 비명 소리가 들리는 것 같았지만 이미 의식은 긴 날숨을 내쉬고 수면 아래로 가라앉는 고래처럼 차갑고 어두운 어딘가를 향해 간단없이 곤두박질치고 있었다.

전쟁

"나리, 해장하셔야지요."

잠을 깨운 건 고상분의 목소리가 아닌 지독한 두통과 구역질이었다.

"내가 어젯밤 어찌 돌아왔느냐?"

망건과 탕건이 머리에서 벗겨져 윗목에 나뒹굴었다. 고상분이 밥상을 들고 와 내려놓으며 긴 한숨을 내쉬었다.

"어젯밤이 아니라 오늘 아침에 오셨습니다. 눈이 쥐처럼 찢어지고 험악하게 생긴 사내가 제 허리에 나리를 끈으로 묶어 말을 타고 왔습지요. 어찌나 취하셨는지, 방으로 모실 때까지 몇 번이나 넘어진 줄 아세요? 우선 국부터 훌훌 드시지요."

그러고 보니 무릎과 지난번 낙마했을 때 다친 허리가 욱신거렸다. 입은 썼지만 황태를 넣어 끓인 맑은국을 들이켜자 쓰리던 속이 풀리는 느낌이었다.

"미호란 년은 지난밤 팽이처럼 기어 나가서 아직까지 감감무소식입니다. 할 수 없이 제가 코길이 먹이를 줘봤지만 사람을 가리는지 입도 대지 않습니다. 돌아오면 아주 요절을 내주십시오."

미호를 잊고 있었다. 어젯밤 기수영과 방으로 사라지고 얼마 지나지 않아 정신을 잃은 것이 기억났다. 돌아올 때까지 기다려달라던 애달픈 미호의 목소리가 귓전에 생생했다.

"박연 선생 방에서 연지 아씨가 기다리니 다 드시거든 그리로 오시지요."

미호를 찾으러 당장이라도 기방에 달려가고 싶었지만 낮에는 굳게 닫히는 문이니 열어주지 않을 게 뻔했다. 답답한 마음에 고개를 돌려보니 어제는 보지 못했던 버선 몇 켤레가 눈에 띄었다.

"나리의 터진 버선을 미호가 꿰매놓은 모양입니다. 그런 일이나마 손을 덜어줘서 좋았는데 그도 글러먹은 건 아닌가 싶습니다. 고년, 어디서 조반은 얻어먹었는지 모르겠네요."

내심 미호가 마음에 걸리는 듯 고상분의 목소리에 쓸쓸함이 배어났다. 고상분이 나가자 나는 숟가락을 내려놓고 미호가 꿰맸다는 버선을 끌어당겼다. 뭔가 서걱서걱하는 소리가 버선에서 들려왔다. 그중 소리가 나는 한 켤레를 들어보니 네 귀가 딱 들어맞게 접은 서찰이 들어 있었다.

함복배 소장님 전상서

함복배 소장님께 작별의 인사를 드리고자 하찮게 배운 언문으로나마 이렇게 편지를 올립니다. 오늘 야행이 소장님과의 마지막이 될 거란 생각만으로도 소녀의 마음은 전쟁 통에 부모를 잃고 저잣거리에 내몰린 아홉 살 어린아이로 돌아간 것만 같습니다. 소장님 앞에 말로써 고하는 게 도리인 줄 아오나, 그리하면 다시 안락하고 평화로운 생활에 미련을 버리지 못하고 검역소에 주저앉을지 모른다는 생각에 해이한 마음을 다잡습니다.

학식이 짧아 그 뜻을 모두 헤아리지는 못하오나 귤화위지(橘化爲枳)라는 말이 제가 소장님을 통해 얻은 깨달음이었습니다. 흙과 물과 바람이 바뀌면 귤도 탱자가 된다 하듯 저 역시 소장님을 만나 인간이라면 마땅히 가져야 할 측은지심을 배웠습니다. 야살궂은 계집의 버릇없는 생떼를 내치지 않고 긍휼이 여기신 마음, 맡은 바 소명을 다하고 타인의 생명을 구하는 일에 사력을 아끼지 않는 열정, 아무리 미천한 자라 할지라도 업신여기지 않는 아량 앞에 소녀가 그간 모질게 먹어온 마음이 몇 번이나 무너졌는지 모릅니다.

허나, 소녀에게는 뼈를 깎아 창을 만들어서라도 넘어뜨려야 할 상대가 있습니다. 평범한 삶 앞에 갈마든 마음도 그자를 생각하면 눈앞에 불길이 치솟습니다. 짐작하셨듯이 제 철천의 원수는 기수영입니다. 기수영은 제게 새로운 삶을 열어준 은인인 동시에 인생을 송두리째 앗아간 인면수심의 악귀입니다. 싸전 앞에서 병든 꺼병이처럼 꾸벅대던 저를 기수영이 번쩍 들어 올려 무동을 태우고 생전 처음 듣는 아름다운 노래를 부르자 넋이 빠진 사람들이 엽전을 던져주던 게 아직도 생생합니다. 저는 그렇게 기수영의 무동에서 내리지 않고 무동춤을 배우며 남사당패의 일원이 되었습니다.

본래 기수영은 당파전으로 몰락한 양반가의 서출로, 집안이 풍비박산 나자 스스로 남사당패에 들어왔다고 했습니다. 타고난 미모와 빼어난 손재주로 곧 패거리 중 으뜸으로 꼽혔지요. 하지만 그 인기가 어지자지인 몸을 이용한 것임이 탄로 나자 꼭두쇠였던 인덕 어멈이 내쫓듯 청국으로 떠나보냈다고 들었습니다.

몇 해 후에 인덕 어멈이 죽자 다시 돌아온 기수영은 제 어머니의 유품을 빼앗고 매질을 일삼는가 하면 헤픈 씀씀이로 패거리의 신임을 얻기도 했습니다. 그 시절을 생각하면 매일이 꽃피고 새 우는 춘삼월이었고, 춤추고 노래하는 호시절이었습니다. 우리는 생전 처음 보는 비단옷에 갖신을 신고 귀하다는 청국의 사향 주머니를 하나씩 얻어 찼습니다. 어른들은 버나를 돌리거나 어름을 놀지 않아도 매일 저녁 기름진 고기에 귀한 약주를 얻어 마실 수 있었고, 소년들의 입에서는 주전부리가 떨어지지 않았습니다. 그런 흥청망청한 생활에 모두 길들여질 무렵, 기수영은 그간 베풀었던 호의호식을 거둬들였습니다.

인물이 반반한 청년들은 남색가에게 데려가 몸을 버리게 했고, 기운이 성성한 노인은 싼값에 노로 팔아넘겼습니다. 조금이라도 반발심을 갖는 자가 생기면 그날은 술을 내주지 않았는데 신기하게도 그 술을 마시지 않은 날이면 사람들은 제 머리를 쥐어뜯거나 진창을 구르며 괴로워했습니다. 그건 성곤 아저씨나 복성 할배도 마찬가지였습니다. 그중 성곤 아저씨는 제가 이질에 걸려 사경을 헤맸을 때, 장지를 칼로 베어 그 피를 흘려 넣어 살려 냈고 뭇 사내들이 희롱을 걸면 마주 나와 드잡이도 서슴지 않는 아비 같은 분이셨습니다. 기수영이 저를 뒷방애기로 팔아 넘기려 하자 성곤 아저씨는 저를 업고 야반도주를 감행했고, 십리도 가지 못해 기수영의 수족에게 붙잡혀 제가 보는 앞에서 뭇매를 맞아 돌아가셨습니다.

뒷방애기로 팔려간 저는 주인 영감이 이태 만에 죽자 다시 남사당패로 돌아올 수 있었습니다. 그러나 기수영은 더 이상 돈벌이가 되지 않는 남사당패를 버린 지 오래였습니다. 남은 사람이라고는 그가 준 술을 마시지 못해 자해 끝에 병신이 된 저승패 몇몇과 남창으로 끌려 다니다 몹쓸 병에 걸려 버려진 소년들이었습니다. 그들은 남사당패가 아닌 각설이가 되어 동냥으로 하루하루를 이어가며 비참한 삶이 어서 끝나기만을 손꼽고 있었습니다. 저는 남사당패의 꼭두쇠가 되어 패잔병 같은 그들을 이끌고 다시 전국을 돌며 살길을 도모했지만, 곧 온전치 못한 몸으로 무리하던 패거리 중 일부가 죽자 거미 새끼처럼 흩어질 수밖에 없었습니다. 그리고 다행스럽게도 관리의 눈에 띄어 사복시에 들어갔다 거기서 기수영과 한때 내연이었던 자로부터 그가 제주로 내려갔다는 소문을 듣게 되었습니다. 저에게 아비와 할아비를 앗아가고 어린 소녀를 창부로 전락시킨 것도 모자랐던지, 그는 여전히 정신이 혼미해진다는 술로 사람들의 몸과 마음을 사들여 파멸로 이끌고 있는 게 틀림없습니다.

소장님, 이 편지를 읽으실 때 제가 곁에 없더라도 부디 찾지 마시기 바랍니다. 죽었다면 흉한 꼴을 보이고 싶지 않고 혹여 살았어도 이미 제주를 떠났을 테니 말입니다. 그간 소녀를 염려하여 내키지 않는 기방 출입도 마다하지 않은 함 소장님의 은덕은 다시 태어나도 잊지 않겠습니다. 정들었던 검역소와 코길이를 뒤로하고 떠나는 발길이야 어찌 가볍겠습니까마는, 소녀 갈 길이 멀고 험한 까닭에 무례인 줄 아오나 소장님의 허락 없이 홀로 나섰습니다. 용서해주시옵소서. 미호.

미호가 떠난 걸 아는지 마당의 코길이가 '삐에엥' 울음소리를 높였다. 편지를 내려놓자 코끝과 목울대가 아렸다. 지난밤, 나를 잠들게 했던 것이 술 때문이 아니라는 걸 이제야 깨달았다. 기수영을 따라나섰을 때, 미호의 손은 분명 비어 있었다. 고작해야 품속에 은장도가 전부일 연약한 미호에게 천하의 인간 백정 기수영이 밤새 무슨 일을 저질렀는지 알 수 없었다. 기다려달라던 미호의 부탁은 들어주지 못했다. 나는 그녀의 말대로 측은지심을 지닌 훌륭한 사내가 아니다. 하지만 그런 사내가 될 기회를 놓친 바보로 남기는 싫었다. 흐트러진 머리를 그러모아 상투를 고쳐 틀고 망건과 탕건을 썼다.

"소장님, 연지옵니다."

연지의 목소리와 손기척이 들렸다. 하지만 머뭇거릴 시간이 없었다.

"낭자, 미안하게 됐소이다. 급히 출타할 곳이 있으니, 돌아와서 감영에 들르리다."

도포를 걸치고 갓을 쓰며 방을 나서자 연지가 문 앞에서 고개를 숙이고 길을 터주었다.

"이걸 전해드리고자 잠시 들렀습니다."

연지가 내민 건 가죽 염낭이었다.

"염낭 아니오?"

"쇠가죽으로 만든 염낭입니다. 안에는 박제한 토끼의 발이 들었습니다. 박연 선생이 말씀하시길, 바다 건너 어느 나라에서는 토끼 발이 행운의 부적이라고 합니다. 지난번 낙마하셨을 때 드리고 싶었지만 가죽에 수놓는 일이 익숙지 않아 이제야 드립니다."

그걸 내민 연지의 손끝이 바늘이 오간 자리로 발갛게 부어 있었다. 나를 대하는 삽삽한 태도가 평소와는 사뭇 달랐다. 송일영도 아닌 내게 그걸 주는 연지의 속내를 통 알 수 없었다.

"고맙소. 내 소중히 간직하리다."

걱정이 담뿍 든 눈길로 나를 바라보는 연지를 뒤로하고 아침 단잠에 빠진 말을 흔들어 깨웠다. 말에 올라타자 연지와 한섭, 영보, 그리고 박연이 조용히 따라 나와 나를 배웅했다.

"낭자, 이런 말 불쾌하게 생각하실 수도 있소. 허나, 사건이 해결될 때까지는 송일영을 조심하시오. 박연 선생은 고상분을 보살피고, 영보는 행여 송일영이 돌아오면 무슨 일이 있더라도 붙잡아두어라. 한섭이는 감영까지 연지 낭자를 호송해드리고."

일련의 살인사건뿐 아니라 어젯밤 기방에서 정신이 혼미해지는 술을 돌린 송일영 또한 기수영과 한패일 가능성이 컸다. 미호가 그들에게 붙잡혀 내게 비밀을 토설한 사실을 밝히기라도 한다면 검역소의 모든 식구들이 위험에 처할 수도 있다. 하지만 지금 이 순간 가장 간절한 건 살아 있는 미호를 만나는 것뿐이었다. 지친 말의 걸음은 더뎠고 아침 이슬에 젖은 벌판은 몇 번이고 헛발을 짚게 해 먼 길이 더욱 멀게만 느껴졌다. 그 탓에 해가 머리 위에 올라섰을 때에야 겨우 감영 앞에 도착할 수 있었다. 저잣거리로 향하는 골목에서는 우마차며 행인까지 포졸들의 검문이 이어졌다. 머리를 달구는 불볕더위와 매미 울음소리로 촉발된 두통을 이겨가며 검문에 응한 후에야 저잣거리에 들어설 수 있었다. 그러나 기방을 목전에 두고 새로운 방해물이 생겼다. 수십 명의 사람들이 뭔가를 에워싸고 구경하는 통에 말이 비껴갈 틈이 없었던 것이다. 그 길을 뚫고 가려면 말에서 내려 구경꾼들에게 양해를 구하는 방법밖에 없었다.

"이보시오, 길 좀 비켜주시게나."

"이 별난 구경거리를 보시면 입이 떡 벌어지실 겝니다. 선달님도 가진 돈이 있으시면 다섯 전만 던져주십시오. 이제 속속곳 한 장만 남았습니다요."

까치발을 하고 섰던 사내가 내게 자리를 내주었다. 그 틈으로 속속곳 한 장만 걸친 여인이 자신의 전모(氈帽)에 구걸을 하고 있는 게 보였다. 그 모습을 톺아보니 여인의 얼굴이 눈에 익었다. 날 선 어깨 하며 넓게 퍼진 유륜, 장옷 입은 여자 향이가 분명했다. 향이의 눈동자는 개개풀린 데다 오줌을 지린 듯 속속곳이 누렇게 젖어 있었다.

"누구 다섯 전 더 내놓으실 분 없소? 이 속속곳 아래에는 무릉도원이 숨어 있단 말이오. 달콤한 복숭아가 주렁주렁 매달리고 꽃나비가 춤을 추는 무릉도원을 꼴난 다섯 전에 살 사람이 이리도 없단 말이오?"

향이의 말끝에 울음 같은 웃음이 으흐흐, 따라붙었다.

"오늘 장은 다 봤네. 옛소, 다섯 전."

눈가가 지물지물한 영감 하나가 다섯 전을 여인의 전모에 던져 넣었다. 향이를 에워싼 사람들이 동시에 꼴깍, 침을 삼켰다. 향이는 전모 속의 돈을 한참이나 헤아리더니 남은 속속곳마저 벗어 던지고는 가락도 장단도 없이 춤을 추며 기방을 향해 걸어갔다.

"저년, 가래톳 선 것 좀 보시오. 쇠불알에 붙은 등에 같은 년한테 다섯 전이나 퍼준 내가 팔푼이지."

향이에게 적선을 했던 영감이 된 가래를 돋워 뱉고 길가에 세워둔 우마차에 올라탔다. 가래톳이 무슨 병인지는 알 수 없으나 향이의 아랫도리와 가랑이 사이가 벌겋게 부어오른 것이 예사롭지 않았다.

"몸 밑천으로 사는 계집 가랑이에 가래톳이 올랐으니, 기수영에게 돈을 바치려면 별수 있나?"

귀에 익은 목소리에 고개를 돌리니 멀리 드팀전에서 구경 나온 위 서방이 곰방대를 물고 혼잣말을 했다.

"기수영에게 돈을 바친다니, 이 무슨 해괴한 소리오?"

뒤늦게 실수를 깨닫고 냅다 꽁무니를 빼려는 위 서방의 어깨를 낚아챘다.

"못 들은 걸로 해주십시오. 그 말이 기수영 나리의 귀에 들어가면 이 장사도 오늘로 끝입니다. 자식이 여덟이니 제발 봐주십시오, 나리."

낯이 흙빛으로 변한 위 서방이 흙바탕에 주저앉아 두 손을 모아 비볐다.

"내 너의 식솔을 보아 입은 단단히 봉할 테니 거짓 없이 고하여라. 어루뀔 생각이거든 당장 감영으로 가자."

한참을 곰방대 끝만 쳐다보던 위 서방이 체념한 듯 고개를 숙였다.

"창에 드나드는 계집들이야 뻔하지요. 몸 팔아 큰돈 한번 만져보겠다는 속셈으로 들어갔을 테지만, 결국 청국으로 팔려가거나 몹쓸 병에 걸려 말라 죽습니다. 기수영 나리께는 아픈 자를 감쪽같이 낫게 해준다는 명약이 있다는데 향이 년도 병든 지아비를 고쳐볼 심산으로 기방에 나왔다고 합니다. 그런데 그 약값이 소 한 마리 값보다 비싸서, 일을 못 하는 계집들 중에는 저렇게 길가에 나와 소동을 부리는 것들이 종종 있습죠."

그사이 향이는 어디론가 사라지고 그녀를 따라 기방으로 향하던 줄이 점점 꼬리를 감추더니 이내 제 갈 길로 흩어져 저잣거리는 다시 한산해졌다.

"기수영 나리는 성정이 고매하신 분이오나 그 밑에 있는 자들이 보통 망나니가 아니어서 이런 비밀이 퍼지면 세상 끝까지라도 따라붙어 말을 옮긴 입을 도려낸다고 합니다. 나리께서 자비를 베푸시……."

위 서방의 말이 끝나기를 기다릴 수만은 없었다. 말을 끌고 향이가 사라진 기방을 향해 걸었다.

"나리, 저는 그저 나리만 믿습니다."

위 서방이 내 뒤를 바짝 따르며 애끓는 목소리로 당부했지만 거대한 괴물처럼 웅크린 기방 앞에 서자, 아무 소리도 들리지 않는 막천적지의 세계에 홀로 떨어진 느낌이었다. 유독 기방만이 괴괴한 기운을 뿜어내며 괴물처럼 웅크리고 나를 맞았다.

한낮에 마주한 기방은 허름해 보였다. 한양에서 대목장을 불러 지었다는 소문이 거짓인지 드문드문 떨어져 나간 기와며 군데군데 허물어진 흙벽, 시르죽은 담벼락까지, 늙어 무릎이 귀를 넘은 노파의 입속처럼 기방은 밤의 화려함과 새뜻함 없이 초라하기만 했다. 문지기 또한 눈에 띄지 않기에 있는 힘껏 문고리를 잡아당겨도 비명 같은 경첩 소리만 들릴 뿐 열리지 않았다. 도통 열릴 기미가 보이지 않는 문 앞에서 기운을 쏟고 있을 때, 등이 선뜩해지는 걸 느꼈다. 돌아보니 미호가 복성 할배라 부르던 늙은 하인이 물 한 사발을 내밀고 고개를 조아렸다. 마른 대추처럼 쪼그라든 얼굴이었지만, 그는 처음 만난 날부터 줄곧 웃고 있었다.

"마침 잘 만났소, 노인장. 미호를 찾으러 왔소. 어디 있는 줄 아시오?"

벙어리인 복성 할배에게 통할 말이 아니지만 그녀의 행방을 추적할 수 있는 마지막 희망이었다. 나는 그의 손바닥을 펼쳐 미호(美虎)라고 천천히 쓰고는 눈치를 살폈다. 복성 할배는 여전히 빙글빙글 웃으며 어디론가 사라졌다 한참 만에야 돌아왔다. 어쩌면 기방에는 내가 모르는 통로가 더 있을지 모르지만 말이 통하지 않는 그에게 그걸 다그칠 시간이 없었다. 복성 할배는 내 타는 속을 아는지 모르는지 느린 걸음으로 말에게 다가가 손을 펼쳤다. 그러자 무더위에 진땀을 흘리던 말이 그의 손바닥을 핥기 시작했다. 복성 할배가 손에 들고 있는 것은 소금인 듯했다. 그는 자신의 저고리를 벗어 말의 몸에 난 땀을 정성껏 닦아주고 그 앞에 납작 엎드렸다.

"지금 미호를 찾지 않으면 영영 그 애를 못 만나게 될지 모르오."

내가 말에 오르지 않자, 복성 할배가 곁에 다가와 내 소맷부리를 끌어당겼다. 몇 번이고 마다하자 복성 할배는 내 손바닥을 펼치고는 '미호(美虎)'가 아닌 '미호(微呼)'라고 썼다. 자그마한 부름. 어쩌면 미호가 나를 부르고 있는지도 모른다. 나는 훌쩍 말에 올라타 지난번처럼 복성 할배에게 엽전을 던져주었다. 그러자 그는 조용히 고개를 내저으며 내게 엽전을 되돌려주고는 묵묵히 말을 끌었다. 느릿하고 신중한 걸음은 저잣거리를 벗어나 한적한 샛길로 빠져들고 있었다. 몇 채의 집과 전답을 지나 인적이 끊긴 곳에 다다르자 야트막한 언덕배기 위에 깨끗한 기와집이 기수영의 옷태처럼 고아하게 눈에 들어왔다.

복성 할배가 기와집 담장 앞에 말을 세우고는 다시 몸을 납작 엎드려 내리라는 표시를 했다. 말을 타고 겨우 안채를 넘어다볼 수 있을 정도로 여염집에 비해 높은 담장이었다. 그 아래로 귀한 난초와 작은 연못, 금잔화로 가꾼 정원이 보였다. 그 뒤로 진작 보았던 문지기 그리고 그와 덩치가 비슷한 사내 몇이 서 있는 게 눈에 들어왔다. 기수영의 집일 터였다. 나는 복성 할배의 야윈 등을 밟고 말에서 내려 어떻게 그 집에 잠입해야 할지 골몰했다. 지금껏 변변한 무술 하나 익혀놓지 못한 깜냥이 한심스러운 순간이었다.

생각에 잠긴 사이 복성 할배가 자신의 입에 손가락을 갖다 대며 조용히 할 것을 청하고는 손바닥에 글씨를 썼다. 대기(待期), 약속을 기다리라는 뜻이다. 그러고는 사내들의 시야에서 벗어나 담장 쪽으로 걸어가더니 눈 깜짝할 새에 몸을 날려 담을 타고 올라섰다. 그의 몸짓이 하도 빨라서 솔개의 그림자처럼 잠시 어른거리다 사라질 뿐 나조차 눈길로도 따라가기 힘든 놀림이었다. 복성 할배는 담장에서 가까운 처마에 팔을 뻗치더니 잔나비처럼 몸을 날려 덥석 끌어안았다. 미호와 남사당패에 있던 시절, 그는 줄을 타던 어름사니였을 거라 짐작했다.

한참을 기다리니 복성 할배가 돌아왔다. 그는 담장을 돌아 열어놓은 뒷문으로 나를 이끌었다. 그가 위험을 무릅쓰고 담장과 지붕을 넘은 건, 사내들의 눈을 피해 잠긴 뒷문을 열기 위함이었다. 발소리를 죽이고 뒷문으로 들어서자 다듬잇돌과 절구, 썩은 동아줄 등속이 쌓인 뒤뜰이 나왔다. 기수영이나 미호의 목소리가 들리지는 않나 청각을 곤두세워봤지만 집 안은 사내들 떠드는 소리만이 멀리서 웅웅, 동굴처럼 울릴 뿐 조용했다. 소리가 멀게 느껴지는 건 담장 밖에서 마주 보인 것이 안채고, 그 뒤로 한참을 돌아야 별채가 나오기 때문이라고 여겨졌다.

복성 할배는 뒤뜰에 어정쩡하게 선 내 소매를 바투 잡고 아직 소나무 향이 물씬 배어나는 작은 문을 밀어 집 안으로 이끌었다. 안을 들여다보니 부엌에 달린 찬마루 같은데 사람은 없고 식은 누름적과 떡, 술이 올라간 주안상만 덩그러니 놓여 있었다. 그 찬마루를 지나면 별채에 달린 방이 나올 터였다. 나는 먼저 찬마루로 올라가 빙그레 웃고 있는 복성 할배를 기다렸다. 그는 웬일인지 고개를 살래살래 저으며 꾸벅 인사를 하고는 문을 닫아버렸다. 혹 복성 할배조차 기수영의 수족이 아닐까, 하는 생각이 들었다. 하지만 그게 사실이라 해도 이미 늦었다. 그 집에 발을 들여놓은 순간, 나는 죽을 각오를 했다. 여인들의 정조를 빼앗아 사리사욕을 챙기는 사악한 기수영과 일당이라면 남의 목숨 하나쯤은 우습게 여기고도 남을 거라는 생각이었다. 하지만 곤경에 처한 미호를 그냥 두고 볼 수만은 없었다. 어떻게든 그녀의 목숨을 구하고 송일영까지 소탕하는 게, 신문물을 검역해 입신양명하는 것보다 사람 된 도리라 여겨졌다.

찬마루를 벗어나자 두 개의 방이 서로 마주 보고, 그 앞을 작은 뜰과 안채가 가로막고 있었다. 두 개의 방 중 한 곳에 미호가 살아 있을 거라는 확신이 들었다.

"아을 주이히오. 제알 아을 주여주이오."

정확하지 않은 발음에 아주 작은 목소리 한 가닥이 머뭇거리는 내 발길을 사로잡았다. 끊어질 듯 애처로운 음성은 미호였다. 마주 선 두 방 중 오른쪽이었다. 아직 살아 있는 게 기뻤지만 지체했다가는 영원히 끊어질지 모를 가냘픈 소리에 가슴이 내려앉았다. 떨리는 마음을 가라앉히며 문을 열었다. 가구도 없는 방 한가운데 미호가 누워 있었다. 그녀의 사지는 방의 네 귀퉁이에서 뻗어 나온 천으로 꽁꽁 동여매진 상태로 붕 떠 있고, 산발한 머리가 땀에 젖어 있었다. 자해를 막을 목적인지 재갈을 문 미호가 내 기척에 진저리를 쳤다.

"제알 아을 주여주이오."

끔찍한 광경이었다. 그녀의 몸은 이미 흉기가 드나든 듯 입고 있는 소복이 붉게 물들었고, 퉁퉁 부은 눈은 뜰 수 없을 지경이었다. 그리고 내가 누구인지도 모른 채 미호는 부정확한 발음으로 통사정하고 있었다.

"제발 나를 죽여주시오."

바람처럼, 연기처럼, 혼백처럼 어느새 기수영이 나타나 놀란 내 등을 다독였다.

"당신!"

"미호가 자신을 죽여달라고 하지 않소. 원한다면 기꺼이 이 아이의 목숨을 앗아도 좋습니다."

늘 화려한 두루마기 차림이었던 기수영이 길게 땋은 머리를 높이 틀어 올리고 녹색 치파오를 걸친 모습으로 내 어깨를 부드럽게 쓰다듬었다.

"미호를 데려가겠소. 죄는 그 후에 물을 터이니, 이 아이를 보내주시오."

눈썹과 눈에 검은 칠을 해, 사나운 인상으로 변한 기수영이 내 앞을 가로막고 섰다.

"미호가 쓴 글을 모두 믿으시는지요?"

미호가 내게 남긴 편지에 대해 기수영도 알고 있는 듯했다.

"믿지 못할 이유가 없소."

"저 아인 애초부터 제게 복수할 마음 같은 건 없었습니다. 오히려 저를 이용하려 들었지요."

기수영의 긴 팔이 내 목을 휘감았다. 여자라고 하기에 강한 완력이었고, 남자라고 하기에 지나치게 부드러운 피부결이 목덜미를 스쳤다.

"요망한 거짓말은 선처를 구할 때나 하시오. 나는 집행관이 아니니 미호를 데려갈 뿐, 아무 이야기도 듣지 않겠소."

"저 아인 아편중독자입니다. 아편이 뭔지는 아시지요?"

아편이라면 청국에서 유행하고 있는 지독한 약물이었다. 그걸 곰방대에 넣고 불을 붙여 연기를 마시거나 가루를 직접 먹으면 정신이 아득해지며 구름 위를 날아 무지개 끝을 볼 수 있다는 소리를 들었다. 청국에서 유학하고 돌아온 동무가 내게 은밀히 건네며 권했지만 중독성이 강해 한번 시작하면 결국 헤어나지 못해 만신창이가 되고 죽음에 이른다 하여 거절한 기억이 났다.

"설령 미호가 아편중독이라 할지라도 모두 당신 때문일 게요. 저 가여운 아이에게 모든 죄를 떠넘길 셈이오?"

기수영이 하얀 이를 드러내며 소리 내어 웃었다. 이런 상황만 아니었다면 새소리처럼 기분 좋은 웃음이었다.

"미호가 얼마나 교활한 계집인지 아직 모르시는군요. 이 아이가 전쟁 중에 제 부모를 잃었다고 했겠지요? 맞습니다. 미호의 부모는 만주의 후금족이었습니다. 정묘호란에 청천강을 넘어 양민을 학살하고 국왕을 욕보인 민족의 원수지요. 미호의 아비는 포로로 붙잡혀 개성에서 숨을 거뒀고, 후에 미호의 어미가 지아비를 찾기 위해 어린 딸을 데리고 조선으로 넘어온 겝니다. 노잣돈으로 쓰기 위한 아편을 등짐 가득 짊어진 채 말이지요."

기수영의 말대로라면 아편을 조선에 들인 자는 미호의 어미였다. 그녀는 어린 딸을 데리고 조선인 행세를 하며 죽은 후금족 장수인 남편을 찾아 헤맸으나 곧 정체가 탄로 나 저잣거리에서 사람들의 뭇매를 맞아 죽었다. 다만 어린 미호는 목숨을 부지할 수 있었는데, 그때 죽은 어미의 등짐을 챙긴 미호가 남사당패에 들어오며 파국이 시작되었다. 미호는 영리했다. 그녀는 이미 아편을 잘 알았고 자신도 중독이 된 상태였다. 아편만 있으면 누구든 자신의 휘하로 부릴 수 있다는 걸 깨달은 미호는 그걸 술에 타 패거리에게 먹였다. 그리고 얼마 지나지 않아 패거리의 대부분이 중독자로 전락했다. 그 사실을 알고 분개한 기수영이 미호에게서 아편을 빼앗으려 했으나 아편에 중독된 꼭두쇠의 방해로 결국 강제 유학길에 오른 것이다. 돌아온 기수영은 꼭두쇠가 죽은 사실을 알게 되었고, 남사당패를 구하기 위해 미호에게서 약을 빼앗은 뒤 뒷방애기로 보내고 말았다. 하지만 그사이 남사당패를 통해 아편에 중독된 고관대작들이 기수영을 겁탈하고 아편을 탈취하자 패거리가 반발하며 남사당패는 해체되었던 것이다. 기수영은 자신의 몸을 팔아서라도 다시 남사당패를 되살려보고자 외국으로 건너가 온갖 수모를 감내하고 돈을 모았다. 남자 혹은 남자의 아내에게까지 웃음과 속살을 팔았다. 오직 다시 남사당패로 살겠다는 목표 하나 때문이었다. 그러나 이미 미호의 농간에 등을 돌린 패거리는 영영 돌아오지 않았다. 몸이 성치 않아 버림받은 복성 할배만이 기수영을 따라 제주로 내려왔다.

"아편중독이란 게 죽어서도 못 고치는 고질병이지요. 미호는 제게 빼앗긴 아편만 있으면 다시 예전처럼 천하를 주무를 수 있을 거라 생각하고 예까지 따라온 겁니다."

기수영이 천천히 내 앞섶을 열고 들어와 허리를 끌어안고는 제 가슴으로 끌어당겼다.

"믿을 수 없소."

"계집이란 이처럼 믿을 수 없는 요물이지요. 내 치마 속에는 사내가 숨어 있답니다. 정인 앞에서는 거짓말을 할 수 없는 진짜 사내의 증표 말입니다."

내 가슴으로 깊이 파고드는 기수영의 유연한 몸짓과 짙은 사향내가 코를 희롱했다. 그의 옷 위로 젖가슴과 함께 단단하게 부푼 몸의 일부가 허벅지에 와 닿았다. 마음으로는 간절히 기수영을 밀어내고 미호를 구하고 싶었지만 아이의 손에 날개를 잡힌 잠자리처럼, 뒷다리가 묶인 개구리처럼, 뭍에 던져진 물고기처럼 나는 어쩔 줄 모르고 기수영의 품에서 얼어붙었다.

해가 조금 기울었는지 들창으로 스민 햇살에 방 안이 환해지고 그 아래 사지가 묶인 채 버둥거리던 미호가 힘없이 축 늘어졌다. 토톡, 토토토톡. 기수영에게 사로잡혀 옴짝달싹할 수 없는 내 눈에 들창에 바른 창호지가 터지는 게 보였다. 손가락은 쉬지 않고 움직이며 글씨를 만들어갔다. 그건 거짓 위(僞) 자였다. 손가락이 마지막 획을 긋고 나자, 비로소 사라진 복성 할배가 돌아왔다는 것을 눈치챘다.

"나를 안기 싫으십니까? 연지라는 아이 때문인가요? 지금쯤 그 아이는 선비님을 떠올릴 여력이 없을 것입니다."

기수영이 연지를 알고 있다는 게 놀라웠다. 연지가 기방에 출입했을 리 만무하니 송일영을 통해서 가능했으리라. 연지의 이름을 듣고 나자 정신이 번쩍 들었다.

"거짓말. 당신의 모든 말이 거짓인 걸 아오."

들창의 글씨를 눈으로 읽으며 막 기수영을 밀치려던 찰나, 빛이 쏟아졌다. 그건 들창으로 든 햇빛이 아니었다. 붉은 혀 같은 불길이 검은 연기를 뿜으며 방 안으로 꾸역꾸역 밀려들었다. 때 아닌 불길에 기수영이 겁을 집어먹고 주저앉아 몸을 떨었다.

"무슨 짓을 저지른 겝니까? 불이라도 지른 것이오?"

불을 지른 자는 복성 할배일 터였다. 나는 미호의 손목과 발목에 묶인 끈을 풀어냈다. 연기 때문에 눈물이 쏟아지고 숨이 막혔지만 미호의 기억 속에 생명을 구하기 위해 사력을 아끼지 않는 열정의 사내가 나 아니던가. 겨우 끈을 다 풀었을 때, 들창이 부서졌다. 복성 할배의 손이 들창 너머로 팔락였다. 미호를 끌어안아 들창 뒤로 넘겨주고 아래를 내려다보니 복성 할배가 납작 엎드려 빙그레 미소 짓고 있었다. 불은 안채에서 시작되었는지 그 안에 있던 사람들의 비명과 발소리로 사방이 어지러웠다. 나는 두 팔에 힘을 주고 상체를 끌어 올려 들창에 몸을 실었다.

"나도 데려가시오!"

기수영이 바지춤을 붙잡았다. 고개를 내저었다. 기수영의 남자인지 여자인지 구분되지 않는 울음소리가 들려왔다. 막 한쪽 다리를 들어 올려 들창을 넘으려던 내 허리춤으로 차가운 무언가가 비집고 들어왔다. 그 무언가를 조종한 사람은 기수영이었다. 그는 눈물로 얼룩진 얼굴을 일그러뜨린 채 미호의 은장도를 쥐고 있었다.

"당신이 연모하는 연지는 이제 이 세상에 없습니다. 정인이 없는 세상, 목숨 부지한들 뭐하렵니까?"

기수영은 거짓말쟁이다. 그런 그가 연지는 더 이상 세상에 없다고 했다. 나는 그 말을 믿지 않았다. 기수영 곁에 맥없이 주저앉아 있는데 들창을 가볍게 뛰어넘은 복성 할배가 내 겨드랑이 아래로 자신의 어깨를 밀어 넣어 일으켜 세우고는 벽 아래 엎드렸다. 나는 그의 등을 밟고 들창 밖으로 몸을 날려 방을 빠져나왔다. 방보다야 낫지만 마루 역시 연기가 자욱하긴 마찬가지였다. 그런데 따라 나온 복성 할배가 뒤도 돌아보지 않고 불길과 연기를 뚫고 어디론가 사라졌다. 그제야 대들보 아래 기력을 잃고 축 처진 미호가 눈에 들어왔다.

"낭자, 정신을 차리시오. 이대로 잠이 들면 아니 되오."

미호가 힘겹게 눈을 떠 나를 쳐다보았다.

"죄송합니다, 함 소장님."

핏기 없는 입술 사이로 희미한 목소리가 새어나왔다.

"그런 말일랑 돌아가서 나눕시다. 그러니 어서 내 어깨를 짚으시오."

"기수영의 말대로 제 부모는 후금족입니다. 아편을 들여온 것도 제 어미가 맞습니다. 허나 그게 무엇인 줄도 모르던 어린 제게서 아편을 빼앗아 세상을 발아래 꿇린 것은 기수영입니다. 그것만큼은 제 부모의 이름을 걸고 맹세할 수 있습니다. 제주에 찾아온 것도, 또 지금껏 모진 세월을 참아낸 것도 오롯이 기수영에 대한 복수심 때문이었습니다. 그리고 어젯밤, 일생일대의 기회가 찾아왔습니다. 저는 신문물검역소에서 몰래 가져온 질 좋은 서양 아편이라며 거래를 제안하며 이걸 내놓았으나, 의심이 많고 머리가 비상한 기수영은 자신이 입에 대기 전에 부하들에게 먼저 먹여 위기를 모면했습니다."

미호가 품에서 뭔가를 꺼내 내밀었다. 천을 기워 만든 자루였다. 열어보니 연갈색 가루 한 줌이 들어 있었다.

"대체 이게 무엇이란 말이오?"

미호이 숨이 가빠졌다.

"아편과 색깔은 비슷하오나 비상이옵니다. 지금쯤 비상에 중독된 기수영의 부하들은 사경을 헤매고 있을 것입니다. 지체할 겨를이 없습니다. 한시바삐 여기를 빠져나가십시오. 그리고 부디 훌륭한 관리가 되어 이 같은 일이 또 일어나지 않게 힘써주십시오. 이제 소녀는 죽어도 여한이 없습니다."

미호가 긴 날숨을 뱉어냈다. 눈앞이 컴컴했다. 살을 파고든 은장도 때문인지, 자욱한 연기 때문인지 두 다리의 힘이 풀렸다.

실종

천지연폭포 아래였다. 맨발의 연지가 종아리까지 치마를 끌어 올리고 바위에 걸터앉아 발끝으로 물을 찰박였다. 폭포가 내리꽂히는 자리에 작은 무지개가 아른거렸다. 연지가 들릴 듯 말 듯 노래를 불렀고, 황오색 나비 두 마리가 그녀 곁을 맴돌았다. 문득 연지가 댕기를 풀어 길고 숱 많은 머리를 천천히 매만졌다. 그녀가 입고 있는 옷에 날개장식만 붙어 있더라면 금방이라도 하늘로 날아오를 것처럼 고운 자태였다. 나는 연지에게 다가가고 싶었지만 몸을 움직일 다리가 없었다. 연지의 이름을 부르며 손을 뻗었지만 그녀 곁에 피어난 들바람꽃 이파리만 바람결에 살랑일 뿐, 소리가 되어 나오지 못했다.

"기다렸습니다."

연지가 자리에서 일어나 환하게 웃었다. 사모관대를 한 송일영이 어둔 수풀을 헤치고 그 앞에 나타났다. 그의 모습이 어찌나 늠름하고 믿음직스럽던지, 그걸 지켜보는 나조차도 눈을 뗄 수 없을 지경이었다.

연지가 두 눈을 살포시 내리뜨자 송일영이 그녀의 어깨를 두 손으로 짚고 이마에 입술을 갖다 댔다. 어디선가 종달새 두 마리가 날아와 두 사람 머리 위를 맴돌며 찌르륵찌르륵 울어댔다. 아쉽다는 표정으로 연지의 이마에서 입술을 뗀 송일영이 품에서 옥비녀 하나를 꺼냈다. 그걸 본 연지가 조용히 그를 향해 등을 돌렸다. 송일영이 정성껏 연지의 긴 머리 다발을 땋아 내리기 시작했다. 그 모습을 지켜보던 나는 눈이 있다면 감고 싶은 심정이었으나, 손도 발도 없이 바람처럼 허공에 뜬 존재에게 눈이 있을 리 만무했다. 다 땋아 내린 머리를 조심스럽게 감아 올린 송일영이 소담스러운 머리 타래 사이로 옥비녀를 꽂자, 천지연 아래 잠들었던 수천 마리의 물고기들이 일시에 수면 위로 뛰어올랐다. 바위틈에서 그 모습을 지켜보던 연보랏빛 모시대며, 오종종한 섬백리향, 샛노란 기린초 따위도 기다렸다는 듯 꽃망울을 터뜨렸다. 노루, 토끼, 산양은 말할 것도 없고 살모사, 도롱뇽, 방아깨비까지 아름다운 두 연인 앞에 등을 바닥에 깔고 누워 네다리를 버둥거렸다. 오직 나만이 비린내 나는 바람 한 줄기가 되어 입술을 포개는 연인의 옷깃 아래를 불안하게 들락거렸다. 그러나 연지의 살품이, 송일영의 눈길이 불길처럼 뜨겁게 달아오르자 나는 연지의 눈가에 희미한 소금 자국만 남기고 공중으로 흔적 없이 흩어져버렸다.

뜨거운 열기, 타는 목마름, 그리고 겁에 질린 말울음 소리가 흩어졌던 의식을 그러모았다. 고개를 치켜드니 기수영의 집은 커다란 용광로처럼 불타고 있었다. 말은 꽤 떨어진 느티나무에 묶여 있었지만 집에서 흘러나온 화염에 겁을 집어 먹고 앞발을 번쩍 치켜들었다. 아직 온전히 정신이 돌아오진 않았지만, 나는 살기 위해 배 아래 깔린 안장을 힘껏 거머쥐었다. 내 목숨을 구한 사람은 아마도 복성 할배일 터였다.

기수영의 은장도에 찔린 옆구리를 더듬어보니 상처에서 흘러나온 피로 도포가 푹 젖었다. 다행히 상처가 깊지 않은지 피는 멎은 듯했고 움직일 때마다 옆구리가 뜨끔거리는 것 외에는 운신하는 데 큰 어려움이 없었다. 아래를 내려다보니 치맛단이 검게 탄 미호가 느티나무 아래에 모로 누워 있었다. 드러난 팔목 아래로 끈에 묶인 자리가 붉게 멍들었다.

말에서 내려 조심스럽게 그녀의 곁에 다가섰다. 물씬 냇내가 풍겼다. 옆으로 기운 얼굴에 손을 갖다 대자 선뜩한 기운이 느껴졌다. 재와 눈물, 피고름이 엉긴 미호의 얼굴은 이미 뻣뻣하게 굳어 있었다. 따스한 숨결이 흘러나와야 할 입술이 파르스름했다. 한때 기수영의 무동을 타고 한들거리며 춤을 췄을 손을 끌어다 볼에 갖다 대자 희미한 로손 냄새가 묻어났다.

"그만 눈을 뜨시오. 오늘도 안 들어가면 고상분이 가만두지 않는다 했소. 그러니 어서 눈 좀 떠보시오. 어서……."

아무리 독촉을 해도 내리간 눈꺼풀은 꼼짝도 하지 않았다. 그 위로 참았던 눈물이 쏟아졌다. 그렇게 한참을 미호의 머리를 무릎에 뉘이고 불타는 기수영의 집을 바라보았다. 기와가 우수수

떨어져 내릴 즈음 끝이 날렵한 돌로 땅을 파고 그 아래 미호를 눕혔다. 이미 곱아든 팔과 다리를 펴고 풀어진 고름을 단정히 묶어주었다. 그 위로 나뭇잎과 들꽃을 꺾어 몸이 드러나지 않게 정성껏 덮어주었다. 제주의 전경이 한눈에 보이는 자리였다.

그 무덤가에 무릎을 모으고 앉아 커다란 불덩이가 된 기수영의 집을 다시 바라보았다. 그의 거짓말에 미혹되어 미호를 구하는 데 머뭇거린 매욱한 내가 원망스러웠다. 자리에서 일어나 미호의 무덤을 손으로 쓸어보았다. 검은 연기가 야트막한 언덕을 휘감았다. 불길은 이미 손을 쓸 수 없을 만큼 번졌다. 말을 몰아 담장 아래 서자 그 너머로 아름답게 꾸며놓은 정원이 깜부기 먹은 것처럼 타고 든 게 보였다.

"나 좀 살려주시오. 함복배 나리, 제발 살려만 주십시오."

정원 뒤 안채의 대청마루 네 개의 기둥에 사내들이 묶여 있었다. 비상에 중독되어 기력을 잃은 그들을 복성 할배가 처리했을 터였다. 그들 입에는 각각 재갈이 물려 있었으나, 그중 헐거운 한 명이 나와 눈이 마주치자 쥐어짜는 목소리로 목숨을 구걸했다. 문지기였다. 예전의 거만했던 태도는 간데없고 덫에 걸려 오직 살기 위해 몸부림치는 산짐승처럼 보였다. 자신의 다리를 타고 오르는 불길을 보며 포효하는 문지기 뒤로 복성 할배가 불길에 휘감겨 기어 나왔다. 그는 여전히 웃고 있었다. 마치 뜰 안에 핀 사과꽃을 구경하듯, 희미한 미소를 머금고 대견한 눈길로 나를 바라보았다. 그의 품에는 치파오를 걸친 기수영이 잠든 듯 안겨 있었다. 기수영이나 그의 일당은 죽어도 상관없지만 복성 할배만을 구해야 했다.

"꼼짝 말고 기다리시오. 내가 가리다."

복성 할배의 봉두난발한 머리에 불이 붙었다. 그는 삭정이처럼 마른 팔을 뻗어 연기에 검게 그을린 손을 밖으로 내밀었다. '가게, 어서 가.' 입술조차 달싹이지 않았지만 복성 할배는 분명 그렇게 말하고 있었다. 어찌해볼 겨를도 없이 복성 할배와 기수영은 노릿한 연기를 뿜어내며 불길 속에서 사위어갔다. 뻗쳐 올린 복성 할배의 손도 힘없이 툭, 바닥으로 떨어졌다.

"불이야, 불!"

기수영의 집이 한참이나 외떨어진 탓에 이제야 불을 발견한 듯 제가끔 함지박이며 개숫물 통을 들고 사람들이 달려들었다. 하지만 기수영이나 복성 할배, 기둥에 묶인 네 사내는 물론이고 어딘가에 은밀히 숨겨놓았을 아편도 형체를 알아보기 힘들 지경으로 녹아내린 후였다. 나는 사람들 틈을 헤치고 말을 달렸다. 아직 내게는 구해야 할 사람이 한 명 더 남아 있었다. 이런 절체절명의 순간에 멀리 떨어져 있는 사람과 목소리를 주고받을 수 있는 신문물이 있다면 얼마나 좋을까? 그런 게 있을 리 없으므로 연지가 있을 감영을 향해 내달리는 수밖에 없었다.

저잣거리로 들어서자 기방 근처에 아까보다 훨씬 많은 사람들이 개미 떼처럼 몰려 있었다. 그 한가운데로 기방의 기왓장이 와르르 무너져 내리자 사람들이 한목소리가 되어 '와아' 탄성을 질렀다.

"이제 기방이 사라졌으니 드팀전 위 서방의 시건방진 위세도 끝났군. 속이 다 시원하네."

젊은 대장장이가 어깨에 망치를 걸머지고 드팀전을 향해 목소리를 높였다. 위 서방의 드팀전은 대낮인데도 문이 굳게 닫혀 있었고, 무너진 흙벽 위에 누군가 서툰 솜씨로 '채홍준사(採紅駿使)'라고 써 갈긴 글씨가 보였다. 아름다운 처녀와 좋은 말을 구하려고 지방에 보낸 벼슬아치를 일컫는 말이었다.

"저 흉물스러운 괴물은 대체 뭐람?"

"누구? 노란 머리? 아니면 저 회색 몸뚱이?"

"쉿! 괴물 들을라."

"괴물 등에 괴물이 올라탄 격이로세."

기방은 모래성처럼 서서히, 순차적으로 무너져 내렸다. 그러나 사람들의 혼을 빼놓은 건 위풍당당하던 기방의 붕괴만은 아닌 듯했다. 제주에서 노란 머리와 회색 몸뚱이를 가진 괴물로 비유될 존재는 박연과 코길이뿐이었다. 나는 말에서 내려 사람들을 헤치고 중심부로 파고들었다. 기방의 마당 안에는 의복도 제대로 갖추지 못한 여인들이 바닥에 주저앉아 원통한 울음을 터뜨렸다. 그러나 누구 하나 여인들에게 덮을 옷가지를 가져다주거나 더러운 얼굴을 닦아주지 않았다.

"비켜주세요. 코끼리 위험합니다."

익숙한 목소리, 박연이었다. 그는 놀랍게도 코길이 등에 올라타 낚싯대 끝에 매단 참외로 그 큰 몸을 조종하고 있었다. 뭉게뭉게 피어오른 먼지 속에서 코길이의 솥뚜껑만 한 앞발이 기방 안의 작은 누각들을 장작보다 가볍게 두들겨 패고 있었다. 긴 코를 뒤로 말아 참외를 잡아채려 하면 날렵한 박연이 낚싯대를 들어 올려 코길이를 감질나게 했다. 자신의 눈앞에서 달랑거리는 참외를 탐하느라 코길이의 입에서는 길고 진득한 침이 줄줄 흘러내렸다.

"박연 선생, 선생이 어째서 여기 있단 말이오?"

기방이 무너지는 와중에도 내 목소리를 먼저 알아들은 건, 짐승인 코길이였다. 코길이는 참외와 나를 번갈아 쳐다보더니 뿌우우, 길게 울고는 사람들 틈에 있는 나를 향해 걸어왔다. 그걸 지켜보던 사람들이 행여 코길이나 박연에게 해코지를 당할세라 뒷걸음질 쳤다. 그제야 나를 발견한 박연이 함박웃음을 지었다.

"걱정했습니다."

"왜 여기 있느냐고 물었소. 대체 이 소란은 무어란 말이오?"

"송일영 선생이 검역소에 왔습니다. 연지 낭자를 구하려면 기방 밟아야 한다고 했습니다. 그래서 코끼리 탔지만 연지 낭자 없었습니다. 속았습니다."

역시 송일영과 기수영은 한패였다. 연지는 이 세상에 없던 기수영, 그리고 박연과 코길이를 구슬려 기수영이 아편을 숨겨 놓았을 기방을 부수게 한 송일영을 용서할 수 없었다.

한참을 애쓴 끝에 코길이는 참외를 입에 넣을 수 있었다. 박연이 옆구리에 찬 자루에서 새로운 참외를 꺼내 낚싯대 끝에 묶었다. 코길이가 싯누런 이 사이로 와삭, 참외를 씹는 그 순간 기방의 이층이 꽝음을 내며 무너졌다. 시커먼 흙먼지가 구름처럼 일대를 뒤덮었다. 갑작스러운 재앙에 멀리서 광경을 지켜보던 사람들이 비명을 지르고 고삐 풀린 말은 선 자리에서 펄쩍 뛰어 올라 근처 동산을 향해 달려갔다. 갈 길이 남았건만 말까지 놓쳤으니 낭패였다.

"선생, 그 참외 낚시로 코길이를 빨리 달리게 할 수 있는가?"

먼지를 흠뻑 뒤집어쓴 박연이 엄지손가락을 치켜들었다.

배고픈 코길이는 생각보다 빨리 달렸다. 그 속도가 말과는 비교할 수 없을 만큼 느렸지만 사람이 걷는 것보다는 훨씬 빨랐고, 가공할 발자국 소리만으로도 저잣거리가 횡하게 비어 달리기가 수월했다.

감영에 도착하자 박연은 헐떡이는 코길이에게 참외 몇 개를 던져주고는 강아지 다루듯 머리를 쓰다듬었다. 그 앞으로 육모방망이와 모창을 든 수십 명의 포졸이 운집해 있었다.

"너희 앞줄은 산방산 자락을 타고 오르면서 나무 밑이나 동굴을 탐색하고 그 뒷줄은 미나리꽝과 화전터를 샅샅이 뒤져라. 아씨를 무사히 찾으면 포상금 백 냥이 주어질 테지만 만약 찾지 못하거나 주검인 채로 발견하면 누구 하나 살아남지 못하리라. 알겠느냐?"

그중 대장 격으로 보이는 사내가 시퍼런 서슬로 말했다.

"행방불명자라도 발생했느냐?"

얼굴이 새카만 포졸 하나를 붙잡고 물었다.

"오익선 살인사건으로 정신없는 틈에 연지 아씨가 사라지셨습니다. 무사하셔야 할 텐데."

연지가 사라지다니. 오익선 살인사건은 또 뭐란 말인가?

"왔는가?"

이상도 어른이었다. 오랜만에 관모를 벗은 모습이 낯설었다.

"연지 낭자의 실종이며, 오익선 살인사건은 또 무엇입니까?"

"박연 선생도 오셨군. 안으로 들게."

입을 꾹 다문 이상도 어른이 우리를 이끈 곳은 집무실이 아닌 사택의 안채였다.

"이젠 나도 피해자의 아비니 한 걸음 물러서서 사태를 지켜볼 밖에."

"진정 연지 낭자가 실종되었단 말입니까?"

이상도 어른이 잠시 말을 잇지 못하고 목울대만 꿀렁거렸다.

"오늘 아침, 심마니 하나가 산방산 자락에서 오도성 겸도사의 딸 오익선의 시신을 발견했네. 수법은 지난번 여송화 사건 때와 크게 다르지 않았네. 목이 잘리고 거기서 흐른 피에 산짐승이 꾀어 만신창이가 되었지."

담담하게 이야기하고 있지만 이상도 어른의 눈꺼풀이 무겁게 내려앉았다.

"연지 낭자는 언제 실종되었습니까?"

"그러잖아도 연지의 안위를 위해 늘 여종 하나를 붙여놓았네. 그런데 오늘 아침 남인해의 어린 동생이 급체를 하는 바람에 여종이 아이를 업고 남인해와 의원에 다녀왔다더군. 그사이 연지가 사라져버렸네."

천지연폭포 아래서 옥비녀를 머리에 꽂고 한없이 다정스레 웃던 연지의 얼굴이 손에 잡힐 것만 같았다. 말뜻을 전부 헤아리지 못할 테지만 박연의 푸른 눈망울에 시름이 가득했다.

기수영의 사주로 송일영이 연지를 납치했을 가능성도 있었다. 연지의 납치 사실을 기수영이 알고 있는 것으로도 증거는 충분했다.

"어쩌면 초동수사 때 자네가 한 말이 옳을지도 모르지. 만약 그게 사실이라면 나는 관복을 벗고 제주를 떠날 셈이라네."

이상도 어른의 목소리가 애잔하게 내려앉았다. 박연이 대뜸 이상도 어른에게 다가서더니 그를 끌어안았다. 스스럼없는 태도에 이상도 어른이 역정을 내면 어쩌나 했지만 그는 박연을 마주 안으며 서로의 어깨를 토닥였다. 몸을 떼어낸 박연의 눈이 흠뻑 젖어 있었다. 이럴 때는 이방인이라는 박연의 신분이 부러웠다. 남의 눈치 볼 것 없이 울고 웃을 수 있으며, 신분과 나이를 초월해 친구가 될 수 있다는 점이야말로 박연의 특권이었다.

"연지 낭자는 반드시 제가 찾습니다."

따뜻한 이상도 어른의 손이 감아 쥔 내 손등 위를 스쳤다.

"자넨 이미 소임을 다했네. 그러니 그만 나가보게나. 포졸들이 산방산과 인근을 탐색할 게야. 곧 소식이 들리겠지."

포졸들만 믿고 기다렸다가는 손도 써보지 못하고 연지를 잃을지도 모른다.

"이만 물러가겠습니다."

식은땀으로 망건이 축축이 젖은 이상도 어른이 고개를 까딱 숙여 우리의 인사를 받았다. 언제나 대꼬챙이처럼 꼿꼿하던 그가, 내가 방문을 채 나서기도 전 보료에 몸을 뉘었다. 목구멍으로 엽전 뭉치가 넘어가기라도 하듯 뻐근했다. 한양에 계신 어머니도 좋고, 안 되면 유모도 좋다. 그 누구라도 이 나달나달해진 가슴을 괜찮다, 괜찮다, 문질러주기를 바랐다. 송일영이 연지를 정인으로 삼은 것 또한 기수영의 계략인지 모른다. 십수 년간 내색 한 번 없이 품 안의 꽃처럼 귀히 여긴 연지를 그가 꺾었다.

"함 소장님!"

사택 앞에서 박연이 조금 전 이상도 어른에게 한 것처럼 나를 끌어안았다.

"남우세스럽게."

말은 그렇게 했지만 나 역시 박연이 하듯 그의 등을 도닥거리며 남몰래 눈가에 맺힌 눈물을 찔끔 짜냈다.

"범인을 잡기 위해 온 힘을 다하고 있습니다, 겸도사님. 고정하시고 그만 돌아가시지요."

박연에게 위로를 받는 사이 사또의 목소리가 들려왔다. 나는 박연에게 코길이를 지키고 있으라 이른 다음 소리가 나는 쪽으로 몸을 돌렸다. 이상도 어른의 집무실 앞에서 누군가에게 머리를 조아리던 사또가 나를 보자 냉큼 달려왔다.

"겸도사님, 이분이 범인을 꼭 잡아주실 겝니다. 그렇지 않소? 함 소장."

겸도사라면 간밤에 딸을 잃은 오도성 겸도사일 터였다. 오도성이 사또의 말에 몸을 돌려 나를 바라보았다. 북받치는 슬픔으로 일그러진 얼굴이었지만 낯이 익었다.

"당신이 내 딸을 죽인 범인을 찾아낼 수 있겠소?"

'그걸 주면 술을 내놓겠소?'와 같은 목소리였다. 며칠 전 기방에서 아편 섞인 술에 취해 흐느적거리던 사내가 분명했다. 술과 여색에 젖어 방탕하던 모습과 달리, 정갈한 옷차림과 위엄 있는 말투지만 그 사내가 틀림없었다.

"딸을 죽인 사람을 왜 멀리서 찾으시오?"

낭랑한 목소리가 벼락처럼 등 뒤에서 내리꽂혔다. 그 목소리에 오도성의 얼굴이 굳어졌다.

"저 맹랑한 계집은 누구냐?"

남인해였다. 어린 동생을 등에 업은 남인해가 서릿발 선 눈으로 사택에서 걸어 나왔다.

"딸을 팔아 아편을 산 자가 어찌 이리 당당하시오? 매욱하나마 아비인지라, 차마 욕보일 수 없어 지금껏 참아왔소. 하나, 무고한 사람이 죽어가는 마당에 서출은 자식으로 여기지도 않는 뻔뻔한 위인을 더 이상 감싸고 돌 수만은 없지 않소? 나는 종사관 여일재의 서출이오. 내 아비는 아편을 사기 위해 여송화를 팔았지만, 제 딸을 욕보이기 싫어 서출인 나를 기방에 대신 내놓았소. 당신과 같은 족속이란 말이오!"

등에 업힌 아기가 남인해의 큰 목소리에 놀랐는지 울음을 터뜨렸다.

"당장 저 포달스러운 계집을 오라지지 못할까? 어느 안전이라고 함부로 입을 놀리느냐?"

오도성이 당장에 남인해를 찢어 죽일 기세로 달려들었다. 이제야 모든 게 명확해졌다. 기방에서 만난 오도성이 준다던 '그

것'은 제 딸이었던 것이다. 그러나 정실의 딸을 내어줄 엄두는
나지 않고 서출 중 한 아이를 골라 기방에 던져 넣었을 터다. 남
인해가 자신이 서출이라는 사실을 말하지 않았다면 알아채지
못할 일이었다. 기수영이 몰락한 가문의 서출이라는 내용의 미
호가 남긴 편지가 떠올랐다. 내가 만약 기수영이라면, 아편을 사
기 위해 서출을 내다 파는 아비가 곱게 보일 리 없다.

　오도성의 목소리에 포졸 둘이 달려와 남인해를 오랏졌다.

　"연지 아씨가 죽는 날엔 이 선비님 손에 당신도 살아남지 못
할 것이오. 만약 연지 아씨가 목숨을 부지한다 하더라도 당신의
음탕한 행실이 만천하에 발각돼 저잣거리에서 돌팔매를 맞게
될 터이니, 어디 두고 보시지요."

　남인해의 등에 업힌 아기가 이 없이 합죽한 잇몸을 드러내며
창자가 끊어질 듯 울어댔다.

　"본데없는 계집 말에 노여워하실 것 없습니다. 범인만 잡아내
면 겸도사님을 능욕한 남인해를 무고죄로 엄히 다스릴 터이니
마음 푸십시오."

　포졸들에게 끌려가는 남인해의 눈자위가 붉었다. 제 누이의
등에 업힌 아기가 올칵올칵 젖을 토해내며 자지러지게 울어댔다.

　포졸을 따라 사택에 들어서자 연지의 방에서 구슬픈 남인해
의 울음소리가 들렸다.

　"진범이 누구인지 알고 있소?"

　문을 사이에 두고 쪽마루에 걸터앉아 말을 붙였다. 남인해는
대답 없이 코만 훌쩍였다.

"기수영의 수족이 되고 있는 자가 정녕 누구인지 어서 말해보시오."

"기수영을 아십니까?"

남인해가 놀란 목소리로 되물었다.

"그자는 방금 죽었소. 허나, 그의 수족이 살아남아 연지를 납치한 게 분명하오. 아는 바가 있으면 지체 말고 말해주시오."

조심스럽게 방문이 열렸다. 남인해는 어린 동생에게 빈 젖을 물리는지 몸을 반쯤 돌리고 앉아 있었다.

"제 어머니는 큰어머니, 그러니까 송화 언니의 어머니가 제주에 시집올 때 친정에서 따라온 몸종이었습니다. 한집에서 나고 자라며 친자매처럼 지낸 두 분은 신분을 떠나 무척이나 각별한 사이였다고 들었습니다. 그러나 아버지께서 제 어머니를 욕보이고 수태한 사실이 발각되자 큰어머니의 마음은 돌아앉았고, 아버지는 천민 출신의 새아버지 남태오에게 양인 신분을 사주는 조건으로 강제 혼인을 시켰다고 합니다. 어머니 또한 주인을 배반한 죄인으로 죽은 듯 숨어 살았으나 큰어머니가 염병으로 죽은 뒤 조카처럼 귀엽게 여기던 송화 언니가 찾아오며 다시 왕래를 시작되었습니다. 새아버지 남태오는 대외적으로 존경받는 훈도였지만 밤이면 골패와 투전, 쌍륙으로 허송세월하는 한심한 작자였습니다. 때문에 남은 세 식구는 한입건사도 힘들 만큼 궁핍한 생활을 면치 못했지요. 그러던 중 새아버지가 저를 꼬여내 기방에 내던졌고, 그곳에서 기수영을 만나게 되었습니다. 그를 통해 아버지 여일재가 유흥비를 변재하지 못해 송화 언니를 기방에 팔았으나 정실의 딸이 몸을 버리는 것이 안타까워 황급히 혼사를 결정하고 서출인 저를 대신 내놓았다는 것을 알게 되었습니다. 이후 송화 언니가 살해되자 새아버지 남태오는 혼인을 대가로 양인 신분을 산 사실과 의붓자식일지언정 천륜을 버리고 딸을 기방에 팔아넘긴 허물이 드러날 게 두려워 거짓을 고하고 목숨을 끊은 것으로 추측됩니다. 살인죄를 뒤집어쓰는 한이 있더라도 상놈이 아닌 어엿한 양인으로 죽고 싶었던 것이겠지요. 아비의 허물이 탄로 날까 두려워 사실을 고하지 못한 게 천추의 한이 되었습니다."

남인해의 말대로라면 지금까지 살해된 처녀들은 모두 못난 아비를 둔 정실의 딸일 터였다. 다시 말해, 이상도 어른도 아편에 중독되어 연지 대신 서출을 내주었다는 말이 아닌가! 청천벽력 같은 소리였다.

"연지 낭자가 사라진 것도 같은 이유란 말이오?"

입에 담을 수 없는 불경스러운 말을 뱉어낸 것 같은 심정이었다. 하지만 다른 이유가 있을 리 없었다. 참담했다.

"연지 아씨가 납치된 건 지금까지의 사건과는 경우가 다릅니다. 이상도 어른께는 서출이 없는 걸로 아옵니다. 아마도 연지 아씨가 진범을 알고 있기 때문이 아닐까요?"

연지가 진범을 알고 있다?

"연지 아씨는 처음부터 새아버지를 범인으로 여기지 않으셨습니다. 아씨의 말씀대로라면 이단분의 정인은 따로 있었다고 합니다. 어린 시절 부친끼리 짝을 지어주기로 언약한 자인데, 성

균관 유생이 되어 제주를 떠난 지 오래된 모양입니다. 부친의 상
황이 급박해지자, 언약을 깨고 다른 사내와 혼례를 치르려 한 게
아닌가 합니다."

어찌 그런 사실을 알고도 연지는 입을 봉했는지 알 수 없었다.

"눈물을 거두시오. 나는 연지 낭자를 찾아 산방산으로 가볼까
하오."

쪽마루에서 일어서자 남인해가 조용히 흐느꼈다.

"아씨는 무사하시겠지요?"

옷고름으로 눈물을 찍어내던 남인해가 문틈 사이로 간절한
눈빛을 보냈다.

"아무렴."

인정하고 싶지 않지만 누구도 지금 이 상황에서 연지의 목숨
을 보장할 수는 없었다. 마침 유모가 아기에게 젖을 물리기 위해
종종걸음으로 사택에 들어섰다. 비통에 잠긴 남인해와 두 주먹을
꼭 움켜쥐고 젖을 빠는 아기를 뒤로하고 사택을 빠져나왔다.

감영 앞에 나가보니 포졸들은 모두 산방산으로 떠났는지 텅
비어 있었다. 사또에게 말을 빌려 타고 산방산으로 향하는 내게
코길이는 코를, 박연은 손을 흔들어주었다. 달리는 말 위에서 연
지가 부적이라며 선물해준 염낭을 짚어보았다. 몽실한 내용물이
손에 잡히고 그 아래 은장도에 벌어진 상처가 쓰려왔다. 그 부적
이 정작 필요한 사람은 연지일 터였다. 산방산 방향으로 비를 머
금은 검은 구름이 몰려드는 게 보였다. 불길했다.

진범

산방산은 뱀이 많기로 유명했다. 나는 곧바로 산에 오르지 않고 산방산 아래 의원에 들렀다. 거기라면 정기적으로 뱀을 대주는 땅꾼을 알아낼 수 있을 테고, 땅꾼이라면 산방산에 대해 누구보다 잘 알 터이니 도움이 될 것 같았다. 마침 의원에서 빈 자루와 긴 막대를 들고 나오는 털보 청년과 마주쳤다.

"자네, 혹시 땅꾼인가?"

털보 청년이 들고 있는 막대는 끝이 좌우로 갈라진 것이, 뱀을 제압하는 용도로 보였다.

"그런뎁쇼?"

"뱀은 산방산에서 잡겠지?"

"그렇지요."

자신의 죄를 캐묻는 게 아닌가 싶은지, 털보 청년이 내 눈치를 살피며 기어드는 목소리로 대답했다.

"단도직입적으로 묻겠네. 그럴 리 없겠지만, 만약 자네가 사람을 죽인다면 산방산 어디에서 일을 치르겠나?"

"당치도 않은 말씀입니다. 제가 왜 사람을 죽입니까? 상놈으로 태어나 땅꾼으로 썩는 것도 서러운데, 억울합니다."

털보 청년이 가슴을 쥐어뜯었다.

"그러니 만약이라고 하지 않는가? 잘 생각해보게."

사례를 바라는가 싶어 도포 자락을 뒤적여보았지만 실보무라지 몇 개만 있을 뿐이었다.

"굳이 그렇게 물으신다면 제일 후미진 자리겠지요. 화전터에서 계곡 방향으로 오백 보쯤 올라가 촛대바위 앞에서 이백 보쯤 치오른 자리에 호랑이 무덤이 있습니다. 진짜 호랑이가 묻힌 자리는 아니고, 예전에 사냥꾼들이 호랑이를 그리로 유인해 가둬 죽였다는 말이 있기는 합니다. 벼랑바위와 맞붙은 좁은 터에 가시덤불이 삥 둘러싸기까지 했으니 호랑이도 걸려들 만하지요."

털보 청년이 내 얼굴을 빤히 쳐다보았다.

"물어보시니 대답은 했지만, 왜들 이러시는지 모르겠습니다. 아무튼 저는 뱀은 잡아도 사람은 못 잡는 촌무지렁이란 말입니다. 나중에 괜히 딴소리 하시면 곤란합니다."

왜들 이러시는지? 그렇다면 털보 청년을 찾아온 자가 나 말고 또 있었다는 말인가!

"나 말고도 자네를 찾아온 자가 더 있었단 말이오?"

"아침나절에 젊은 나리 한 분이 한 냥을 쥐여주고 같은 질문을 하셨습니다."

"그자가 누구요? 장승처럼 큰 키에 미남자였소?"

털보 청년이 본 자가 송일영인지도 모른다.

"얼굴을 유심히 보지는 못했지만 키가 크긴 했습니다. 돈을 건네는 손이 하도 부드럽기에 글방 샌님이겠다 짐작했지요. 소인도 더는 모릅니다. 돈을 받은 게 죄라면 돌려드립지요."

키가 크고 부드러운 손을 가졌다면 그의 말대로 험한 일을 해본 적이 없는 선비일 터였다. 나는 털보 청년의 말이 끝나기 무섭게 다시 말에 올라탔다. 아침나절에 길을 물었다면 범인은 이미 호랑이 무덤에 다다랐을 것이다. 조바심 때문에 속이 메스꺼웠다. 산방산에 가까워지자 한동안 뜸했던 굵은 빗방울이 떨어지기 시작하더니 산 아래 도착할 즈음에는 폭우가 쏟아졌다. 지친 포졸들이 비를 맞으며 빨랫감처럼 여기저기 늘어앉아 있었다.

"아직 연지 낭자는 못 찾았느냐?"

막 산에서 내려온 무리를 붙잡고 물었다.

"갑자기 비가 쏟아지는 통에 산중턱부터 흙이 무너지고 있습니다. 사람이 다닐 만한 자리는 모두 뒤져봤지만 아씨의 흔적은 찾지 못했습니다."

비는 삽시간에 산방산을 녹여 내리고 있었다. 불어난 계곡은 금세 붉게 변했고, 변변한 도롱이도 갖추지 못한 포졸들이 온몸으로 허연 김을 뿜어내며 떡갈나무 아래로 기어들었다. 범인이 송일영이든, 누구든 간에 나와 같은 조건 아래 움직이고 있는 건 자명했다. 그가 하면 나도 할 수 있다.

산방산에서 흘러내린 물이 줄기를 이뤄 등산로 끝에 물홈채기를 만들고 있었다. 나는 붉덩물을 건너뛰어 산자락에 오르기 시작했다. 포졸 하나가 달려와 위험하다며 소매를 붙잡았지만 뿌리치고 바쁜 걸음을 옮겼다. 버선이 젖어 신이 벗겨졌고, 나뭇가지에 갓이 걸려 끈이 떨어져 나갔다. 거추장스러운 것들이 몸에서 떨어져 나가자 걸음이 한결 가벼워졌다. 작고 날카로운 돌이 발바닥을 찢고, 돌이끼 때문에 몇 번이나 엉덩방아를 찧었지만 아픈 줄도 몰랐다.

중턱부터는 비에 물러 뭉텅뭉텅 흘러내리는 흙더미에 몸이 중심을 잃고 휩쓸리기도 했지만 겨우 소나무나 바위를 붙잡아 부지했다. 손톱이 부러지고 입안에 진흙이 가득 들어차 숨을 쉬기조차 쉽지 않은 산행이었다. 그러나 점차 요령이 생겨 잔솔포기와 작은 바위를 발판 삼아 기다시피 해서 산에 올랐다. 바람에 뿌리째 뽑혀 부러진 나뭇가지를 지팡이 삼아 더듬더듬 방향을 잡아갔다. 입술을 적시는 물기가 찝찌름했다. 땀이었다. 혼신의 힘을 다한 끝에 드디어 검은 재가 뒤엉킨 화전터에 도착했다.

여송화의 시신이 발견된 장소인지, 화전 한 귀퉁이에 누군가 흙을 덮어놓은 것이 보였다. 핏자국 때문일 터였다. 화전터에서 귀를 기울이자 물 흐르는 소리가 들려왔다. 서쪽이었다. 털보 청년의 말대로 오백 보쯤 걸어가자 장정만 한 촛대 모양의 바위가 붉은 흙탕물을 뒤집어쓰고 있었다. 다시 이백 보쯤 올라가자 비탈 아래 방동사니와 가시덤불이 우거져 동그마한 집처럼 웃자란 풀 무더기가 보였다.

비탈이 가팔라 자칫 발을 잘못 디뎠다가는 가시덤불로 굴러 떨어지기 쉬운 위치였다. 험준한 지형 때문에 포졸들의 수색도 예까지는 미치지 못한 것 같았다. 빗물에 흙이 씻겨 뿌리가 드러난 참오동나무를 붙잡고 비탈길을 조심조심 내려갔다. 흙속에 숨어 있던 지네 한 마리가 잰걸음으로 팔을 타고 기어 올라왔고, 아차 하는 사이 그 위로 돌벼락이 내리쳐 썸벅, 손등의 살점을 베어갔다. 살점이 떨어져 나간 자리에서 적지 않은 양이 피가 흘러내렸다. 팔과 어깨가 미지근한 피로 젖어들고 어디선가 피 냄새를 맡은 산짐승의 낮은 포효가 들리는 것만 같았다. 그러자 지금껏 잘 버텨주었던 두 팔에 힘이 풀렸다. 몇 걸음만 더 내려가면 호랑이 무덤인데, 피로에 지치고 상처 입은 몸은 그 짧은 순간을 견뎌내지 못했다. 비명을 지를 겨를도 없이 내 몸은 가시덤불 위로 던져졌다. 날카로운 가시가 도포를 뚫고 들어와 맨살을 후벼댔다. 이대로 정신을 잃기라도 한다면 연지를 영영 잃게 될 터였다. 사지를 바동거려 덤불 속에서 빠져나오려 애썼다. 사투 끝에 내 몸을 지탱하고 있던 가시덤불이 우득우득, 소리를 내며 부러지기 시작했다. 어쩌면 내가 떨어진 자리가 운 좋게도 범인이 헤치고 들어가 생긴 틈인지도 몰랐다.

철벅, 흙탕물 고인 바닥에 주저앉고 보니 등 뒤로 사람의 기척이 느껴졌다. 털보 청년이 말한 호랑이 무덤이란 게 단지 가시덤불과 절벽 때문에 지어진 이름은 아닌 듯했다. 무성하게 자란 덤불은 마치 천장처럼 머리 위를 가렸고, 거센 비조차 비껴갈 천연요새를 만들어놓았다.

"소장님, 여깁니다!"

한섭의 목소리였다. 고개를 돌려보니 피투성이가 된 한섭이 허벅지를 움켜쥐고 벼랑 끝 진흙 바닥에 누워 있었다. 그의 발치에 정신을 잃은 연지가 쓰러져 있고, 예닐곱 걸음 떨어진 자리에 복면을 뒤집어쓴 자가 도포 차림으로 오라져 있었다. 복면은 남인해를 겁탈하던 자가 쓴 것과 같은 모양이었다.

"네가 어찌 여기 있느냐?"

한섭에게 다가가 허벅지를 들여다보니 한 뼘가량의 상처에서 피가 나오고 있었다.

"저자의 복면을 벗겨보십시오."

나는 도포 자락을 찢어내 한섭의 상처에 동여매고는 오라진 채 고개를 떨어뜨린 자에게 다가섰다. 복면을 쓴 사내가 입은 도포는 여러 곳이 찢기고 진흙이 튀었지만 질 좋은 비단에 야무지고 단정한 바느질 솜씨로 지어진 고급품이었다. 떨리는 손으로 사내가 쓴 복면을 벗겨냈다. 송일영이었다. 거친 숨을 몰아쉬며 눈조차 제대로 뜨지 못한 그의 얼굴은 한섭과 격투를 벌였는지 이마가 찢어지고 눈가가 부어올라 흉측하게 일그러졌다.

"혹시나 하는 마음에 연지 낭자를 모셔다 드리고 잠복을 하던 중에 송일영을 목격했습니다. 이자가 포졸들의 눈길을 피해 낭자의 방에 숨어들더니 묵직한 자루를 들고 말에 오르는 것이 아니겠습니까. 필시 자루 안에 든 것이 연지 낭자란 직감에 여기까지 미행하게 됐습니다."

출혈이 심한지 한섭의 입술이 창백했다. 자신의 몸을 던져가면서까지 진범을 잡아낸 그의 집념에 감탄이 터져 나왔다.

"내가 해야 할 일을 네가 했구나. 수고하였다. 감영에 돌아가면 너의 살신성인을 임금께 고하여 포상할 것이다. 우선 연지 낭자와 너를 구하는 게 먼저이니 내려가서 포졸을 데려오마."

혼절한 연지의 코끝에 손가락을 대보니 고른 숨결이 느껴졌다. 마음 같아서는 연지부터 데려가고 싶었지만 그러기엔 공을 세운 한섭이 서운해할까 심려되었다.

"함 소장이 내려가면 그 장도로 나와 연지 낭자를 죽일 테지."

기력은 잃었지만 강단 있는 송일영의 목소리가 들려왔다.

"그 입 다물라!"

한쪽 다리를 온전히 쓰지 못하는 한섭이 송일영을 향해 눈을 부라렸다.

"함 소장은 내가 범인 같소? 대체 내가 무엇 때문에 제주에 와서 낯선 처녀들을 죽인단 말이오?"

입술이 부은 송일영이 힘들게 나를 바라보았다.

"그건 내가 묻고 싶은 말이오. 반성의 기미조차 없구려. 이런 자가 조선의 관리라니, 통탄스러울 따름이오."

살인자의 적반하장이었다.

"아직도 모르시겠소? 진범은 한섭이란 말이오. 아편의 노예가 되어 기수영의 치마폭에 놀아난 앞잡이를 코앞에 두고 함 소장은 헛다리를 짚고 있소! 증거도 없이 왜 나를 범인으로 확신하시오."

송일영의 핏발 선 눈길이 한섭을 향했다.

"이단분의 손에 들려 있던 시계가 증거다. 지체하실 것 없이 포졸들을 데려오십시오. 살인귀의 말에 미혹되시면 안 됩니다."

한섭이 허벅지를 누르며 고통에 짓눌린 목소리를 내질렀다.

"함 소장의 의심을 피하고 나를 용의자로 몰기 위한 얕은 꾀였소. 아직도 이자의 말을 믿으시는가?"

"이젠 칼이 아닌 세 치 혀로 사람을 잡고 있습니다. 소장님, 서두르십시오!"

둘 중 누구의 말을 믿어야 할지 갈피를 잡을 수 없었다.

"송 어사님 말씀이 옳습니다. 범인은 한섭입니다."

끊어질 듯한 연지의 목소리였다. 몸을 일으키기도 버거운지, 그녀는 겨우 손가락만 들어 한섭을 가리켰다.

"되질 년을 살려주었더니!"

한순간 한섭의 눈이 세모꼴로 변했다. 그는 품 안에서 장도를 뽑아 들어 연지의 목덜미에 장도를 들이댔다.

"네가 어찌!"

연지가 깨어나지 않았다면 나는 아마도 송일영의 말을 믿지 않았을 것이다. 내가 포졸을 부르러 간 사이 한섭은 연지와 송일영의 목숨을 앗고, 거짓을 고했을 터다. 아찔한 결말이었다.

"송일영을 끌어안고 벼랑으로 뛰어내린다면 이 계집은 살려줄 수도 있소. 아편쟁이가 아편을 끊고 무슨 낙으로 살겠소? 서출 자식을 홀대하는 양반의 딸을 없앨 때마다 기수영은 원하는 만큼의 아편을 내주었소. 더 이상 탕진할 가산이 없으니 기수영의 미주알을 핥을 밖에. 그런데 저자와 이 계집이 작당을 하여 내 목을 조여오지 않겠소. 허니 어쩌겠소? 증거를 없애고 기수영의 기방을 차지하면 평생 근심 걱정 없이 아편을 빨 수 있을 테지.”

장도가 아슬아슬하게 연지의 희고 가는 목덜미를 짓눌렀다. 그의 아버지 김 진사가 와병 중에 잠시 통증을 잊었던 것도 아편 때문이었으리라. 그런 줄도 모르고 금가락지를 빼준 일이 후회스러웠다.

“박연 선생에게 부탁했으니 지금쯤 기방은 코길이 발바닥에 납작해지지 않았겠소?”

송일영이 힘겹게 몸을 일으켜 세우고 한섭을 노려보았다.

“기방이 부서졌다고? 그럼 내 아편은? 이런 제에미!”

그림자를 늘어뜨리고 깊게 꺼진 눈이며 창백한 입술, 한섭의 얼굴은 기방에 드나들던 사람들의 몰골이었다. 살아 있되 살아 있지 않은 자의 얼굴을 한 한섭이 성을 냈다. 연지의 목덜미에서 가느다란 피가 흘러내렸다.

“어서 죽여라! 그리고 나와 함께 가자. 함 소장님, 주저하지 마시고 우리를 절벽 아래로 떠밀어주십시오. 머뭇거리다간 모두 위험에 처합니다.”

결정의 순간이 왔다. 나와 송일영이 몸을 던진다고 연지를 살린다는 보장은 없다. 지금껏 죄책감 없이 처녀들을 죽인 한섭이라면 우리의 죽음을 확인한 후 연지마저 벌레 뭉개듯 거리낌 없이 해치워버릴 것이다. 더딘 발걸음이 한섭과 연지를 향했다.

“함복배 소장의 연정은 한낱 가랑잎만도 못한가 보오. 제 한 목숨 구하느라 사모하던 여인을 절벽으로 떠미는 자가 진정 사내대장부라 할 수 있소?"

이미 나는 진정한 사내대장부가 아니었다. 가장 가까이에서 한섭의 일거수일투족을 낱낱이 관찰하면서도 그가 아편중독자에 살인자라는 걸 눈치채지 못했다. 오히려 그의 뒤를 쫓는 송일영을 의심하고 투기한 죄가 크다. 연지와 한섭을 벼랑에서 떠밀어버리고 나면 나도 관직을 버릴 생각이었다. 그리고 사람의 눈과 귀가 닿지 않는 어느 산중에 고치처럼 작은 움막을 지어 평생을 칩거하며 젊은 날을 후회하리라.

한섭이 연지의 목에서 칼을 거둬 다가서는 나를 향해 휘둘렀다. 두렵지 않았다. 마지막까지 연지와 함께하지 못하는 현실이 원망스러울 뿐이었다. 칼끝이 허벅지와 손등을 스쳤다. 뜨거운 피가 흘러내리는 상처보다 굵은 눈물이 비집고 나오는 눈가가 더 시렸다.

"한섭아, 내생에는 부디 올곧은 사람으로 태어나 다시 만나자꾸나. 낭자, 그리 오래 기다리지는 않게 하리다. 잘 가시오."

연지의 목을 끌어안고 엉덩이로 주춤거리던 한섭이 내 가슴을 향해 시퍼런 칼날을 휘둘렀다.

탕!

귀청이 먹먹할 정도의 폭음이 들렸다. 그 순간, 내 가슴팍을 향하던 칼날이 맥없이 떨어졌다. 허옇게 눈을 까뒤집은 한섭이 뒤로 쓰러지며 머리가 벼랑 끝 허공에 걸렸다. 그의 팔에 목이 감겼던 연지가 아슬아슬하게 추락을 면하고 흙바닥에 웅크렸다. 힘없이 몸을 일으킨 그녀가 내 어깨 너머 먼 곳을 바라보았다.

"고맙습니다, 박연 선생."

연지가 바라본 곳에는 연청색 연기에 휩싸인 박연이 서 있었다. 어느새 비가 그치고 있었다. 호랑이 무덤으로 가는 햇발 가닥들이 쏟아져 들어왔다.

"홀로 총의 사용법을 알아내다니 대단하구려. 두 사람 다 무사한 것 같으니 우선 나 좀 풀어주시오."

송일영이 자리에서 일어나 절룩거리며 박연에게 다가섰다. 탕, 하는 폭음은 총에서 터져 나온 것 같았다. 박연이 오른손에 든 총을 허리춤에 꽂아 넣고 송일영의 오라를 풀어주었다. 저 짧은 쇠막대기에서 이처럼 엄청난 불길이 뿜어져 나와 눈 깜짝할 사이에 목숨을 앗는다는 사실이 믿어지지 않았다. 조총과 모양새가 비슷하여 막연히 총의 일종으로만 여겼던 신문물이 세 사람의 목숨을 구했다.

"그 불을 뿜는 막대가 아니라, 그걸 들고 용케 여기까지 찾아오신 박연 선생이 우리를 구하셨습니다."

어느새 자리에서 일어나 옷매무새를 고친 연지가 나긋한 목소리로 박연의 공로를 치하했다. 그녀의 말이 옳았다.

"박연 선생, 우리가 여기 있는 걸 어찌 알고 올라오셨습니까?"

박연이 송일영의 팔을 어깨에 걸어 부축했다.

"저 아래 뱀의 남자가 왔습니다. 도포에 갓을 쓴 선비가 사람 죽이는 곳을 찾는다고 했습니다. 박연은 용감한 남자니까, 사람들이 말려도 올라옵니다."

박연의 찢어진 바지 아래로 상처투성이의 무릎이 보였다. 아직 조선말도 서툰 그가 뱀장수의 설명을 어림짐작해 험한 산길을 올랐다는 게 한없이 고마웠다.

"오늘 뱀장수 바쁜 날일세. 그건 그렇고, 어서 내려갑시다. 아편쟁이는 힘이 세다더니, 한섭이 놈한테 흠씬 두들겨 맞아 성한 곳이 없소이다."

박연이 송일영을 부축하고 가시덤불을 헤치며 앞장섰다. 연지는 속치마를 벗어 죽은 한섭의 얼굴을 덮어주었다. 한섭의 염통께에서 퍽 많은 양의 피가 흘러나왔다.

"지금쯤 이상도 어른과 남인해의 애간장이 다 녹았을 것이오. 내려가십시다."

자신의 목숨을 위협했던 한섭이건만, 연지가 눈가를 붉히며 몇 번이고 뒤를 돌아보았다.

"무서웠습니다."

문득 따뜻한 물을 담은 말캉한 주머니처럼 연지의 작고 부드러운 몸이 내 품을 파고들었다. 낭떠러지로 향하던 순간보다 더 바삐 심장이 뛰었다. 연지가 살아 있다는 게 기뻤고, 그녀가 품 안에 있다는 게 행복했다.

"남녀가 유별하거늘, 대낮에 무슨 짓들이오?"

흥을 깬 건 송일영이었다. 그는 가시덤불 밖에서 박연에게 대롱대롱 매달려 목청을 돋웠다. 잠시 연지와 송일영이 정인이라는 사실을 잊고 있었다. 나는 다급히 연지를 놓아주고 가시덤불을 헤쳐 연지가 나갈 수 있는 공간을 만들어주었다.

"함 소장님의 예의범절은 제주에서 으뜸이오."

송일영의 야기죽거리는 꼴이 마뜩잖았다. 아무리 생각해도 송일영은 대장부답지 않은 성정이었다. 박연의 등에 업힌 송일영이 비탈길에서 미끄러운 진흙에 넘어지지 않으려 아등바등하는 나와 연지를 한심한 눈길로 내려다보았다.

"함 소장, 연지 낭자의 손이라도 좀 잡아주는 게 어떻겠소? 저런, 저런. 음전한 처녀 속바지가 다 벗겨지게 생겼네."

뒤를 돌아보니 진흙에 빠져 속바지가 흘러내린 연지가 어쩔 줄 몰라 하며 얼굴을 붉혔다.

"송 어사 말씀대로 남녀가 유별하니 어쩔 도리가 없습니다."

방금 전, 연지를 품에 안은 건 전적으로 그녀가 몸을 맡겨왔기 때문이다. 물론 가히 없이 행복한 순간이었지만 송일영과 연지의 사이를 모르는 바 아닌 터, 매사에 조심하고 예를 갖춰야 했다.

"한양에 처자식만 없다면 내가 연지 낭자의 손을 잡아줄 텐데, 아쉽구려."

"처자라니, 그럼 송 어사께선 혼인을 하셨단 말이오?"

"아무럼요. 열세 살에 상투를 틀었지요."

"그럼 연지 낭자의 정인이 아니었단 소리요?"

송일영이 호탕한 웃음을 터뜨렸다.

"연지 낭자는 이미 정혼자가 있는 줄 아외다. 내 말이 틀렸소?"

속바지를 추스르느라 쩔쩔매던 연지가 아랫입술을 꼭 깨물었다. 그러고는 말없이 내게 손을 내밀었다. 송일영의 정혼자가 아니라는 사실은 기뻤지만, 이미 누군가와 혼약이 이루어졌다면 다시 내가 끼어들 틈은 없었다. 내 손을 잡은 연지의 두 볼이 약지에 낀 반지만큼이나 붉었다.

"소장님, 산 아래서 포졸들이 올라옵니다!"

비탈을 오르자, 박연이 산 아래를 향해 손가락을 뻗었다. 뒤늦게 올라온 포졸들이 얼빠진 낯으로 우리를 맞았다.

"늦어서 송구하옵니다."

포졸 둘이 박연의 등에 업힌 송일영을 부축했고, 나머지는 호랑이 무덤으로 향했다. 산 아래로 내려가자 아름드리나무에 묶여 있던 코길이가 반가운 듯 앞다리를 들어 올리고 두 귀를 나풀거렸다. 박연과 연지는 코길이 등에, 나와 송일영은 말에 올라타고 감영으로 향했다.

말을 달리자 젖은 몸이 식으며 오한이 들었다. 기수영의 은장도에 찔리고 한섭의 장도에 베인 상처가 몸을 들썩일 때마다 욱신거렸다.

"미리 말하지 못한 건 미안하게 됐소."

달리는 말 위에서 송일영이 내게 사과를 했다.

"그게 어디 송 어사님 잘못이겠습니까."

"연지 낭자의 뜻이었소. 행여 한섭이 눈치챌까 봐 측근인 함 소장에게는 귀띔하지 못하게 했다오."

"그 말씀은 처음부터 연지 낭자가 살인사건에 개입했다는 뜻입니까?"

"그렇다마다요. 범인을 추적한 건 나지만, 뒤에서 조종한 건 연지 낭자였소."

예상치 못한 대답이었다. 두 사람이 편지를 주고받은 일이며 은밀히 눈빛을 교환한 일들이 모두 연지와 송일영의 공조 작전 때문이었다니.

"궁금한 것이 있습니다."

"말씀하시오."

"실은 지금껏 저는 송 어사님을 범인으로 추측해왔습니다. 그 이유 중 하나는 박연 선생이 송 어사님의 봇짐에서 피 묻은 칼을 보았기 때문이고, 다른 하나는 죽은 이단분의 손에서 송 어사님이 가져갔다던 시계가 나왔기 때문입니다."

나는 내내 마음에 걸리던 두 가지 물증에 대한 의문을 털어놓았다.

"외지인에게 죄를 뒤집어씌우기 위한 한섭의 계략이었지요. 한섭은 사건 현장에 증거물을 남길 리 없는 주도면밀한 자였소. 범행에 쓰인 칼을 내 봇짐에 넣고 일부러 제삼자인 박연의 눈에 띄게 했을 것이오. 시계 또한 분실되기 쉽게 쇠끈의 이음새를 헐겁게 해놓았더군. 그때 내가 눈치를 채고 일부러 한섭이 다니는 길목에 시계를 떨어뜨린 거라오. 그걸 주운 한섭이 나를 범인으로 몰아갈 결정적 증거물로 이단분의 손에 쥐여주지 않았을까 짐작할 뿐이오. 그 무렵 동무 이단분의 죽음을 의심하던 연지 낭자가 나를 찾아왔기에 내 생각을 털어놓았더니 다모를 시켜 한섭의 뒤를 밟게 하였더이다. 그러니 오늘의 수훈장은 누가 뭐래도 박연 선생과 연지 낭자요. 함 소장은 진정 영리하고 용감한 사람들을 얻었구려."

어려서부터 연지가 총명하고 대범한 성격인 줄은 알았지만 암행어사를 조종해 살인사건을 파헤친 배후였다는 건 감히 상상조차 하지 못한 일이었다. 감탄을 하는 사이 말이 감영에 다다랐다. 초조한 듯 감영 마당을 서성이던 이상도 어른이 버선발로 뛰어나와 우리를 맞았다.

"어찌 되었는가?"

위엄 있는 관료가 아닌 아비로서 이상도 어른이 물었다.

"무사합니다. 곧 박연 선생과 함께 감영에 도착할 테니 염려 마십시오."

이상도 어른의 얼굴이 환해졌다.

"어르신, 제주에는 살인범뿐 아니라 아편에 중독되어 자식을 팔아넘긴 양반과 관료들이 수십 명에 달합니다. 암행어사의 직권으로 그들을 압송하고 엄벌에 처할 생각입니다. 개중에는 어르신과 교우를 나눈 벼슬아치도 있사오나 죄질이 무거운바, 참작의 여지가 없겠습니다."

인정하고 싶진 않지만, 처음으로 어사다운 말을 하는 송일영이 늠름해 보였다.

"예외란 없소. 모두 체포하여 일벌백계하시게나. 두 사람이 연지뿐 아니라 제주를 구했구먼."

이 모든 게 연지의 진두지휘로 덕분이라는 것을 이상도 어른이 안다면 불벼락이 떨어질 거라는 생각에 송일영과 나는 서로의 눈치만 살피다 입을 다물었다. 한 식경쯤 지난 후에 박연과 연지를 태운 코길이가 감영 마당으로 들어섰다. 감정을 드러내는 데 서툰 이상도 어른과 연지도 그 순간만큼은 서로의 손을 맞잡고 기쁨의 눈물을 흘렸다.

"함 소장, 약속을 지켜주었구면."

이상도 어른이 내 손을 그러잡았다. 많은 것을 잃고 소중한 것을 얻은 날이었다. 이상도 어른의 뒤로 젖먹이 동생을 업은 남인해가 반색을 하고 뛰어나왔다.

"아씨, 소장님 그리고 송 어사님. 무사하셔서 다행입니다."

거금 쉰 냥을 내놓고 악의 구렁텅이에서 자신을 구한 송일영 앞에서 남인해가 울먹였다.

"그보다 함 소장, 자네는 검역소로 가보게나. 손님이 오신다고 영보가 기별했네."

검역소로 나를 찾아올 만한 사람이 누구일까? 손님의 정체도 궁금했지만 상처 입은 데다 피곤한 몸을 뉘고 싶은 마음에 나는 이상도 어른과 연지에게 인사를 올렸다. 그리고 연지의 귀환을 기념한 잔치를 벌인다는 소리에 미련을 버리지 못하고 기웃거리는 박연, 송일영을 윽박지르다시피 해 코길이 등에 올라탔다. 그러나 참외를 모두 소진한 코길이는 반도 못 가 박연의 빈 낚싯대를 본체만체했다. 그런 코길이를 어르고 달래 몇 걸음씩 끌고 오느라 검역소 앞에 도착했을 때는 어스름 저녁 무렵이 되어버렸다. 검역소 앞에는 낯선 가마 한대가 서 있었다.

"오랜만입니다, 도련님."

이 목소리는 이종달이었다. 어머니의 유모였고, 내게는 피붙이나 다름없는 이종달의 목소리를 듣자 어린아이로 돌아간 듯 걸음이 비척이고 그간의 설움이 복받쳤다.

"이 먼 제주까지 어인 일이시오?"

문가에 선 이종달에게 달려가 덥석 손을 잡았다.

"감영의 포졸로부터 얘기 들었습니다. 큰일을 해내셨더군요. 대견하십니다."

이종달이 눈물을 훔쳤다.

"내일 네가 장가를 가는데 어미인 내가 오는 건 당연한 일 아니냐?"

이종달의 뒤로 어머니의 목소리가 들려왔다. 마치 어제 만난 사람처럼, 어머니의 목소리가 심상했다.

"어머니! 그간 무고하셨습니까? 그런데 장가라니요."

심상한 목소리와는 달리 아들 걱정에 수척해진 어머니가 환하게 웃으며 피 묻은 내 도포를 어루만졌다.

"지난번 보낸 청혼서에 이상도 어른께서 화혼서를 보내오셨더구나. 그래서 사주단자와 함께 연지에게 비취가락지 한 쌍을 보내고 네게도 기별을 했는데, 무슨 엉뚱한 소리냐?"

송일영이 소맷부리에서 서찰 한 장을 꺼내 장난스럽게 흔들었다.

"혼례가 코앞이라고 하면 사건에 집중했겠소?"

그간 참아온 감정이 일순 폭발했다. 남의 일류지대사를 가지고 장난질이라니. 엄벌을 받는다 해도 그냥 지나칠 수 없는 일이었다. 나는 송일영에게 달려들어 멱살을 잡았다.

"어미 앞에서 못하는 짓이 없구나. 악의 없는 행동이었을 테니 용서하거라."

송일영은 부러 엄살을 부리며 어머니 등 뒤로 몸을 숨겼다.

"네 어머니께 장원급제 소식은 들었느니라. 아주 훌륭한 관리가 되었구나."

이상도 어른의 말씀처럼 어머니는 송일영의 부모님과 안면이 있는 듯했다. 내 역성을 들어주지 않는 어머니가 야속하기만 했다.

송일영은 그날 저녁 내내 어머니의 어깨를 주무르며 그간 모험담을 쉬지 않고 늘어놓았다. 어머니는 아들인 나를 제쳐놓고 '이런' '경을 칠' '옳구나' 등으로 송일영의 흥을 돋워주었다. 밤이 이슥해서야 둘은 아쉽다는 듯 내일을 기약하고 잠자리에 들었다. 나는 어머니의 다리를 주무르다 고른 숨결 소리를 듣고서야 자리에서 일어났다.

송일영과 나는 사이좋은 형제처럼 상처에 좋다는 탕약을 나누어 마시고 각자의 방으로 걸음을 돌렸다. 나는 자리에 누워 연지가 부적이라며 건넨 가죽 염낭을 만지작거렸다. 서양에서는 토끼발이 행운의 부적이라니, 역시 야만적이기 그지없었다. 진짜 토끼발이 든 건지 궁금했지만, 어쩐지 혼인을 앞두고 죽은 짐승을 봤다 동티가 날까 저어되었다. 하지만 소나 개도 아니고 하찮은 토끼라면, 기껏해야 새끼나 줄줄이 낳는 정도의 동티가 아닐까 짐작하며 조심스레 염낭을 열었다.

그 안에는 정말 발목에서 절단된 흰 토끼의 발이 들어 있었다. 흉물스럽기보다는 솜을 넣어 만든 인형처럼 귀엽기까지 했다. 하지만 이까짓 게 무슨 행운의 부적이라는 걸까, 의심하며 염낭을 뒤집었을 때 있는 줄도 몰랐던 비취가락지 하나가 바닥으로 툭 떨어졌다. 연지의 반지와 같은 모양, 같은 색깔이었다. 토끼의 발을 볕에 말리고 안에 솜을 채워 바느질했을 연지, 한 땀 한 땀 정성들여 가죽 염낭을 짓고 그 안에 반지를 넣었을 그녀를 떠올리자 가슴이 벅차올랐다.

동이 트자 본격적인 혼례 준비가 시작되었다. 어머니는 한양에서 가져온 혼례복을 다렸고, 고상분은 동무들을 불러 음식을 장만했다. 고소한 기름 냄새와 불기운이 퀴퀴한 검역소를 환하고 따뜻하게 달구었다. 틈틈이 고상분은 박연의 입에 돈저냐며 나물을 옮기기 바빴고, 그런 둘을 영보가 한 맺힌 눈으로 좇았다. 소총을 마지막으로 신문물의 검역도 끝이 난 터라 나는 혼례가 끝나면 어머니를 따라 한양으로 떠날 채비를 했다.

"뿌우우우우."

문밖에서 코길이의 날카로운 울음소리가 들려왔다. 아직 발정이 덜 끝난 탓도 있지만 갑자기 들끓는 손님들 때문에 화가 난 것 같았다. 미호가 있었더라면 어떻게든 코길이를 달랬을 것이다. 미호를 떠올리자 설레던 마음이 다시 가라앉았다.

방문을 열자 성을 내는 코길이에 겁을 집어 먹은 일꾼들이 처마 밑으로 몸을 사렸다. 어쩌면 코길이도 절친한 벗을 잃은 걸 어림짐작하고 있는지 모른다. 나는 안쓰러운 마음에 코길이에게 다가가 미호가 그랬던 것처럼 자그마한 호박 한 덩이를 입에 넣어주고 코를 어루만졌다. 거친 살결이 미호의 손과 닮아 있었다. 안쓰러움에 염낭을 뒤져 얼마 남지 않은 로손을 꺼내 코길이 코에 발라주었다.

"관찰사 내외와 신부 오셨습니다."

딸을 영영 잃는 줄만 알고 마음을 졸였던 이상도 어른과 연지의 어머니 얼굴이 환하게 피어 있었다. 혼례는 보통 신부의 집에서 치르지만 아직 내 상처가 아물지 않은 데다 여독에 몸살까지 앓는 어머니를 이상도 어른이 배려하여 검역소 마당에 상을 차렸다. 볼에 연지를 찍은 연지가 수줍어서인지 어머니 뒤로 몸을 숨겼다. 그 모습이 어찌나 귀엽던지, 나는 콧물이 흐르는 줄도 모르고 연지를 훔쳐보다 어머니에게 허리춤을 호되게 꼬집혔다. 한껏 차려입은 송일영이 그 모습을 보고 키드득 웃음을 터뜨렸고 덩달아 영보와 박연도 히죽거렸다. 셋은 마치 자신들이 새신랑이라도 되는 양 잔뜩 멋을 냈다. 늘 팔다리가 깡뚱한 상하의의 박연은 눈처럼 새하얀 도포 자락을 휘날렸고, 사시사철 홑겹 바지저고리던 영보도 연청색 두루마기에 패랭이를 썼다. 특히 송일영은 연두색 비단 두루마기에 임금의 친필 시조가 담긴 합죽선까지 펼쳐 들고 거드름을 피웠다.

"특별한 날이 아니면 입지 않는 두루마기올시다."

송일영의 두루마기를 보고 있자니 떠오르는 사람이 있었다. 과거시험 날, 내게 짐을 맡아줄 테니 소피를 보고 오라던 작자였다. 그가 치졸하게 내 자리를 빼앗아 시험을 치르지만 않았어도 암행어사 자리는 내 것일 터였다.

"중요한 날이니 실수하지 않게 미리 소피를 보고 오시오."

송일영과의 악연은 이미 한양에서부터 시작되었던 것이다. 그가 다시 키드득 웃음을 터뜨렸다. 모전자전인지라 나 역시 해

사하게 웃는 얼굴로 송일영에게 바짝 다가서서 그의 허리춤을 있는 힘껏 꼬집었다.

"뿌아아아앙."

한시라도 빨리 연지와 백년가약을 맺을 마음에 방에 들어가 사모관대를 걸치고 나왔을 때, 웬일인지 코길이는 아까보다 훨씬 성이 나 있었다. 영보가 다급히 코길이에게 먹이를 주고 시원한 물을 등에 끼얹어주었지만 소란은 잦아들지 않았다.

"막말로 로손 냄새 때문에 코길이 선생께서 더 화가 난 것 같습니다요. 이러다 목줄이 끊어지기라도 하면 큰일입니다."

영보의 말이 떨어지기 무섭게 코길이가 목줄을 끊고 혼례상을 뒤엎었다. 비명을 지르는 하객들의 얼굴로 으깨진 떡과 과일이 튀었다. 하지만 코길이의 난동은 거기서 멈추지 않았다. 바위처럼 크고 단단한 머리로 검역소의 주렴을 밀고 들어간 코길이는 그 안에 쌓아놓은 곡식들을 닥치는 대로 물어뜯고, 뒤주만 한 똥을 누었다.

코길이가 성큼성큼 검역소 구석의 신문물 궤짝과 보고문 뭉치로 걸음을 떼었다. 검역소가 폭삭 주저앉더라도 그것만은 사수해야 했다. 나는 새신랑 체면도 잊고 코길이의 꼬리에 매달렸다. 그런 노력에도 불구하고 코길이의 느린 뒷발질 한 번에 나가떨어져 똥을 뒤집어쓰고 말았다. 예복이 더럽혀진 것보다 아름다운 신부 앞에서 신랑의 부실한 체력이 탄로 난 게 더 창피했다. 코길이의 뒷장질은 거기서 그치지 않았다.

코길이는 자신이 목표물로 삼은 신문물 궤짝 앞에 불과 한 걸음 남짓 남겨놓고 있었다. 잠시 머뭇거리나 싶더니 코길이는 벌겋게 부어오른 아랫도리로 거센 오줌 줄기를 쏟아내기 시작했다.

"안 되오. 차라리 나를 밟으시오. 코길이, 코길이 선생, 코길이님. 제발!"

코길이가 오열하는 나를 흘끔 쳐다보고는 방향을 돌렸다.

"옳지. 코길이 선생, 이리로 나오시오. 내 수박이든 참외든 뭐든 드리리다. 약속하오. 그러니 나를 따라 이리로 나오시오."

나는 천천히 뒷걸음치며 코길이를 향해 나오라는 손짓을 했다. 그러나 코길이는 '크흥' 짧게 한 번 코웃음을 치더니 거대한 엉덩이로 신문물 궤짝을 깔고 앉아버렸다. 궤짝은 코길이의 무게를 이기지 못하고 단번에 납작해지고 말았다. 그 안에 들어 있던 물건이 쓸모를 잃게 된 건 물론이거니와 코길이가 등을 기댄 방향으로 검역소 전체가 기울고 있었다. 누군가 내 허리춤을 붙잡아 검역소 밖으로 끌어당겼다. 그와 동시에 눈 깜짝할 새에 검역소는 코길이와 신문물을 품은 채 폭삭 주저앉고 말았다.

"함 소장님, 시체 될 뻔했습니다."

나를 끌어당긴 건 박연이었다. 하객들이 조촘거리며 검역소 안마당으로 걸어 들어왔다. 그들은 너나 할 것 없이 뽀얀 먼지를 뒤집어쓰고 겨우 목숨을 부지한 데 감사하며 검역소의 잔해를 함께 파헤쳐주었다.

"화가 화를 불렀구먼."

음식 장만을 돕기 위해 제주 목사 댁에서 보낸 늙은 하녀가 잔해를 뒤지다 말고 혀를 찼다. 흙벽이 무너진 아래, 죽은 코길이가 잠자듯 누워 있었다. 코길이의 유해는 몸뚱이에 동아줄을 묶어 온 동네 사람과 하객들이 힘을 합쳐 검역소 밖으로 끌어냈다. 그러나 코길이의 엉덩이에 짓눌린 궤짝은 형체조차 분간하기 어려웠고, 눈에 불을 켜고 찾아보아도 성한 신문물은 한 점도 남아 있지 않았다. 한때나마 기쁨과 희망을 주었던 신문물의 깨지고 찢어지고 부서진 모양새가 내 신세와 다를 바 없어 보였다.

"이제 내 출셋길은 막혔소. 신문물을 간수하지 못했으니 더 이상 임금님을 알현할 면목이 없지 않겠소."

함께 신문물을 찾아 헤매던 박연에게 하소연을 했다. 혼례복을 벗은 연지가 아랫입술을 깨물고 안타깝게 나를 바라보았다.

"모두 잃었다니요. 당치도 않습니다. 지금 함 소장님 앞에는 조선 최고의 신문물이 함께 울고 있지 않습니까."

고개를 들었다. 거기엔 정말 나를 위해 진심으로 눈물짓고 있는 신문물이 있었다. 화란이라는, 보지도 듣지도 못한 나라에서 떠내려와 노란 피부에 검은 눈을 가진 사람들에게 일생을 맡긴 사내, 박연이었다.

"저를 임금님께 데려가주세요."

박연이 흙 묻은 소매로 내 눈물을 닦아주고는 제 눈물도 닦아냈다.

그날 저녁, 길일을 놓쳐서는 안 된다는 어머니의 성화에 못 이겨 연지와 나는 코길이 시체 옆에서 정화수 한 사발을 사이에 두고 약식으로나마 혼례를 치렀다. 그러고는 감영의 사택으로 들어가 신방을 꾸미고 첫날밤을 보내게 되었다.

나는 그곳에서 가을이 무르익을 때까지 박연에 대한 보고문을 썼다. 화란의 기후와 역사, 말과 습관 따위가 상세히 기록된 보고문이었다. 보고문를 마쳤을 때 박연은 조선에 온 뒤 처음으로 나와 술잔을 기울였다. 그의 입에서 알아들을 수 없는 노랫가락이 흘러나왔다.

"이제 한양이 궁금합니다."

그리움 가득한 눈길로 먼 하늘을 올려다본 박연이 혼잣말처럼 속삭였다.

제주를 떠나는 날 이상도 어른과 영보, 고상분이 서귀포항까지 배웅을 나와주었다. 이상도 어른과 영보는 조금 시무룩할 뿐이었지만 유독 고상분만이 헛구역질까지 해대며 울음을 참지 못했다.

"구뜨바이!"

뱃전에 선 박연이 고상분의 마지막 인사에 오래도록 손을 흔들어주었다. 정든 제주가 아주 천천히 물결의 흐름을 타고 멀어져갔다.

조선 신문물연구소

연지는 해마다 아기를 낳았다. 함복배는 아이가 하나둘 늘어
갈 때마다 곤도미가 있었더라면 삼남이녀의 부모가 되지 않았
을 거라 아쉬워하며 지난날을 회상했다. 말이 더뎠던 그와 달리
세 아들과 두 딸은 모두 돌이 되기 전 말이 터져 부부를 놀라게
했다. 터울이 밭다 보니 젖은 늘 모자랐고, 비슷한 시기에 노란
머리에 검은 눈의 아들을 낳은 고상분을 유모로 들어앉혔다.

신문물검역소가 코길이의 엉덩이에 무참히 대파되었지만, 띄
듬띄듬 조선말을 하는 박연을 보자 임금은 예상 밖으로 무척이
나 흡족해했다. 그 뒤 박연은 조선인으로 귀화하여 고상분과 혼
례를 치렀다. 출산을 불과 여드레 앞둔 봄날이었다. 둘은 자주 다
퉜지만 금실이 좋은 부부였다. 종종 별것 아닌 일에 화가 나 뾰
족하게 날이 선 고상분의 화를 푸는 건 매번 박연의 화란 식 입
맞춤이었다. 화란 식 입맞춤이란, 다른 게 아니라 누가 보든 말

든 제 아낙의 입에 덥석 달려들어 볼을 꺼트려가며 부비는 행동
이었다. 남이 본다면 뇌꼴스럽고 해괴망측한 일일 테지만 수도
없이 보아온 함복배와 연지로서는 그리 볼썽사납지만도 않았
다. 그들이 해마다 수태와 출산을 반복한 이유도 함복배가 박연
의 화란 식 입맞춤을 흉내 냈기 때문이란 건 아직 아무도 모른다.

　가정을 꾸렸음에도 때때로 박연은 행복해 보이지 않았다. 가
끔 출타라도 할라치면 박연을 구경하려는 인파가 남사당패처럼
우그르르 모여들었고, 그중에는 창백한 피부와 노란 머리칼을
비웃고 심지어 돌팔매질을 하는 이도 있었다. 그의 아들과 딸 역
시 놀림의 대상이 되긴 마찬가지였다. 장안에 돌림병이라도 퍼
지면 생김이 다른 외국인, 박연을 제일 먼저 의심해 늘 죄인이나
다름없이 숨어 다녀야 했다. 무엇보다 박연이 행복해 보이지 않
는 건 고향 화란에 대한 그리움 때문이었다.

　"화란은 아름다운 나랍니다. 꽃과 나무가 많지요. 암스테르담
이라는 도성에 나를 닮은 부모님과 세 명의 형이 기다리고 있습
니다. 어쩌면 기다리다 지쳐 그들이 먼저 떠났을지 모르겠군요."

　병자호란에 참전하기 전날 밤, 박연이 능숙한 조선말로 조국
과 부모형제를 그리워했다. 조선땅을 밟은 지 아홉 해가 지난 겨
울이었다. 박연이 병자호란에 참전하게 된 건 순전히 불사신이
라는 소문 때문이었다. 끝도 보이지 않는 바다를 건너 배가 난파
되었음에도 살아남았고, 코길이가 주저앉은 검역소에서 소장인
함복배가 유일하게 건진 신문물이 박연이기도 했다. 박연은 한
양에 올라온 직후 장질부사에 걸렸는데 불과 보름 만에 멀쩡히

회복해 주변을 놀라게 했다. 그런 사실들에 말이 보태지고 윤색돼 박연은 칼로 찌르고 쇠망치로 내리쳐도 죽지 않는 불사신이라는 소문이 떠돌았다. 임금은 박연을 훈련도감의 군인으로 임명했고, 그 명을 받들어 병자호란에 참전하게 된 터였다.

"박연 선생에게는 늘 행운이 따랐으니 일가를 다시 만날 날도 올 겁니다."

박연의 잔에 함복배가 술병을 기울이며 자신 없이 말했다.

"화란에서 저는 가난한 목수의 아들이었습니다. 우연히 모집 공고를 보고 부모님께 소를 사드리기 위해 상선에 오른 건 행운이었지요. 왜국을 지나 조선의 앞바다에 이르러 폭풍을 만나고 배가 침몰한 건 불운이었습니다. 하지만 유일하게 살아남아 함 소장님을 만난 건 행운이었지요. 화란을 등지고 조선인이 된 것, 처와 건강한 두 아이를 얻은 것, 전장의 도구가 되어야 하는 지금까지, 돌이켜보면 행과 불행이 앞서거니 뒤서거니 하는 인생이었습니다. 참전을 불행이라 생각하지만 저는 반드시 살아 돌아올 겁니다. 하지만 만에 하나 제게 무슨 일이 생기거든 소장님께서 제 처자식을 맡아주십시오."

박연이 술잔을 비웠다. 창백하던 그의 얼굴에 보기 좋은 홍조가 돌았다. 유난히 혹독한 추위 때문에 처마에 매달렸던 코길이 코만 한 고드름이 쩽겅쩽겅 떨어지는 소리가 들려왔다. 박연은 새로 채운 잔을 다시 말없이 들이켜고는 눈시울을 적셨다.

이튿날, 박연은 동이 트기도 전 신문물인 총을 허리춤에 차고 전장으로 향했다. 함복배와 연지 그리고 두 남매가 집을 나서는

박연을 배웅했다. 행주치마로 눈물을 찍어내던 고상분이 돌아
서는 박연에게 달려들어 화란 식 입맞춤을 퍼붓는 걸로 환송회
는 끝이 났다.

서양에서 들어온 신무기를 앞세운 청나라의 십만 대군 앞에
서 변변한 갑옷조차 갖추지 못한 조선과 조선의 임금은 쓴잔을
기울여야 했다. 발발 오십여 일 만에 굴욕의 강화조약을 체결하
며 전쟁은 끝을 맺었지만 이미 수많은 양민과 군인이 희생된 후
였다. 조선땅 어디를 가든 곡소리가 끊이지 않았다.

전쟁이 끝났지만 박연은 돌아오지 않았다. 기다리다 지친 함
복배가 훈련도감으로 찾아가봤지만, 관련자가 아니면 출입을
엄금한다는 말만 되풀이할 뿐이었다. 몇날 며칠 머리를 풀어 헤
치고 울기만 하던 고상분이 한 달이 지난 후에야 박연이 잘라놓
고 간 노란 머리카락 한 줌을 놓고 상청을 차렸다. 그의 어린 아
들이 상주가 되어 서럽게 곡을 했다. 아비를 닮아 대꾼한 눈이
십리는 더 꺼져 있었다. 상청에는 평소 박연이 좋아하던 돈저냐
와 설익은 쇠고기 한 덩어리를 올렸다.

"제주 옥돔이 빠졌지 않소!"

곡을 하던 이들이 목소리가 난 곳을 향해 고개를 돌렸다. 거기
엔 옥돔구이라면 자다가도 벌떡 일어나던 박연이 빙그레 웃고
있었다.

"정녕 인겸이 아버지가 맞소? 귀신이어도 좋으니 한번 안아
봅시다."

버선발로 뛰어나간 고상분이 박연의 목을 끌어안고 기쁨의 눈

물을 흘렸다. 박연은 오른손 검지와 중지가 동상으로 떨어져 나갔고 적의 화살이 훑치고 지나간 왼쪽 다리를 눈에 띄게 절었다.

"홍이포의 쓰임을 전수하느라 늦었습니다. 걱정 끼쳐 송구합니다."

박연이 한 달 넘게 돌아오지 못한 건, 전장에서 수많은 조선의 인명을 살상한 홍이포 때문이었다. 적군이 가진 홍이포를 제조한 곳이 화란인 터라 그 사용법을 소상히 알고 있는 자는 조선의 유일한 화란인 박연뿐이었다. 훈련도감은 기밀이 누설되지 않게 하기 위해 박연의 소재를 감추고 한 달여 홍이포와 씨름을 한 것이다. 아들 인겸이 아비를 보고 달려들었지만 부부는 아랑곳없이 화란 식 입맞춤을 나누며 재회의 달콤함을 마음껏 즐겼다.

연지가 여섯번째 아기를 낳을 무렵, 함복배는 진주 감사가 되어 한양을 떠나야 했다. 박연은 서양에서 들여온 각종 무기를 연구하고, 군사를 훈련하며 한양에 남겠다는 뜻을 비쳤다. 박연 부부와의 이별을 가장 아쉬워한 건 연지였다.

"진주는 화란처럼 꽃이 많고 물이 맑은 고장이라고 합니다. 내 극진히 대접할 테니 꼭 한번 유람 오세요."

박연에게 조선말을 가르치고 마음을 나누었던 동무로서의 애틋함이었다. 인겸, 인옥 남매와 절친했던 함복배 부부의 여섯 아이들도 아쉬움에 코끝이 빨개졌다.

"화란에서는 친한 친구끼리도 포옹을 한답니다."

연지가 함복배의 눈치를 살폈다.

"그럼 화란 식으로 헤어집시다."

머뭇거리던 함복배가 먼저 고상분을 끌어안자, 박연도 연지를 부드럽게 안았다. 이어서 함복배와 박연, 연지와 고상분도 아쉬움의 포옹으로 석별의 정을 나누었다. 아쉬우나 받아들여야 할, 그래서 누구도 서럽게 울지 않은 헤어짐이었다.

　함복배는 스무 살에 신문물검역소의 소장이 되었고, 서른여섯 살에는 젊은 날 그리도 꿈꾸던 목사의 자리에 올라섰다. 그리고 마흔이 되던 해에는 판서 송일영의 천거로 예문관을 다스리게 되었다. 예문관은 주로 선임자가 후임자를 선발하여 추천할 수 있었는데, 역사 기록인 사초를 쓰고 교서를 짓는 관직이었다. 모두의 명망을 한 몸에 받는 명예로운 관직이었다.

　함복배는 과거제도를 바꾸거나 세상을 뒤집는 위인이 되지는 못했다. 하지만 그는 적당히 청렴하고 또 적당히 게으른 초로의 영감으로 늙어가는 자신이 그럭저럭 만족스러웠다.

　"이제 늙어 죽는 일만 남았습니다."

　나비잠을 자는 손자를 들여다보던 연지가 목소리를 낮췄다. 그녀는 세월과 함께 살피듬이 좋아져 후덕한 인상으로 변해 있었다.

　"이맘때 제주에 있었더라면 성게며 해삼이 한창이었겠지. 상분이가 끓인 성게 미역국이 생각납니다."

　부부는 박연과 고상분을 회상했다. 몇 해 전, 고상분이 중풍을 맞자 박연은 관직에서 물러나 그녀를 간병했다. 연지가 중풍에 좋다는 귀한 약재며 병 구환에 보탤 자금을 마련해 해마다 보냈지만 올 초, 고상분은 끝내 세상을 등졌다. 졸지에 홀아비가 된 박연에게 살림을 합치자고 했지만, 그는 부부의 성의를 굳이 뿌리치고 장성한 아들 내외와 원산에 뿌리를 내렸다.

"드릴 말씀이 있습니다."

문밖에서 손기척과 함께 부부의 둘째 아들인 우탁의 목소리가 들렸다. 그 소리에 두 팔을 휘둘러가며 잠짓을 하던 손주를 연지가 끌어안고 부라질을 했다.

"들어오너라."

우탁은 자식 중 가장 아비를 많이 닮아 함복배가 특별히 아끼는 아이였다. 그는 스물두 살인 삼 년 전 과거에 급제하여 막 신출내기 신세를 면한 처지였다.

"어제 송일영 대감께서 부르셨습니다."

"뭐라 하시더냐?"

"제주에 신문물연구소를 개소할 예정이니 그곳의 소장직을 맡으라 하셨습니다. 황감하기 이를 데 없는 제안이라 아버님의 허락도 없이 수락하였습니다."

세월이 흘렀지만 함복배는 송일영이 하나도 변하지 않았다는 생각에 긴 한숨을 내쉬었다. 매사에 함복배보다 한 수 위였던 송일영은 여전히 그를 이십여 년 전 풋내기 신문물검역소 소장으로 여기고 있는 것만 같았다.

"한마디 상의도 없이 어찌 이리 경솔한고."

우탁이 아버지 앞에 고개를 들지 못했다.

"꾸중하실 것 없습니다. 거절할 수 없는 제안이었을 테지요."

연지가 말했다.

함복배는 이십여 년 전의 일을 낱낱이 기억하고 있었다. 당시 송일영이 한양에 처자가 있지 않았더라면 아내인 연지를 보쌈하고도 남을 위인이란 생각에 다시금 식었던 질투가 불타올랐다.

"송 대감님 말씀대로라면 과거 아버님이 꾸리시던 신문물검역소보다 신문물연구소는 한층 발전된 기관이 될 것입니다. 검역소가 단순히 검역하여 보고문을 작성하는 기관이었다면 연구소는 신문물의 쓰임을 발전시키고 실생활에 적합하도록 개조하는 역할까지 맡게 되었으니 저로서는 황감할 따름입니다. 우선 청국에서 들어온 물건 몇 가지만 연구하여 임금께 고하면 훗날 제주 목사직에 천거해주시기로 하셨습니다. 부디 허락해주십시오."

이십여 년 전, 함복배에게 장인인 이상도가 했던 제안이다.

"그것참 잘되었구나. 송일영 대감이라면 믿을 만한 분이고, 아버지의 뒤를 잇는 일이니 이 어미는 찬성한다."

연지가 아들을 거들고 나섰지만 함복배는 대답을 아꼈다. 이미 모든 걸 결정하고 부모에게 통고하는 방식이 마뜩잖아서였다.

"영감, 서로 낯 붉힐 일이 아닙니다. 우리도 이만 복작대는 한양을 떠나 우탁이를 따릅시다. 제주가 그리워요."

제주에는 연지의 부친이자 함복배의 장인인 이상도의 묘가 있었다. 이상도는 칠순에 정년을 마치고 제주에서 낚시를 하다 조용히 세상을 떠났다. 그의 묘는 관노인 영보가 지키고 있었다.

"송일영 대감께 전하여라. 신문물연구소는 신문물만 연구할 뿐 외국인이나 외국의 동물, 연쇄 살인범을 연구하는 기관이 아니라고 말이다. 그리 말씀드리면 아실 것이다."

함복배가 아들의 부임을 허하자, 기다렸다는 듯 이레 만에 교첩이 내려졌다. 그걸 받아든 우탁은 걱정스러운 아비 마음도 모른 채 한껏 부푼 마음에 신이 나 짐을 꾸렸다.

함복배가 관직에서 물러날 뜻을 비치자 임금은 친히 부부를 불러들여 그간의 노고를 치하하고 청솔에 까치가 깃든 그림을 내려 앞날을 축복해주었다. 이웃과 벗들은 부부와의 이별을 아쉬워하며 소박하지만 정성스러운 송별회를 마련해주었고, 자손들의 성화에 못 이겨 부부는 환쟁이를 집으로 불러 초상화를 남겼다. 그렇게 주변을 정리한 후, 부부는 큰아들 내외에게 안방을 내주고 우탁과 함께 제주로 떠났다.

부부의 눈에 제주는 그다지 변한 게 없는 풍경이었다. 해녀들의 긴 날숨소리가 경쾌한 푸른 바다, 현무암으로 쌓은 야트막한 담장, 아랫도리를 벗은 어린애들이 그들을 맞았다. 도착하자마자 함복배는 이상도의 묘소에 들러 성묘를 하고 홀로 작은 무덤을 찾았다. 무덤 앞 남루한 비석에는 강미호(姜美虎) 석 자가 새겨져 있었다.

누가 탓할 것도 아닌데, 함복배는 그 무덤을 찾는 일이 마치 아내를 두고 부정을 저지르는 것처럼 느껴져 목을 빼고 한참이나 주변을 두리번거렸다. 강미호의 무덤 곁에는 작은 동산만 한 코길이의 무덤이 함께 있었다. 그 사이에 앉아 함복배는 코를 벌름거렸다. 봉분 위로 들꽃이 우거져 젊은 날 그가 만든 로손처럼 그윽한 향내를 풍기고 있었다. 함복배가 가만가만 작은 무덤을 쓰다듬었다. 이십여 년 전 불길이 치솟았던 먼발치에 이제는 소

박한 주막 하나가 들어서 있었다. 한때 그 자리는 함복배를 매혹
시켰던 기수영이라는 자의 집이 있었다. 함복배는 주막에서 술
한 병을 사 와 두 개의 무덤에 뿌려주고는 허허로이 발길을 돌렸
다. 석양이 내려앉은 무덤 위에 패랭이꽃 한 송이가 돌아가는 그
의 등을 향해 한들한들 손을 흔들어주었다.

함복배가 집에 돌아오자 여종이 떡쌀을 씻고 돼지 머리를 삶
느라 분주했다. 연지는 관절염 때문에 절룩거리면서도 세간을
들여놓고 짐을 푸느라 쉬지 않고 서성거렸다. 함복배가 서재에
있자니 아들 우탁이 어디선가 나무판자를 구해 와 현판을 써달
라고 성화를 부렸다. 신문물연구소는 그사이 다시 한 번 사택을
옮긴 제주 목사의 구옥에 차려졌다. 연구소는 별채를, 부부는 안
채를 쓰게 되었는데 함복배는 그런 우연조차 못마땅했다.

"인사드려라. 함복배 어르신이시다. 어르신, 막말로 이놈이 지
아들 동팔입니다요. 저를 안 닮아서 아주 똑 부러집니다."

이튿날, 개소식에 가장 먼저 찾아온 손님은 영보였다. 그는 여
전히 '막말로'를 입에 달고 살았다. 함복배는 그의 말과 달리 부
자가 마치 한 배에서 태어난 형제처럼 닮았다고 생각하며 빙긋
웃음을 지었다.

"듬직하구나. 그런데 어인 일이냐?"

신문물연구소의 현판이 걸리고 있었다.

"어인 일은요. 이놈 밥 좀 먹여주십사 하고 왔지요. 제법 글도
읽을 줄 알고 셈도 좀 합니다. 신문물연구소에서 일하게만 해주
신다면 새경도 필요 없습니다. 그저 하루 세끼 밥이나 주시고,

나중에 좋은 처자 있으시면 짝이나 지어주십시오."

제 아비가 침을 튀겨가며 어려운 청을 하는 중에도 동팔은 고사상에 올라온 돼지 귀를 갉작거려 떼어 먹느라 정신이 없었다.

"잘됐습니다. 마침 조수가 필요하던 참이었습니다. 힘 좀 쓰게 생겼는데요."

어느 결에 현판을 달고 내려온 우탁이 동팔의 살찐 팔뚝을 주물렀다. 고사를 치르기도 전에 돼지의 한쪽 귀는 동팔의 배 속으로 사라져버렸다.

개소식을 끝내고 함복배는 손수 나무를 켜고 길을 들여 탁자와 의자를 만들어 연구소를 채워주었다. 청국에서 왔다는 신문물 궤짝은 이십여 년 전보다 부피가 컸고, 장정 넷이 들기에도 벅찰 만큼 무거웠다. 그걸 지켜보는 막막한 심정의 함복배와 달리 우탁은 의욕에 불탔다.

"아버님은 아무 염려 마십시오. 아마 한두 달 안에 이 신문물들을 모두 연구하고 도성에 입성하게 될 겁니다. 그런데 동팔이 이 녀석은 어딜 가서 아직 안 오는 겐지."

우탁이 저 혼자 궤짝을 열어보겠다고 버둥거렸다.

"나리, 방금 머리가 노란 자들이 떼로 제주에 밀려왔답니다. 하멜인지, 하메리인지 하는 자가 대장 격인데 화란 말을 한답니다. 막말로 이게 그놈 대가리에서 뽑은 머리카락인데, 보십쇼."

영보가, 아니 그의 아들 동팔이 지푸라기 같은 머리카락을 한 줌 들고 신문물연구소 안으로 뛰어 들어왔다. 함복배는 말을 타고 감영으로 향하는 우탁의 등을 맥없이 바라보았다.

"웰— 꼼!"

그건 박연이 함복배에게 가장 처음 가르쳐준 '환영합니다'라는 뜻의 화란 말이었다. 백발이 성성한 함복배가 먼 바다를 향해 나직이 외쳤다.

"웰— 꼼, 하 선생. 신문물연구소에 오신 걸 환영합니다."

신문물
검역소

© 강지영, 2017

초   판 1쇄 발행일 2009년 9월 4일
개정판 1쇄 인쇄일 2017년 4월 6일
개정판 1쇄 발행일 2017년 4월 28일

지은이   강지영
펴낸이   정은영
책임편집 김정은

펴낸곳   (주)자음과모음
출판등록 2001년 11월 28일 제2001-000259호
주소   04083 서울시 마포구 성지길 54
전화   편집부 (02)324-2347, 경영지원부 (02)325-6047
팩스   편집부 (02)324-2348, 경영지원부 (02)2648-1311
이메일   munhak@jamobook.com

ISBN 978-89-544-3727-1 (03810)

이 도서의 국립중앙도서관 출판시도서목록(CIP)은 서지정보유통지원시스템 홈페이지
(http://seoji.nl.go.kr)와 국가자료공동목록시스템(http://www.nl.go.kr/kolisnet)에서
이용하실 수 있습니다.(CIP제어번호: CIP2017007601)